Gröls Verlage

„Bücher sind wie Fallschirme. Sie nützen uns nichts, wenn wir sie nicht öffnen.“

Gröls Verlag

Redaktionelle Hinweise und Impressum

Das vorliegende Werk wurde zugunsten der Authentizität sehr zurückhaltend bearbeitet. So wurden etwa ursprüngliche Rechtschreibfehler *nicht* systematisch behoben, denn kleine Unvollkommenheiten machen das Buch – wie im Übrigen den Menschen – erst authentisch. Mitunter wurden jedoch zum Beispiel Absätze behutsam neu getrennt, um den Lesefluss zu erleichtern.

Um die Texte zu rekonstruieren, werden antiquarische Bücher von Lesegeräten gescannt und dann durch eine Software lesbar gemacht. Der so entstandene Text wird von Menschen gegengelesen und korrigiert – hierbei treten auch Fehler auf. Wenn Sie ebenfalls antiquarische Texte einreichen möchten, finden Sie weitere Informationen auf www.groels.de

Viel Freude bei der Lektüre wünscht Ihnen das Team des Gröls-Verlags.

Adressen

Verleger: Sophia Gröls, Im Borngrund 26, 61440 Oberursel

Externer Dienstleister für Distribution & Herstellung: BoD, In de Tarpen 42, 22848 Norderstedt

Unsere „Edition | Werke der Weltliteratur“ hat den Anspruch, eine der größten und vollständigsten Sammlungen klassischer Literatur in deutscher Sprache zu sein. Nach und nach versammeln wir hier nicht nur die „üblichen Verdächtigen“ von Goethe bis Schiller, sondern auch Kleinode der vergangenen Jahrhunderte, die – zu Unrecht – drohen, in Vergessenheit zu geraten. Wir kultivieren und kuratieren damit einen der wertvollsten Bereiche der abendländischen Kultur. Kleine Auswahl:

Francis Bacon • Neues Organon • **Balzac** • Glanz und Elend der Kurtisanen • **Joachim H. Campe** • Robinson der Jüngere • **Dante Alighieri** • Die Göttliche Komödie • **Daniel Defoe** • Robinson Crusoe • **Charles Dickens** • Oliver Twist • **Denis Diderot** • Jacques der Fatalist • **Fjodor Dostojewski** • Schuld und Sühne • **Arthur Conan Doyle** • Der Hund von Baskerville • **Marie von Ebner-Eschenbach** • Das Gemeindekind • **Elisabeth von Österreich** • Das Poetische Tagebuch • **Friedrich Engels** • Die Lage der arbeitenden Klasse • **Ludwig Feuerbach** • Das Wesen des Christentums • **Johann G. Fichte** • Reden an die deutsche Nation • **Fitzgerald** • Zärtlich ist die Nacht • **Flaubert** • Madame Bovary • **Gorch Fock** • Seefahrt ist not! • **Theodor Fontane** • Effi Briest • **Robert Musil** • Über die Dummheit • **Edgar Wallace** • Der Frosch mit der Maske • **Jakob Wassermann** • Der Fall Maurizius • **Oscar Wilde** • Das Bildnis des Dorian Grey • **Émile Zola** • Germinal • **Stefan Zweig** • Schachnovelle • **Hugo von Hofmannsthal** • Der Tor und der Tod • **Anton Tschechow** • Ein Heiratsantrag • **Arthur Schnitzler** • Reigen • **Friedrich Schiller** • Kabale und Liebe • **Nicolo Machiavelli** • Der Fürst • **Gotthold E. Lessing** • Nathan der Weise • **Augustinus** • Die Bekenntnisse des heiligen Augustinus • **Marcus Aurelius** • Selbstbetrachtungen • **Charles Baudelaire** • Die Blumen des Bösen • **Harriett Stowe** • Onkel Toms Hütte • **Walter Benjamin** • Deutsche Menschen • **Hugo Bettauer** • Die Stadt ohne Juden • **Lewis Caroll** • *und viele mehr….*

Else Ury

Nesthäkchens Backfischzeit

Eine Jungmädchengeschichte

Inhalt

1. Kapitel. Das lustige halbe Dutzend

Im Ofen heulte der Wind. Er ächzte und stöhnte. Mit knöcherner Hand fuhr er in den Schornstein und wirbelte die Kohlenglut ungestüm durcheinander. An den Fensterscheiben rüttelte er, daß sie ärgerlich anfingen zu klirren. Jetzt warf er gar ein paar Hände Eisschollen wie ein echter Gassenjunge gegen das Fensterglas. Dann aber gab er schnell Fersengeld. Denn innen hinter der weißgepunkteten Mullgardine tauchte ein rosiger Blondkopf auf, mit weitaufgerissenen Blauaugen in das tolle Durcheinander hinausstarrend.

„Brrr – ist das ein Hundewetter!“ Doktor Brauns Nesthäkchen schüttelte sich. „Die Mädels werden sich durch den Hagel doch nicht vom Kränzchen zurückhalten lassen? Ach wo, die sind nicht aus Marzipan. Höchstens Margot Thielen, aber die wohnt auf demselben Flur und braucht sich keinen Fuß naß zu machen. Wenn nur Veras Tante nicht Einspruch erhebt, die denkt auch immer gleich, wenn Vera mal hustet, sie hätte schon die Lungenentzündung. Himmel – ist denn die Welt ganz aus den Fugen!“ Ein erneuter Hagelschauer prasselte gegen die Scheibe; die weißen Körner sprangen und hopsten so hoch, als hätten sie es auf Nesthäkchens sich gegen das Glas pressende Nasenspitze abgesehen.

Um so gemütlicher war es drinnen. Die von einem mattlila Seidenschleier gedämpfte elektrische Lampe warf ihr Licht über den zierlich gedeckten Kaffeetisch vor dem kleinen bunten Ecksofa. Auf dem goldgelben Gedeck, das Annemarie der Mutter mit dem festen Versprechen abgebettelt, daß bestimmt kein Kaffeefleck darauf prangen würde, standen sechs goldgeränderte Tassen. Die Mitte aber nahm der umfangreiche Kuchenteller ein mit allerlei verlockenden Sachen darauf. Das mochte wohl auch die derbe Jungenhand dazu bewegen, sich nach einem zuckerbestreuten Pfannkuchen auszustrecken und denselben gleich auf einmal in den Mund verschwinden zu lassen.

In diesem kritischen Augenblick gerade wandte sich Annemarie vom Fenster in das Zimmer zurück. Eine Sekunde stand sie entgeistert. Dann aber flog sie auf den Missetäter zu und schien nicht übel Lust zu haben, ihm den entwendeten Kuchen wieder aus dem Mund zu reißen.

„Mutti – der Klaus maust mir meinen Kränzchenkuchen weg! Gerade einen Pfannkuchen hat er erwischt! Und die Hanne hat bloß sechs gebacken, weil sie nicht mehr Fett spendieren wollte. Ach Gott, nun bekommt eine keinen!“ so jammerte Annemarie und ging trotz ihrer fast sechzehn Jahre mit kriegerisch erhobenen Fäusten auf den älteren Bruder los.

Der verschanzte sich lachend gegen einen als Schild erhobenen Korbsessel.

„Reg' dich wieder ab, Annemie. Der Pfannkuchen hat deinem lieben Bruder mindestens so gut geschmeckt wie deinen Kränzchenschwestern. Und da du mit deiner Vera stets ein Herz und eine Seele bist, könnt ihr ja auch mal ein Magen sein und euch den Pfannkuchen teilen,“ schlug der Primaner mit Gemütsruhe vor.

Aber gerade diese goß Öl in das Feuer von Annemaries leicht aufflammendem Temperament.

„Wenn es noch ein Stück Napfkuchen gewesen wäre!“ Die Empörung über den gemausten Pfannkuchen überwältigte das junge Mädchen wieder. „Und mein Zimmer paffst du mir auch mit deiner alten Zigarette voll. Bei dem Sturm kann ich nicht mal ein Fenster aufmachen.“ Wieder erfolgte ein energischer Vorstoß auf den Bruder.

„Was, ihr Mädels wollt Sekundaner sein und könnt nicht mal ein bißchen Zigarettendampf vertragen? Na, warte, Annemie, ich werde daran denken, wenn du mir mal wieder Zigaretten abbettelst.“ Damit blies er der hübschen Schwester eine große Rauchwolke in das Gesicht.

Jetzt ging der Kampf um die Zigarette. Annemarie war geschmeidig wie eine Eidechse. Aber auch Klaus war geschickt und behende. Bald balgten sich die zwei kunstgerecht, wie sie es von klein auf getan hatten. Wenn es jetzt auch mehr Scherz war und weniger erbitterte Formen annahm.

Der Korbsessel stürzte zu Boden. Die Blumenkrippe am Fenster kam bedenklich ins Wanken. Annemaries Blondzöpfe, die sie seit kurzem mit einer schwarzen Seidenschleife am Hinterkopf aufgesteckt trug, entsprangen den fesselnden Nadeln. Puck, das weiße Zwerghündchen, sprang bald an dem einen, bald an dem andern laut blaffend empor, als wolle es seine Neutralität den beiden kriegführenden Parteien bezeigen.

Bums – da flog der goldgeränderte Milchtopf um. Eine weiße Flut ergoß sich über das schöne goldgelbe Damastgedeck.

„Mutti – Mutti – der Klaus hat – der Milchtopf ist umgefallen.“ Annemaries Wahrheitsliebe mußte ihr doch denselben Anteil Schuld zusprechen. „Mutti – ach Gott, hier schwimmt alles!“ Der große Backfisch rief nach der Mutter wie das kleine Nesthäkchen aus den Kindertagen.

In der zum Speisezimmer führenden Tür erschien Frau Doktor Braun. Eine schlanke Dame mit noch jungem Gesicht trotz des früh ergrauten Haars.

„Aber Kinder – schämt ihr euch denn gar nicht, ihr großen Menschen, euch wie die Gören zu betragen! Was sollen deine Freundinnen nur davon denken, wenn sie hier das wüste Durcheinander sehen, Lotte. Und mein Kaffeegedeck ist auch verdorben. Hatte ich nicht recht, daß ich es dir nicht geben wollte?“ Vorwurfsvoll blickte die Mutter auf den jetzt wenig einladenden Tisch.

„Milch gibt keine Flecke, Kaffee wäre schlimmer.“ Klaus pflegte allem im Leben die beste Seite abzugewinnen.

Während Annemarie mit ihrem kleinen Batisttaschentuch vergeblich die Milchfluten zu dämmen versuchte, öffnete sich die zweite zum Korridor führende Tür des Zimmers. Das Hausmädchen meldete: „Fräulein Annemarie – Fräulein Vera.“

Da trat auch schon ein schlankes junges Mädchen, Annemaries Intima, ins Zimmer. Der matte, elfenbeinfarbene Hautton ihres zarten Gesichtes bildete einen reizvollen Gegensatz zu dem tiefschwarzen Haar.

„Puh – hat es gegeben hierr Krrieg?“ Lachend wies die Freundin auf die noch von dem Kampf zeugenden Spuren. Ihr Deutsch verleugnete die polnische Abstammung von der Mutter her noch immer nicht, trotzdem Vera schon einige Jahre in Deutschland lebte. Jetzt erst entdeckte das Backfischchen die in der Tür zum Speisezimmer lehnende Frau Doktor Braun.

Errötend holte es den verabsäumten Gruß nach und bestellte Empfehlungen von der Tante, in deren Haus das junge Mädchen aufwuchs. Denn Vera war eine Waise.

„Guten Tag, Vera. Nun kann sich meine Lotte mal tüchtig vor dir schämen, daß sie mit dem Klaus keinen Frieden hält. Draußen ist der Krieg nun glücklich zu Ende, aber hier in unseren vier Pfählen tobt er immer noch.“ Es sollte scherzhaft klingen, aber man hörte doch einen mißbilligenden Ton aus den Worten der Mutter heraus.

Doktors Nesthäkchen schämte sich wirklich. Es begrüßte die Freundin lange nicht so jubelnd, wie das sonst der Fall war.

„Tag, Verachen. Sei froh, daß du keinen Bruder in Berlin hast.“ Seufzend machte sich Annemarie daran, die entsprungenen Haarnadeln vom Teppich zusammenzusuchen, um die herabgerutschte Frisur wieder aufzustecken. Vera half ihr dabei.

„Oh, ich tue serr wünschen, daß Brruder Stani lebt auch hierr in Berlin bei die Onkel und Tante. Wenn er mirr auch noch so serr ärrgern wollte. Czernowitz ist so serr weit – oh, so serr!“

Traurig schaute das junge Mädchen in die Ferne.

Klaus aber rief lebhaft: „Da siehst du, Annemie, wie andere Leute über Brüder denken. Wir sind ein sehr begehrter Artikel.“ Pfeifend schritt er in sein Zimmer.

„Ja, nach meinem Hänschen bange ich mich auch. Da wünschte ich ebenfalls, er studierte in Berlin und nicht in Freiburg,“ rief Annemarie lebhaft hinter ihm drein.

Inzwischen hatte das Hausmädchen eine andere Kaffeedecke aufgelegt und die Ordnung im Zimmer wieder hergestellt. Es war auch die höchste Zeit, denn zum Kränzchen war man pünktlich.

Annemarie hatte gerade noch ihre eben erblühte mattrosa Hyazinthe, die sie in Gläsern zwischen den Doppelfenstern zog, unter Veras lebhafter Bewunderung auf den Tisch gesetzt. Da ging die Türklingel in kurzen Zwischenräumen hintereinander.

„Eins – zwei – drrei – vierr – sie werrden kommen, alle auf eine Mal." Die beiden Freundinnen lauschten hinaus.

„Es können auch Patienten sein, Vater hat noch Sprechstunde." Trotzdem es der beweglichen Annemarie in den Füßen zuckte, hinauszueilen, um zu sehen, ob die Freundinnen da wären, bezwang sie ihre Ungeduld. Der Vater liebte es nicht, wenn sie sich während der Sprechstunde im Korridor aufhielt.

Es waren die Kränzchenschwestern. Alle vier zugleich. Das heißt, Ilse Hermann und Marlene Ulrich, die beiden Cousinen, erschienen nie eine ohne die andere. Sie holten sich stets gegenseitig ab.

„Tag, Annemie, Tag, Vera – puh, ist das ein Wetter!" Die Freundinnen brachten einen frischen Hauch von Winterkälte mit in das mollige Zimmer.

„Marianne, du hast dir die Füße nicht ordentlich auf der Strohdecke draußen abgetreten," sagte Margot Thielen, die peinlich saubere, und wies vorwurfsvoll auf die schwärzlichen Spuren, die Mariannes derbe Stiefel auf dem hellgrauen Teppich hinterließen.

„Macht nix – trocknet wieder," entschied Annemarie mit der ihr eigenen Sorglosigkeit. „Kommt nur gleich Kaffee trinken, da werdet ihr am schnellsten warm."

„Ich sitzen auf die Sofa" – „au, Pfannkuchen" – „habt ihr die Mathematikaufgaben schon gemacht" – „na, ich kriege sie nicht raus" – „ach, Kinder, fangt doch bloß nicht gleich mit der dummen Schule an, dazu ist nachher auch noch Zeit," so schwirrten die Mädchenstimmen lustig durcheinander.

Minna brachte den Kaffee. Aber einschenken mußte ihn die junge Wirtin selber. So verlangten es die Kränzchenparagraphen. Ob es die Minna nun zu gut gemeint und die Kanne zu voll gefüllt hatte, oder ob Annemaries huschliges, unachtsames Wesen die Schuld daran trug, genug – auch die zweite Kaffeedecke mußte dran glauben. Diesmal war es ein bräunlicher See, der sich zu Füßen der mattrosa Hyazinthe ergoß.

Aber das störte die fidele Kränzchenlaune durchaus nicht. Wenn auch Margot Thielen, „Tugendschäfchen" genannt, sich nicht enthalten konnte, auszurufen: „Au weh, Annemie, deine Mutter wird schön schimpfen."

Man ließ es sich schmecken. Ein edler Wettstreit entspann sich um den zu teilenden Pfannkuchen. Keine wollte einen ganzen essen, jede verzichtete großmütig zugunsten der andern. Der Erfolg davon war, daß sogar noch zwei Pfannkuchen übrig blieben. Bei einem Haar wären dieselben noch in Klaus' unersättlichen Magen gewandert. Als er im Nebenzimmer den uneigennützigen Wettstreit vernahm, erbot er sich großmütig, sich zu opfern und die mit Pflaumenmus gefüllten beiden Urheber der lebhaften Auseinandersetzung ebenfalls noch zu vertilgen, auf daß sie den Kränzchenfrieden nicht störten.

„Jawoll, das könnte dir passen, aber daraus wird nichts, mein Söhnchen," erhob Annemarie lebhaft Einspruch. Sie wurde darin von der Mutter unterstützt, welche die jungen Gäste ihres Töchterchens gerade zu begrüßen kam. Frau Doktor Braun schlug vor, eine ehrliche kränzchenschwesterliche Teilung vorzunehmen, jeder Pfannkuchen in drei Teile.

„Nee, aussteinen müßt ihr," rief Klaus dazwischen, „ihr wollt doch mal Studentinnen werden." Als Primaner hatte er bereits reges Interesse für studentische Gepflogenheiten.

„Au ja" – „aber du mußt uns sagen, wie man das macht" – „los, Klaus!" so bestürmten die Mädels ihn von allen Seiten. Sie waren gut Freund miteinander und duzten sich noch aus der Kinderzeit her. Nur Annemarie, die ihren Bruder am besten kannte, gab zögernd zu bedenken: „Aber du darfst dich nicht dabei beteiligen, Klaus, sonst betrügst du uns.“

„Dann macht's doch ohne mich.“ Der junge Mann zuckte gleichmütig mit der Achsel und gab sich den Anschein, als ob er das Zimmer verlassen wollte.

„Hierbleiben“ – „du soll uns das Aussteinen zeigen“ – „natürlich darfst du dich auch daran beteiligen“ – „Annemie hat ja nur Spaß gemacht,“ schwirrte es wie in einem Bienenstock durcheinander.

Klaus war nicht empfindlich. Er ließ sich erbitten. „Also paßt auf: Wenn ihr mit der Hand eine Faust macht, das bedeutet einen Stein. Streckt ihr die Hand aus, so wird es ein Stück Papier. So – und kreuzt ihr Mittel- und Zeigefinger übereinander, so habt ihr eine Schere.“ Sechs Mädchenhände, kleine und große, zarte und frostrote, bemühten sich eifrig, dem Primaner seine Kunst nachzumachen.

„Schön – nun aufgepaßt – jetzt kommt das Eigentliche: Der Stein schleift die Schere, die Schere schneidet das Papier, und das Papier wickelt den Stein ein. Also, wenn ich zum Beispiel einen Stein mache und Vera eine Schere, habe ich gewonnen, denn der Stein ist mehr als eine Schere, er schleift sie. Hat aber Vera statt der Schere die Hand ausgestreckt und ein Stück Papier dargestellt, so hat sie gewonnen, denn das Papier geht über den Stein, es wickelt ihn ein. Verstandez – vous?“

„Nee“ – „keine Spur“ – „völlig schleierhaft“ – „aber Kinder, das ist doch klar wie Kloßbrühe!“ Wieder erhob sich ein lebhafter Tumult. Annemarie und Marlene Ulrich waren die einzigen, welche die Auseinandersetzung begriffen hatten.

„Weibliche Sekundaner sind Heupferde,“ stellte Klaus weniger ritterlich als sachgemäß fest. „Probiert's doch mal, man lernt's am besten in der Praxis. Aber, du Schafsbock, doch nicht alle auf einmal, immer nur zwei und zwei.“ Diesmal galt die brüderliche Liebkosung der Schwester. Diese quittierte dankend mit einem Knuff.

„Los – Marlene und Ilse können beginnen – eins – zwei – drei – alle beide Stein, – noch mal – Marlene Schere, Ilse Papier, wer hat also gewonnen?“

„Marlene“ – „nein, Ilse“ – die Parteien waren sich nicht einig.

„Noch nicht mal die Reife für Sexta; wenn es nach mir ginge, kommt keine von euch zu Ostern nach der Obersekunda,“ neckte der unverbesserliche Klaus. „Natürlich hat Marlene gewonnen, denn die Schere schneidet das Papier.“

Die schwarzzöpfige Marlene streckte erfreut die Hand nach dem leckeren, zuckerbestreuten Pfannkuchen aus. „Ich gebe dir die Hälfte ab, Ilse,“ flüsterte sie ihrer blonden Intima tröstend zu.

Aber „liegen lassen – so schnell geht die Geschichte nicht,“ kommandierte der Jüngling. „Jetzt muß Marlene erst mit einer anderen den Pfannkuchen aussteinen, wer weiß, ob sie ihn behält.“

Tatsächlich, wie gewonnen, so zerronnen. Marlene, die gedacht, mit „Schere“ immer gewinnen zu müssen, mußte einsehen, daß der Stein die Schere schliff. Folglich hatte Margot, die eine Faust gemacht, ihr den Pfannkuchen abgewonnen. Aber auch diese durfte ihn nicht behalten. Marianne Davis zog zwar den kürzeren gegen sie, aber Vera Burkhard, mit der sie dann die Wette eingehen mußte, rief glückstrahlend: „Oh, ich habe die Papierr, die ist mehrr, viel mehrr als das Stein.“

Zum Schluß blieb der Wettkampf nur noch zwischen den beiden Busenfreundinnen Vera und Annemarie auszufechten.

„Ich verzichte freiwillig, Verachen, ich bin die Wirtin, laß dir den Pfannkuchen gut schmecken,“ verkündete Annemarie großmütig.

„Ausgeschließt – ich nicht essen ohne dirr, wirr werrden steinen aus beide noch eine Mal.“ „Eins, zwei, drei“ – Annemarie Braun, die Wirtin, blieb Siegerin.

„Nee, Kinder, das geht auf keinen Fall, ich werde mir doch nicht den Pfannkuchen schmecken lassen, und ihr habt das Zusehen. überhaupt müssen wir erst noch den zweiten auswetten.“

„Halt – auf den lege ich Beschlag als Lehrergehalt," posaunte jetzt Klaus los.

„Klaus hat recht" – „er hat den Pfannkuchen redlich verdient" – „wir haben ja statt dessen das Vergnügen des Wettspiels gehabt," riefen die Mädels lachend. Nur Annemarie wollte davon nichts hören.

„Das wäre ja, um auf die Akazien zu klettern! Wir beiden Braunschen Sprößlinge futtern Pfannkuchen, und unsere Gäste können sich den Mund wischen! Mutti – Muttichen, komm du doch mal als Schiedsrichter herein."

Nicht nur Frau Doktor Braun kam dem Hilferuf ihres Töchterchens nach, sondern auch der Vater, der gerade seine Sprechstunde beendigt hatte.

„Na, das lustige halbe Dutzend wieder mal versammelt? Was gibt's denn hier für eine Revolution, Jungs!? Ich denke, wir haben genug an der draußen im Lande." Annemaries Vater, ein stattlicher Herr um die Fünfzig, pflegte sein Nesthäkchen stets als seinen dritten Jungen zu bezeichnen. Und seitdem sie nun gar ins Gymnasium ging, mußten sich auch die Freundinnen seine scherzhafte Benennung gefallen lassen.

„Vaterchen, zwei Pfannkuchen sind noch übrig. Einen hat Klaus schon vorher stibitzt. Und nun will er von den beiden auch noch einen haben. Und den anderen habe ich beim Wettspiel gewonnen. Aber dies geht doch auf keinen Fall. Meine Freundinnen haben jeder nur einen halben bekommen," berichtete sein Nesthäkchen erregt.

„Hm – ein schwieriger Fall. Schade, daß ich Arzt und nicht Jurist bin. Hier kann nur ein salomonisches Urteil helfen. Wie wär's, Elsbeth." Doktor Braun zwinkerte seiner Frau verschmitzt zu, „wenn unsere Hanne die fehlenden fünf Pfannkuchen noch schnell nachbackt?"

Seine Frau war nicht sehr erbaut von dem Vorschlag. Sie schüttelte den Kopf. „Es ist heute Sonnabend, Hanne ist noch beim Küchescheuern, da dürfen wir ihr nicht in die Quere kommen, sonst wird sie ungemütlich."

„Ich weiß eine Weg aus," meldete sich jetzt Vera.

„Also, was für eine Weg aus schlägst du vor?“ Lachend wurde sie von den Gefährtinnen umringt.

„Wirr werrden geben dies eine Pfannkuchen an Klaus, und das anderre wirr werrden beißen ab jederr davon, bis err ist nichts mehrr da.“

Unter allgemeinem Jubel wurde Veras Vorschlag angenommen. Alle Parteien waren zufrieden gestellt. Nicht am wenigsten Klaus.

„Hol' doch ein Zentimetermaß, Lotte!“ Vater und Mutter riefen ihr Nesthäkchen noch immer mit dem Kosenamen der Kleinkinderzeit. „Jede darf anderthalb Zentimeter abbeißen – neun bis zehn Zentimeter wird der Pfannkuchen im Durchmesser haben,“ neckte Doktor Braun.

Aber so genau nahm man es nicht. Unter Lachen und Scherzen machte der Pfannkuchen die Runde. „Margot hat nur Luft abgebissen“ – „Ilse, nicht die ganze Füllung“ – „Zucker ablecken ist nicht – – –“ Der eine Pfannkuchen mundete den sechs Mäulchen besser, als wenn Hanne noch eine ganze Schüssel davon gebacken hätte. Und zum Schluß blieb sogar noch ein Bissen übrig, den erhielt – Puck.

Die Kränzchenlaune, die nie zu wünschen übrig ließ, war durch die Pfannkuchenteilung noch fideler als sonst geworden. Frau Doktor Braun, welche im Nebenzimmer mit Briefschreiben beschäftigt war, lächelte vor sich hin. Es ging doch nichts über die Backfischzeit! All das Schwere, was die letzten Jahre mit sich gebracht, hielt vor diesem jungfrischen Lachen nicht stand. Die Jugend würde schon mit der schlimmen Zeit fertig werden, ihr gehörte die Zukunft. Und hoffentlich eine bessere!

Auch in dem kleinen, einfenstrigen Zimmer, das auf der anderen Seite an das Annemaries stieß, lauschte einer bei seiner griechischen Aschylosübersetzung auf das übermütige Gekicher nebenan.

„Richtige alberne Gänse – schnattern und schnattern – und unsereiner muß sich abquälen.“ Ein halb verächtlicher, halb neidischer Seufzer schloß die nachdenkliche Betrachtung des Primaners.

Bald aber kam auch in Annemaries hübschem Mädchenzimmer Ernst und Arbeit zu seinem Recht. Das „Tugendschäfchen“, Margot Thielen, unterbrach plötzlich die ausgelassene Stimmung: „Kinder, ich denke, ihr schreibt Montag lateinische Versetzungsextemporale und wollt noch gemeinsam dazu wiederholen.“

„Himmel, hast du keine Flinte – das lateinische Extemporale habe ich total verschwitzt – Tugendschäfchen erinnert natürlich daran, trotzdem es nicht mal mitschreibt.“

Margot Thielen war die einzige der sechs Freundinnen, die nicht mit auf das dem Schubertschen Lyzeum angegliederte Gymnasium übergegangen war. Ihre Fähigkeiten lagen vor allem in weiblicher Betätigung. Dabei war sie so fleißig und gewissenhaft, daß sie, trotzdem sie lange nicht so begabt war wie zum Beispiel Annemarie Braun, meistens einen höheren Platz in der Schule einnahm als diese.

„Also schön, Margot, du kannst unsern ollen Professor Herwig vorstellen. Da mußt du aber auch so heiser und hüstelnd sprechen wie der und ab und zu eine Prise nehmen.“ Doktors Nesthäkchen hatte bereits ihre Hand zu einer niedlichen Schnupftabakdose geformt und zog mit krausem Naschen die vermeintliche Prise ein.

„Famos“ – „genau wie Herwig“ – „zum Verwechseln ähnlich!“ Der Jubel stieg.

„Wenn wir noch zum Extemporale wiederholen wollen, ist es aber wirklich höchste Eisenbahn,“ unterbrach Marlene Ulrich, eine sehr gewissenhafte Schülerin, die Ausgelassenheit. “Annemie, hole Papier und Bleistifte. Margot, du nimmst die Grammatik und diktierst aus Lektion 12-18, Deklination, Konjugation, Vokabeln und Sätze, alles durcheinander. Das übt am meisten.“

Bald saß das lustige halbe Dutzend mit gezücktem Bleistift vor dem leeren Bogen. Aber die Lustigkeit verging einigen von ihnen bald.

„Nicht so schnell, Margot – wer soll denn da mitkommen,“ begehrte Ilse auf.

Auch Marianne kam nicht mit. „Weil du selber kein Latein kannst, denkst du wohl, wir müssen es aus dem Ärmel schütteln!“

„Bitte, sage das letzte Satz noch eine Mal mehrr, ich nicht haben verstanden!“ Selbst Veras blasse Wangen begannen sich zu röten.

„Konjugation, Margot – Herwig will uns diesmal besonders mit Konjugieren zwiebeln. Ach, zu Ablativ bist du wohl zu dämlich,“ meinte Doktors Nesthäkchen treuherzig, ohne es böse zu meinen.

Aber Fräulein Margot war empfindlich. „Lernt doch euer lateinisches Zeug allein, wenn ihr glaubt, daß ich zu dämlich dazu bin!“ Damit schlug sie die Grammatik zu, während ihr Tränen in die Augen stiegen.

„Aber Margotchen, ich wollte dich doch nicht beleidigen!“ Annemaries lustiges Gesichtchen schaute plötzlich betreten drein. „Sei kein Frosch und diktiere weiter.“

„Ach, wenn du immer so zu mir bist, so – so – überhebend – und überhaupt, wie du noch nicht mit Vera Burkhard befreundet warst, hast du mich viel lieber gehabt und – und – ich kann doch nichts dafür, daß ich nicht auch im Gymnasium bin – – –“ Das Mitleid mit sich selbst überwältigte Margot. Ein Taschentüchlein mit rosa Kante erschien auf der Bildfläche.

„Ach, Marrgot, wie kannst du nurr glauben dies. Annemarrie lieben dirr gerade so viel wie mirr und überhaupt, wirr sein doch alle Schwesters – Krränzchenschwesters,“ begütigte Vera in ihrer lieben Art.

„Wer Annemarie etwas übelnimmt, der hat wirklich einen kleinen Piep. Das weiß doch jede von uns, daß die es mit dem Mund nicht so genau nimmt und schnell mal was hinsagt.“

„Du, sei still, Ilse, du bist selbst oft übelnehmend,“ verteidigte sich Annemarie. „Aber nun denke ich, wir fahren wirklich fort in unserm Latein.“

Hanne aber, die alte Köchin bei Doktors, welche alle drei Braunschen Sprößlinge einst auf ihren derben Armen gewiegt hatte, war anderer Meinung. Sie öffnete ohne Umschweife die Tür, stellte eine kalte Speise – „Blubber“ nannten ihn die Mädels – mitten auf den Tisch neben die lateinische Grammatik und verkündete: „So – nu Schluß mit die

Jelehrsamkeit! Jetzt wird erst mal 'n bißchen jefuttert. Vorn Magen sorjen is besser als vorn Kopp." Hanne war ein Unikum. Sie nahm nie ein Blatt vor den Mund. Doktors hielten ihrer bewährten Treue manch offenes Wort zugute. Mit Nesthäkchens Gymnasiallaufbahn war sie ganz und gar nicht einverstanden. „Puren Unverstand" nannte sie es, daß das „Kind" all das gelehrte Zeug in seinen Kopf pfropfen mußte.

„So, Annemiechen, kram man das Jeschreibsel zusammen, daß ich die Teller rumsetzen kann." Hanne duzte immer noch Annemarie, trotzdem die ihr fast schon über den Kopf gewachsen war. Aber wenn sie zu dem Hausmädchen von ihr sprach, sagte sie nicht anders als „unser Fräulein" – anders tat Hanne es nicht.

Die Backfischchen waren durchaus nicht böse über die angenehme Unterbrechung. Sie zeigten fast noch größeren Eifer bei der eingehenden Beschäftigung mit der Speise als vorher bei der lateinischen Konjugation. Und als man seine Pflicht voll und ganz erfüllt hatte, indem man die Kränzchenspeise bis zum letzten Körnchen vertilgt hatte – wenn Klaus sich nicht als bedachter Mann noch rechtzeitig eingestellt, hätte er das Nachsehen gehabt – ja, nachher war es auch zu spät geworden, um noch einmal mit Latein zu beginnen. Denn der noch immer trotz Friedens knappen Lebensmittel wegen fand das Kränzchen ohne Abendbrot statt. Um acht Uhr mußte eine jede daheim sein. Und Marlene und Ilse hatten einen weiten Weg.

Mit vielen Küssen trennte sich das lustige halbe Dutzend.

„Auf Wiedersehen – auf Wiedersehen" – – – „Daumen drücken zu Montag!" – – – Nur Margot, die in demselben Haus wohnte, blieb noch ein Weilchen und ward dadurch wieder von ihrem Schmerz geheilt, denn jetzt war sie wieder Annemaries „Beste".

2. Kapitel. Die Untersekunda schippt Schnee

Es schneite – schneite – was nur vom Himmel herunter wollte. Große dicke Watteflocken, kleine zierliche Silbersterne – jetzt eine große weiße

Puderwolke, ein lustiger Schneewirbel – und nun wieder still und stetig, gleichmäßig und sacht.

Ein dicker weißer Samtteppich breitete sich über die Plätze und Straßen Berlins. Die Häuser schauten ganz merkwürdig aus hohen weißen Zipfelmützen heraus.

Auf dem Blumenbrett vor Nesthäkchens Fenster türmten sich die Schneemassen. Kaum vermochte Annemarie am Morgen über den hohen Schneeberg zu ihrer Freundin Margot hinüberzuspähen.

„Eine Gottesmauer – eine weiße Gottesmauer! Ach, wenn sie doch unser ganzes Haus umschlösse, dann könnte ich nicht in die Schule gehen!“ Das Backfischchen blickte von seinem Morgenfrühstück zweifelnd in das Schneegestöber hinaus, ob es wohl so weit kommen könnte.

„Aber Lotte, du bist doch sonst nicht so faul,“ meinte die Mutter erstaunt, während sie dem Töchterchen die Schulbrote zurecht machte.

„Na, erstens ist heute Montag, da ist's immer eklig, in die Schule zu gehen. So dunkel und kalt ist's an keinem anderen Tage in der Woche! Und dann das lateinische Versetzungsextemporale heute – ach, wenn uns doch die Gottesmauer davor bewahren möchte!“

Frau Doktor mußte lachen.

„Bist du ein Kindskopf, Lotte! Lerne doch lieber vorher fleißig zum Extemporale, dann brauchst du keine Angst zu haben.“

„Bammel heißt es bei uns auf dem Gymnasium,“ unterbrach Annemarie sachgemäß die Mutter. „Aber wo ist denn Vater und Klaus?“ Sie wies verwundert auf die noch unberührten Gedecke. Der Vater, der in seinem ärztlichen Beruf sehr angestrengt war, hielt darauf, die Mahlzeiten mit seiner Familie gemeinsam einzunehmen. Waren dies doch die einzigen Ruhestunden, die der vielbeschäftigte Arzt sich gönnte.

„Wenn du wüßtest, wo die beiden stecken.“ Die Mutter machte ein verschmitztes Gesicht. „Sie sorgen dafür, daß keine Gottesmauer um unser Haus wächst, damit du heute dein Extemporale schreiben kannst.“

„Was – wieso denn?“ Nesthäkchens rundes Gesicht sah so verständnislos drein, daß die Mutter laut lachen mußte.

„Ja, da staunst du! In aller Herrgottsfrühe hat der Hausmeister heute schon die Mieter zum Schneeschippen auffordern lassen. Jeder gesunde Mensch ist dazu verpflichtet, weil der Magistrat sonst nicht dieser unaufhörlich sich erneuernden Schneemengen Herr werden kann, und der ganze Verkehr dadurch stockt. Da ist Vater noch vor seiner Sprechstunde zum Schneeschippen hinuntergegangen, und den Klaus hat er mitgenommen.“

„Vater schippt Schnee?“ Hellauf lachte ihr Nesthäkchen. „Das muß ich sehen“ – und spornstreichs wollte es hinaus nach dem Balkon, wo der Schnee schon die halbe Tür bedeckte.

„Hiergeblieben, Lotte!“ rief die Mutter hinter ihr her. „Ich kriege ja das nasse Zeug ins Wohnzimmer herein. Wenn du nachher zur Schule gehst, kannst du den Vater unten bewundern.“

„Ich gehe nicht in die Schule,“ erklärte plötzlich das Töchterchen mit Bestimmtheit. „Ich bin ebenso zum Schneeschippen verpflichtet wie Klaus. Ich bin auch ein gesunder Mensch – Hurra, das lateinische Extemporale können sie ohne mich schreiben!“

„Jawohl, daraus wird nichts, Fräulein Faulpelz,“ tönte es von der Tür her, und herein trat der Vater mit kältegerötetem Gesicht. „Eine Pflicht darf nicht um einer andern willen vernachlässigt werden. Ich gehe jetzt auch in meine Sprechstunde und der Klaus in die Schule. Aber wir haben tüchtig geschafft. Nun soll der heiße Kaffee noch mal so gut munden.“

„Och“, machte Nesthäkchen enttäuscht, und das runde Gesichtchen wurde lang. „Ich habe mich schon so auf das Schneeschippen gefreut.“

„Ich fürchte, wenn das draußen so weiter geht, werdet ihr nachmittags noch antreten müssen und Hanne auch“, scherzte der Vater, auf die gerade mit heißem Kaffee eintretende rundliche Küchenfee weisend.

„Ja, Kuchen – nischt zu machen! Mit mir soll Kulicke unten“ – das war der Hausmeister – „man ja nich anfangen. Wenn andere Leute so varrickt sind und ihm seinen Schnee vor'n Haus wechschippen, ich hab' Jott sei Dank noch meine jesunden Sinne. Und ieberhaupt weiß ich, was ich mich als herrschaftliche Köchin schuldig sein tu." Hanne war nämlich empört darüber, daß „ihr Doktor" so wenig Standesbewußtsein hatte und sich zum Schneeschippen zur Verfügung gestellt hatte. Was sollten denn bloß die Patienten davon denken!

„Also Hanne, heute nachmittag treten wir zusammen zum Schneeschippen an", neckte nun auch Annemarie.

„Du, mach, daß de in de Schule kommst und ieberhaupt hab' ich das Reißen in alle Knochens!" Damit schmetterte Hanne aufgebracht die Tür zu.

„Komische alte Kruke!" lachte Klaus hinter ihr her.

Annemarie aber warf einen besorgten Blick auf die Standuhr in der Ecke.

Himmel – zehn Minuten zu acht! Nun hieß es aber dalli – dalli! Die pflichteifrige Margot, mit der sie meistens den Schulweg zurücklegte, würde sicher heute nicht mehr unten warten. Die Pelzmütze auf das Blondhaar gestülpt, Mantel angezogen – Schultasche – waren auch alle Bücher drin? Na hoffentlich! Jetzt war keine Zeit mehr nachzusehen. Was fehlte noch? Richtig, die Hauptsache: Das Frühstück!

„Lotte, die hohen Überschuhe! Daß du mir bei dem Schneewetter nicht ohne Überschuhe gehst", rief die Mutter besorgt.

„Jetzt habe ich aber wirklich keine Zeit mehr dazu, es ist wahnsinnig spät." Annemarie wollte auf und davon.

„Du ziehst die Überschuhe an, Annemarie!" Das war Vaters bestimmter Ton, gegen den es keine Einwendung gab. Und überhaupt, wenn er Annemarie und nicht Lotte zu ihr sagte, dann war er ärgerlich. „Du hattest Zeit genug, früher anzufangen."

Annemarie zerrte bereits ihre sämtlichen Schuhe aus dem Stiefelschrank. Himmlischer Vater, wo waren die Überschuhe bloß? „Minna – Minna – haben Sie nicht meine Überschuhe gesehen?"

„Nein, Fräulein Annemarie, sie müssen doch im Schrank stehen."

„Da sind sie aber nicht – ach Gott, ach Gott, was fange ich bloß an!" Nesthäkchen raste vom Zimmer zum Korridor und vom Korridor ins Zimmer zurück. Puck, ihr Liebling, der ihr gerade in die Quere kam, bekam in der Eile einen Tritt, daß er sich aufheulend in eine sichere Ecke verkroch. Annemarie kümmerte es heute nicht. „Meine Schuhe sind sicher gestohlen worden, ein Patient wird sie mitgenommen haben" – jammerte sie. „Ich muß aber wirklich jetzt fort! Klaus geht auch schon." Letzteres war allerdings ein Beweis dafür, daß die Schule bereits begonnen hatte.

„Annemiechen, hier sind se ja. Du hast se jestern bei mich in der Küche jelassen." Hanne brachte Fräulein Liederlich, die gerade entwischen wollte, die vermißten Überschuhe hinterher. „Ich muß se aber noch'n bißchen sauber machen, se sind zu dreckrig."

„Schadet nichts – ich muß zur Schule." Annemarie war bereits in einem drin.

„Reg' dir nich so auf, Kind, du lernst doch noch mehr als jenuch. Renn dir auch nich so ab, Annemiechen, du rennst dir sonst die Schwindsucht an'n Hals – – –" Annemarie hörte die treue Hanne längst nicht mehr.

Die war bereits die Treppe hinab, hinaus aus dem Hause – pardauz – da flog sie die drei Stufen, die von der Haustür zur Straße hinabführten, hinunter, anstatt sie zu gehen. Fräulein Backfisch lag der Länge nach im tiefen Schnee. Gut, daß der wenigstens weich war. Annemarie hatte nicht mal Zeit, sich zu schämen. Denn Herr Thielen, Margots Vater, der mit einigen anderen Mietern beim Schneeschaufeln war, rief ihr zu: „Was, jetzt gehst du erst zur Schule, Annemarie? Meine Margot wird bald wieder nach Hause kommen." Und Mäxchen Kulicke, der kleine Pflegesohn des Hausmeisters, eine echte Berliner Range, schmetterte sogar hinter ihr her:

„Fräulein Annemarie – Fräulein Annemarie,
Sie machen ja eine Rutschpartie."

„Verflixter Bengel!" wütete Annemarie in sich hinein, während sie sich nicht mal Zeit nahm, den Schnee von den Sachen zu klopfen. „So ein Bengel – na warte man, mein Söhnchen, deine Dresche kriegst du ein andermal dafür." Annemarie fühlte sich nämlich noch immer an der Erziehung des kleinen Mäxchens beteiligt. Hatte sie ihn doch als kleinen elternlosen Ostpreußensäugling vor Jahren in ihrem Puppenwagen beherbergt.

Nein, war das heute ulkig auf der Straße. Man konnte in dem tollen Schneegetriebe kaum die Augen aufhalten. Keine Elektrische fuhr, weil die Gleise alle verschneit waren. Die Schneeböschung längs des Fußsteiges war so hoch, daß Annemarie nur mit Mühe darüber hinwegsehen konnte. Ach, der alte Geheimrat von nebenan war ja auch beim Schneeschippen dabei. Und die junge Frau Assessor, der Student von Nummer neunzehn und der dicke Schlächtermeister, alles durcheinander. Doktor Brauns Nesthäkchen kannte die meisten von ihnen von ihrem Balkonaufenthalt im Sommer her.

Das Vorwärtskommen in dem hohen Schnee war nicht so einfach. Einen Schritt ging man, einen rutschte man. Und nun noch mit den hohen Überschuhen, die so unbequem und lästig waren. Sollte sie dieselben flink ausziehen und in die Mappe stecken? Annemarie überlegte. Nein, es ging nicht. Die Eltern verließen sich darauf, daß sie die Gummischuhe trug, es war unehrlich, wenn sie sie damit hinterging. Trotz mancher kleinen Fehler war Annemarie Braun ein durch und durch wahrheitsliebendes Mädchen. Den Schulbüchern und Heften würde es auch nicht gerade zur größeren Sauberkeit gereichen, wenn sie die nassen Gummischuhe dazu packte. Und überhaupt – zu spät kam sie ja auf alle Fälle. Wenn wenigstens noch in der ersten Stunde lateinisches Extemporale geschrieben worden wäre. Dann wäre ihr die Verspätung höchst angenehm gewesen. Aber die erste Stunde war Deutsch bei Fräulein Neubert, einer strengen und wenig beliebten Lehrerin.

Heiliges Kanonenrohr – dieser Kraftausdruck stammte natürlich von Klaus – die Schuluhr wies ja fast schon auf halb neun. Tiefe, beklemmende Stille auf den Treppen und in den Gängen. Aus den unteren Klassen des

Lyzeums klangen die lauten plärrenden Stimmen der kleinen Abcschützen zusammen im Chor.

Dort hinter jener Tür, der ersten Klasse des Lyzeums, saß jetzt Margot Thielen. Ob die wohl ahnte, daß sich ihre Freundin Annemarie hier so scheu vorbeischlich?

Das Mädchengymnasium lag im anderen Flügel des ausgedehnten roten Backsteingebäudes. Herzklopfend stand Annemarie endlich vor der Tür, die ein Schild „Untersekunda" trug. Sie war zu schnell gelaufen – sicherlich – daher das dumme Herzklopfen. Denn Angst oder vielmehr „Bammel" vor Fräulein Neubert hatte sie doch nicht etwa! Ih, keine Spur!

„Nanu?" Fräulein Neubert richtete die Augen hinter den großen runden Hornbrillengläsern – „Eulenaugen" nannten sie die bösen Mädel, – auf den mit glühenden Wangen plötzlich austauchenden Backfisch. „Nanu?" sagte sie noch einmal und nichts weiter. Aber in diesem Schweigen lag eine sprechendere Strafpredigt, als wenn die Oberlehrerin eine lange Rede gehalten hätte.

„Ach, entschuldigen Sie, bitte, Fräulein Neubert," begann Annemarie möglichst unbefangen, „es schneit nämlich draußen so sehr."

„Ach nee!" machte die Lehrerin. „Hast du noch mehr solcher interessanten Neuigkeiten?"

Die Klasse, die sonst gern jeden Witz der Lehrer belachte, wagte es diesmal nicht. Die Eulengläser funkelten gar zu ärgerlich.

„Mein Vater und mein Bruder haben heute morgen Schnee geschippt," begann Annemarie von neuem, „und – – –" sie kam nicht weiter.

„Möchtest du uns nicht verraten, was du damit zu tun gehabt hast? Sogar wenn du dich persönlich daran beteiligt hättest, verlange ich von einer Sekundanerin soviel Pflichtbewußtsein, daß sie die Schulstunde pünktlich innehält. Ich wünsche keine Entschuldigung mehr, Annemarie Braun – gehe auf deinen Platz."

Annemarie machte ein höchst zufriedenes Gesicht, so leichten Kaufes davongekommen zu sein. „Gott sei's gepfiffen und getrommelt, daß sie mich nicht ins Klassenbuch eingeschrieben hat," flüsterte sie der vor ihr sitzenden Ilse Hermann zu.

Es lag heute wie ein Druck auf der Untersekunda. Das lateinische Versetzungsextemporale, das in der nächsten Stunde drohte, warf bereits seine beängstigenden Schatten voraus. Selbst die muntere Annemarie wurde von dieser Stimmung gefangen genommen. Fräulein Neubert aber schien wenig Verständnis für die beklemmende Atmosphäre zu haben. Sie war heute durchaus unzufrieden mit der Aufmerksamkeit und Teilnahme am Unterricht. Beide Teile, sowohl der lehrende wie der lernende, atmeten befreit auf, als die Schulglocke laut den Stundenschluß verkündete.

Ach, für die Untersekunda war es nur eine Galgenfrist. Keine mochte ihr Frühstücksbrot, das sonst meist schon in der ersten Pause vertilgt wurde, in Angriff nehmen. Jeder war die Kehle vor angstvoller Erwartung wie zugeschnürt. Marlene und Ilse hatten den dunklen und blonden Kopf zusammengesteckt und lernten noch auf Mord die ganze Schulweisheit der lateinischen Grammatik auswendig. Vera Burkhard sagte mit in den Ohren gestopften Zeigefingern die Konjugationen der unregelmäßigen Verben auf. Marianne Davis aber schrieb bereits in das lateinische Heft mit ihrer schönsten Schrift: „6. Klassenarbeit" als Überschrift.

Annemarie Braun tat nicht mit. Ach was, jetzt lernte man doch nichts mehr. Wozu sich noch die Zwischenpause verderben! Aber auch sie war lange nicht so lebhaft wie sonst. Mit einer an ihr fremden Schweigsamkeit starrte sie in das dichte Flockengetriebe hinaus. Plötzlich aber rief sie mitten in die umherschwirrenden lateinischen Vokabeln, Verben und Deklinationen: „Kinder – Kinder, ich hab's! Ich hab' einen famosen Gedanken!"

„Was denn" – „sag' doch" – „so rede doch!" – – – Man umdrängte sie.

„Herwig wird sicher im Schnee stecken geblieben sein, er wohnt doch in Lichterfelde. Oder vielleicht ist er auch ausgerutscht, es ist mächtig glatt draußen. Himmlisch, wenn uns der Schnee vom Extemporale befreien würde!"

„Den Gefallen tut er Ihnen aber leider nicht," klang da in das Geschwirr von hellen Mädchenstimmen eine heisere alte Männerstimme. In ihrer Aufregung hatten die Schülerinnen das Zeichen zur Stunde überhört. „Ihr menschenfreundlicher Wunsch ist nicht in Erfüllung gegangen, Braun. Weder ist die Bahn, noch ich selbst im Schnee stecken geblieben. Hä – hä – hä – hä!" – – – Der alte Herr lachte hüstelnd. „Und nun Extemporalehefte vor" – er schlug plötzlich einen anderen Ton an.

Die Hefte flogen auf die schwarzen Schultische – die Feder gezückt und die Ohren gespitzt. Jede glaubte, die Nachbarin müßte den lauten Schlag ihres Herzens vernehmen.

„Erster Satz: Ich hoffe, daß Karthago in Kürze besiegt sein wird," begann Professor Herwig, zwischen den Bankreihen auf und ab schreitend, zu diktieren.

Frohlockende Mädchengesichter ringsum. Der Satz war nicht schwer, die Federn kritzelten.

„Heißen es victum?" vergewisserte sich Vera jedenfalls noch hinter dem vor den Mund gehaltenen Taschentuch bei ihrer Freundin Annemarie.

Diese nickte. Ach, wenn es doch weiter so leicht bliebe!

„Zweiter Satz: Als Cäsar den Rubikon überschritt, sprach er die denkwürdigen Worte: – – –"

„Es klopft!" – – – rief die Klasse.

„Es klopft?" – – – Der alte Herr blickte verständnislos über seinen Kneifer hinweg. „Nein, er sprach die denkwürdigen Worte: Der Würfel ist gefallen."

„Es klopft, Herr Professor – an der Tür klopft es!" Keine Feder setzte sich in Bewegung. Alles blickte voll Erwartung nach der Tür, als müßte von dort die Erlösung kommen.

„Öffnen Sie," gebot der Lehrer der Zunächstsitzenden.

Herein trat Schuldiener Piefke, die graue Schirmmütze in der Hand.

„Herr Professor, ich soll melden, daß die Klassen von Untertertia bis Obersekunda von zehn bis zwölf Uhr zum Schneeschippen antreten sollen, und daß – – –“

„Juchhu“ – „Piefke soll leben“ – „nein, der Schnee!“ – – Alle Disziplin war gelöst. Die Mädels waren ganz aus dem Häuschen vor Seligkeit.

„Ruhe im Lande – man versteht ja sein eigenes Wort nicht. Was haben Sie uns sonst noch mitzuteilen, Piefke?“

„Daß die Schülerinnen jleich in den Hof runterkommen möchten.“ Piefke lächelte verschmitzt. Er gönnte den jungen Dingern die Freiheit.

„Also dann müssen wir uns fügen – wenn auch schweren Herzens – hä – hä – hä – hä!“ So alt Professor Herwig war, er konnte der Jugend den Jubel nachfühlen. “Aber in der nächsten lateinischen Stunde wird weiter Extemporale geschrieben.“

„Ach, das ist ja noch so lange hin“ – „erst nächsten Donnerstag“ – „vielleicht schneit's dann noch immer.“ Glückstrahlende Mädchenaugen – flinke Hände, die nicht schnell genug die gefürchteten Extemporalehefte zuschlagen konnten.

„Mäntel angezogen!“ rief der bedächtige alte Herr der jungen Gesellschaft, die, wie sie da ging und stand, aus der Klasse stürmen wollte, nach.

Im Hof waren schon die anderen Klassen versammelt. Fräulein Hering und Fräulein Neubert verteilten Schaufeln und hölzerne Schneebesen.

„Ach, wenn doch mein geliebtes Heringchen mit uns gehen würde!“ Annemarie hatte sich ihre Vorliebe für ihre allererste Lehrerin noch immer bewahrt.

Jede Schülerin erhielt eines der Geräte.

„Ihr sollt am Lützowplatz die Bahngleise freischaufeln – lauft doch nicht wie eine Herde Gänse durcheinander – in Riegen antreten!“ kommandierte Fräulein Neubert.

„Ach, du meine Güte – die Neubert macht ja 'ne Turnstunde aus dem Schneeschippen. Wenn die sich an die Spitze unserer Kolonne setzt, dann ist das Vergnügen recht zweifelhaft," murrte Annemarie ihrer Vera zu.

„Besserr – viel mehrr besserr als schrreiben das lateinische Arrbeit."

„Da hast du ein wahres Wort gesprochen – also denn los, ganze Kompagnie!"

„Annemarie Braun, ich brauche euch, große Mädchen, wohl nicht erst darauf aufmerksam zu machen, daß ihr euch auf der Straße wohlerzogen und gesittet zu benehmen habt."

Fräulein Neubert schritt neben der Untersekunda her, während Fräulein Hering die Aufsicht über die Tertia übernahm. So'n Pech!

Annemarie schnitt eine nicht gerade wohlerzogene Grimasse, die man aber in dem dichten Flockengewirbel zum Glück nicht wahrnehmen konnte.

„Wollen wir auskneifen, Vera? Ich glaube, bei dem Schneetreiben merkt es kein Mensch, wenn wir verduften," schlug die unverbesserliche Annemarie vor.

„Au ja, das ganze Kränzchen!" – Ilse, die Annemaries Worte gehört, war gleich dabei.

„Nein, wir wollen doch helfen, den Verkehr aufrecht zu erhalten," wandte Marlene verständig ein.

„Das können wir auch allein auf eigene Faust. Mit Fräulein Neubert zusammen macht es gar keinen Spaß."

„Pst – Annemie – sie hört ja alles – sie hat sich schon nach dir umgedreht," wisperte ihr Marianne zu.

„Ist mir wurscht ohne Fleischmarke. Heute hat sie mich sowieso noch vom Zuspätkommen auf den Strich."

In den Straßen, welche die Untersekunda durchschritt, herrschte reges Leben. Allenthalben war man eifrig beim Fortschaffen des Schnees.

Scherzworte erklangen, jubelnde Kinderstimmen, wenn der Rodelschlitten umkippte.

„Heute müßte man nach dem Grunewald rausfahren mit dem Rodelschlitten," rief Ilse.

„Jawoll, mit Cäsar über den Rubikon müßten wir jetzt eigentlich im lateinischen Extemporale rodeln," lachte Marianne ausgelassen.

„Annemarie sieht aus wie der Alte Fritz mit der weißen Zopfperrücke," neckte Ilse.

„Und du wie Professor Herwig, bloß der Kneifer fehlt!" – – – Doktor Brauns Nesthäkchen blieb keine Antwort schuldig.

Inzwischen hatte man den Lützowplatz, das Feld der künftigen Tätigkeit, erreicht. Die Schülerinnen wurden verteilt.

„Wir bleiben beieinander!" Das Kränzchen scharte sich wie ein Volk Hühner zusammen. In der Tat gelang es ihnen, an derselben Ecke ihre Arbeit zugewiesen zu bekommen.

Lachend machten sich die jungen Straßenkehrerinnen ans Werk. Hei – da wurde einem bald warm, so scharf auch der Wind vom Kanal her blies. Die Augen blitzten, die Wangen glühten, und die jungen Arme arbeiteten mit Anspannung aller Muskeln. Das schaffte.

„Ilse, rück' mir nicht so auf die Pelle, sonst streichle ich dich am Ende mit meiner Schneeschaufel," rief Annemarie durch das Schneegestöber.

„Annemarie, wo bist du? Ich nicht kann machen auf die Augens bei das Schneesturm," hörte man Veras Stimme.

„Kinder, meine Hände sind ganz klamm!" Marianne hauchte ihre roten Finger an.

„Und meine Füße sind schon Eisbein mit Sauerkraut," lachte Marlene.

„Hier, nimm meine Überschuhe, ich habe ganz warme Füße." Nun war es doch gut, daß Annemarie den Wunsch der Mutter befolgt hatte.

„Nein – auf keinen Fall, dann erkältest du dich – – –"

„Quatsch keine Opern – Doktorblut hält warm!“ Annemarie hatte bereits die Schuhe abgestreift und sie selbstlos der Kränzchenschwester hingesetzt.

Ein Weilchen hörte man nichts weiter als das Hacken der Schaufeln, das Schurren der Schneebesen und das Heulen des Windes. Das Bahngleis wäre unter den gemeinsamen Anstrengungen fast schon freigeschaufelt gewesen, wenn – ja, wenn nicht immer neue Schneeflocken aus schweren grauen Wolkensäcken herabgewirbelt wären.

„Kinder, das ist ja die reine Sisyphusarbeit!“ Herzklopfend machte Marlene eine Pause. „Einen Felsblock den steilen Berg hinaufschleppen, ist dagegen Kinderspiel.“

„Hurtig mit Donnergepolter entrollte der tückische Marmor!“ zitierten die Mädels ihren Homer.

„Ich denke, wir machen mal eine kleine Pause. Arbeit macht zwar das Leben süß, aber die Baisertorte hier im Fenster beim Konditor würde es entschieden noch süßer machen. Wie sind eure Taschengeldverhältnisse?“ Marianne, ein Naschkätzchen, schaute begehrlich auf die verlockende Torte hinter der Glasscheibe der großen Konditorei, vor der sie gerade schaufelten.

„Ist ja bloß Eierschaum-Schlagsahnenersatz“ – machte Annemarie verächtlich.

„Hierr, du haben eine süßes weiße Baiser, da du können lecken.“ Vera warf ausgelassen Marianne einen Schneeball an das halbgeöffnete Mäulchen.

„Na warte, du bekommst von mir sogar einen Eisbaiser.“ Marianne erwiderte das Geschoß, die andern blieben natürlich auch nicht untätig dabei. Bald entwickelte sich eine lebhafte Schneeballschlacht unter den Kränzchenschwestern. Hüben und drüben sausten die Kugeln. Mit Lachen, Kreischen und Johlen wurden sie in Empfang genommen.

„Ja, was soll denn das heißen – schämt ihr euch nicht, euch so unerzogen zu betragen? Wer hat eben den Schneeball geworfen?“ Aus dichtem

Flockengeriesel tauchte ein Schneemann mit empörter Miene auf. Er entpuppte sich beim Näherkommen als Fräulein Neubert mit schiefgerutschtem Pelzbarett. Das Schneegeschoß war gegen dasselbe geflogen.

Die Mädchen in ihrer Ausgelassenheit kicherten verstohlen. Keine antwortete.

„Natürlich Annemarie Braun mitten darunter. Da kann ich mir schon denken, wer der Anstifter gewesen ist."

„Wieso denn gerade ich?" Annemaries Gerechtigkeitsgefühl lehnte sich auf.

Der aufgebrachte Schneemann überhörte die Frage. „Ihr seid zum Schneeschippen beordert worden, und nicht, um hier Dummheiten zu treiben. Geht an die Arbeit und laßt euch nicht einfallen, euch wieder mit solchem kindischen Unfug zu befassen." Das schiefgerutschte Pelzbarett nickte ärgerlich zu Fräulein Neuberts tadelnden Worten.

Vor seine Tür, unbemerkt von den jungen Mädchen, war der dicke Konditor getreten. Schlohweiß wie seine Umgebung stand er da und schaute sich das muntere Treiben vor seinem Laden schmunzelnd an. Auch die Strafpredigt der Lehrerin hatte er vernommen. Die frischen jungen Dinger, die eben noch so übermütig gejubelt hatten, und nun wie begossene Pudel die Köpfe senkten, taten dem guten Mann leid.

„Na, junge Fräuleinchens, weil ihr vor meinem Geschäft so schön den Schnee fortgekehrt habt, lade ich euch zu einer Tasse heißer Schokolade ein, damit ihr euch 'n bißchen inwendig aufwärmt." Er hatte die Worte an Annemarie Braun gerichtet, um sie für den Tadel der Lehrerin zu trösten.

„Famos!" Das reizende Gesichtchen strahlte vor Begeisterung.

„Bringen Sie man noch zwei Freundinnen mit." Der biedere Mann weidete sich an dem unverhohlenen Glück des Backfischchens.

„Ach, Herr Konditor, wir sind fünf Kränzchenschwestern hier. Bitte, bitte, erlauben Sie doch, daß die andern beiden auch mitkommen. Wir geben ihnen von unserer Schokolade was ab." So freimütig klang's, und die blauen Vergißmeinnichtaugen schauten so bittend drein, daß der Konditor wohlwollend nickte.

„Aber jewiß doch, jewiß doch. Das Kränzchen muß beisammen bleiben. Immer rein in de jute Stube, meine Damens.“

„Du, Annemarie, aber was wird Fräulein Neubert dazu sagen! Wollen wir nicht erst um Erlaubnis bitten?“ warf Marlene halblaut ein. Trotzdem die Schokolade sehr verlockend war, das Pflichtbewußtsein meldete sich.

„Ehrpusseliges Ding!“ schalt Annemarie. „Das könnte uns fehlen. Die Neubert ist ja jetzt drüben auf der anderen Seite.“

„Und wenn sie uns Schokolade trinken sieht, wird sie höchstens neidisch,“ meinte auch Marianne und leckte sich schon den Mund im Vorgefühl des kommenden Genusses.

Marlene wurde überstimmt. Sie folgte den Kränzchenschwestern in den Konditorladen. Aber ganz wollte sich ihr Gewissen nicht zum Schweigen bringen lassen. Die anderen nahmen inzwischen seelenvergnügt in dem Damensalon an dem kleinen Marmortischchen, das der Konditor ihnen anwies, Platz. Nicht lange dauerte es, da standen fünf Tassen duftende Schokolade vor den Backfischchen. Denn das brachte der freundliche Konditor doch nicht fertig, zwei von ihnen leer ausgehen zu lassen.

„So, nun laßt es euch schmecken, junge Herrschaften!“ sagte er und stellte die große Baisertorte aus dem Fenster mitten aus den Tisch vor die fünf.

„Was – die soll auch für uns sein?“ Annemarie riß die Augen noch weiter auf als sonst.

„Na, janz werdet ihr sie wohl nicht schaffen.“ Der Konditor begann mit breitem Lachen die Torte in Stücke zu schneiden. „Das schmeckt nach der Anstrengung, was?“

Und ob es schmeckte! Der gute Mann brauchte wirklich nicht zu fragen. Das sah er den eifrig Schmausenden an, den schleckenden Mäulchen und den dankbaren jungen Augen. Selbst Marlenes Gewissen mußte solchen Herrlichkeiten gegenüber sich verkriechen.

Doch ach! – „Des Lebens ungemischte Freude ward keinem Irdischen zuteil.“ Es nahte das Verderben.

Keine der fröhlich Schmausenden hatte acht auf die Türschelle. Erst als eine weibliche Stimme draußen am Ladentisch ein Viertel Hustenbonbons verlangte, hoben sich jäh die Mädchenköpfe. Erschreckte Augen sahen sich an. Marlene blieb der Bissen im Halse stecken. O Gott – Fräulein Neubert in höchsteigener Person. Warum gab es denn keine Tarnkappe, um sich unsichtbar zu machen! Wenn das Verhängnis doch bloß an ihnen vorübergehen wollte!

Nein – Fräulein Neuberts Augen entging nichts, sie sahen alles, auch wenn sie nicht die Eulengläser trugen. Beim Verlassen des Ladens warfen sie durch die offene Tür einen Blick in den Nebenraum und – blieben starr an dem Marmortischchen der fünf haften.

Marlene hatte sich trotz ihres Schreckes höflich erhoben. Die anderen folgten herzklopfend ihrem Beispiel. Nur Doktor Brauns Nesthäkchen blieb ruhig sitzen und steckte das Näschen in die Schokoladentasse. Aber diese Vogel-Strauß-Politik half ihr wenig. Schon stand Fräulein Neubert vor den Erschreckten.

„Möchtet ihr mir vielleicht erklären, was das bedeuten soll, daß ihr, anstatt eure Pflicht zu erfüllen, hier heimlich euer Taschengeld vernascht?“ begann sie mit gedämpfter, aber gewitterschwüler Stimme.

Keine Antwort. Jede dachte, die andere würde sprechen. Annemarie gab sich einen Ruck.

„Wir vernaschen nicht unser Taschengeld – wir sind eingeladen worden,“ sagte sie so dreist wie möglich.

„Eingeladen – von wem?“ Die Lehrerin schien ihren Worten nicht recht Glauben zu schenken.

„Von mir,“ mischte sich der Konditor da plötzlich in das Verhör. „Was ich bin, Karl Aujust Hirsekorn, ich habe die jungen Damens mit Verlaub zu einem Täßchen Schokolade einjeladen, weil sie mir den Schnee so brav vor meiner Tür fortjeschaufelt haben. Und wenn das Fräulein vielleicht auch ein Täßchen genehmigen möchte, es soll mir nicht darauf ankommen.“ Der weltkluge Mann glaubte auf diese Weise am schnellsten die Wogen des Zornes zu glätten, und seine jungen Freundinnen vor einer weiteren Standpauke zu bewahren.

Aber da kannte er Fräulein Neubert nicht. Die schüttelte hoheitsvoll das Haupt, auf dem die Pelzmütze noch immer schief thronte, und sprach mit gebieterischer Handbewegung: „Ihr verlaßt augenblicklich die Konditorei und begebt euch unverzüglich nach Hause. Alles andere wird sich morgen in der Schule finden.“

Das klang so unheilverkündend, daß Marlene sofort mit scheuem Gruß davonschlich. Ilse, ihr getreuer Schatten, natürlich hinterher. Vera und Marianne warfen schmerzliche Abschiedsblicke auf die noch recht umfangreiche Baisertorte. Nur Annemarie hatte so viel Geistesgegenwart, das halbe Stück Torte, das sie noch auf ihrem Teller hatte, trotz des flüssigen Eierschaums in der Manteltasche verschwinden zu lassen. Dann wandte sie sich höflich an den Konditor.

„Herr Hirsekorn, ich danke Ihnen noch vielmals, auch im Namen meiner Freundinnen, für Ihre feine Bewirtung.“

„Is jern jeschehen – recht jern jeschehen, Fräuleinchen. Und wenn 's morjen wieder schneit, könnt ihr euch wieder eine Tasse Schokolade mit Schippen verdienen!“

Ach, Doktors Nesthäkchen sowohl wie den Kränzchenschwestern sollte der Appetit aus Konditor Hirsekorns Schokolade gründlich vergehen.

3. Kapitel. Doktors Nesthäkchen gründet einen Schülerrat

„Wenn doch bloß die Literaturstunde bei Fräulein Neubert erst vorüber wäre,“ rief Ilse Hermann am nächsten Tage aufgeregt.

Marlene Ulrich, an welche ihre Worte gerichtet waren, nickte nur stumm. Sprechen konnte sie vor Beklommenheit nicht. Ganz blaß sah das arme Mädchen aus. Sie hatte in der Nacht nur wenig geschlafen in banger

Erwartung, was wohl nach dem gestrigen Konditoreibesuch noch erfolgen würde. Allgütiger – wenn Fräulein Neubert ihnen ihre Versetzungszensuren nach Obersekunda verdarb!

Marianne, Vera und Annemarie hatten ebenfalls die Köpfe zusammengesteckt.

„Seid doch nicht solche Banghasen, Kinder!“ Unbekümmert biß Annemarie Braun in ihr Frühstücksbrot. „Was soll denn nachkommen? Höchstens noch eine erneute Auflage des gestrigen Donnerwetters. Na meinetwegen – ich habe ein Elefantenfell.“

Der Eintritt der gefürchteten Lehrerin machte dem halblauten Gespräch, dem die Klasse voll Interesse gelauscht, ein Ende.

Marlene konnte sich kaum von ihrem Sitz erheben, so zitterten ihr die Knie. Vera rückte unbehaglich auf ihrem Platz hin und her.

Fräulein Neubert schritt gravitätisch mit gemessenen Schritten zum Katheder. Dort oben blieb sie stehen und blickte durch die Eulenbrille stumm auf die Mädchenschar, von der sich hier und da eine hinter der Vorihrsitzenden verkroch.

„Lieber Gott, laß sie doch zum Literaturbuch greifen! Ich kann zwar sehr wenig von den mittelalterlichen Dichtern, aber immerhin besser, als wenn sie noch einmal die Soße von gestern aufwärmt,“ betete Marianne Davis im innersten Herzen.

„Ich habe der Untersekunda eine Mitteilung zu machen, eine recht betrübende,“ begann da Fräulein Neubert. Das hörte sich ganz und gar nicht nach Literatur des Mittelalters an. Wo sollte das hinaus? Fünf bange Seelen fragten es sich bedrückt.

„Mehrere Schülerinnen der Untersekunda,“ fuhr Fräulein Neubert fort, „sind gestern ungehorsam gewesen.“ Die Eulenaugen schienen die fünf jungen Missetäterinnen zu durchbohren. Besonders auf dem rosigen Gesicht Annemaries blieben sie haften. „Trotz meines Gebotes, ihre Pflicht beim Fortschaffen des Schnees zu erfüllen und keine Allotria zu treiben, habe ich sie schlemmend in einer Konditorei ertappt. Ich will hier gar nicht von der Unschicklichkeit reden, daß Schülerinnen ohne Begleitung eines Erwachsenen eine Konditorei aufsuchen. Lediglich von dem Ungehorsam, der verdient eine exemplarische Strafe –" Marlene Ulrich wurde so weiß wie der Batistkragen an ihrem Kleide.

Wieder eine sekundenlange Pause. Den armen Dingern schien sie Stunden zu dauern.

„Ich sehe mich also genötigt, die betreffenden fünf Schülerinnen wegen Ungehorsam unter Tadel zu schreiben und ihnen auf dem Zeugnis im Betragen Nummer drei zu geben – – –" Lautes Weinen unterbrach die Rede.

„Ach, Fräulein Neubert, liebes Fräulein Neubert!" Das war Marianne Davis.

„Es soll nicht wieder vorkommen – ganz gewiß nicht." Ilse Hermann schluchzte zum Gotterbarmen.

Marlene Ulrich sprach kein Wort. Sie biß sich auf die Lippen, daß sie bluteten, aber kein Laut kam darüber.

Vera hatte die ganze Tragweite der Worte Fräulein Neuberts noch nicht recht begriffen. Sie weinte mit, weil die anderen weinten.

Zwei Mädchenhände aber hatten sich zornig zu Fäusten geballt, und ein roter Mund hatte empört die Worte herausgestoßen: „Na, das ist aber stark!"

„Hat hier eine noch etwas zu sagen?" Die Eulenbrillengläser durchbohrten den vorlauten Backfisch.

Die strahlenden Blauaugen Annemaries senkten sich nicht. Sie hielten der Eulenbrille stand.

Auch jetzt schwieg Doktors Nesthäkchen nicht, trotzdem die neben ihm sitzende Vera es beschwörend zupfte, doch bloß den Mund zu halten. Heulen, nein, das tat Annemarie nicht. Aber mit ihrer Meinung hielt sie nicht zurück.

„Wir haben den Tadel nicht verdient, Fräulein Neubert," sagte sie mit lauter Stimme, die nur vor Entrüstung zitterte. „Wir waren weder ungehorsam, da Sie uns ja nicht verboten hatten, in die Konditorei zu gehen, noch haben wir etwas Unschickliches getan. Der Konditor wollte sich uns für das Schneeschippen erkenntlich zeigen und uns bei der Kälte etwas Warmes zukommen lassen. Meine Eltern haben sich darüber gefreut und durchaus nichts Ungehöriges dabei gefunden." Doktors Nesthäkchen atmete tief auf. So – nun wußte Fräulein Neubert wenigstens Bescheid.

Die Klasse sah halb mit Bewunderung, halb mit Besorgnis auf die kühne Sprecherin. Au weh – was würde jetzt kommen? Alles hielt den Atem an.

„Na, das ist wirklich stark!" Fräulein Neubert brauchte, ohne es zu wissen, Annemaries Ausdruck von vorhin. „Du willst deiner Lehrerin Vorschriften machen? Kein Wort mehr! Was die Eltern zu Hause für richtig befinden, geht mich nichts an. Ich habe dafür zu sorgen, daß die Schuldisziplin nicht verletzt wird. Und das tue ich! Erledigt! Wo waren wir voriges Mal stehen geblieben?"

„Bei Johann Fischart," rief es hier und dort. O weh, heute mußte sich jede zusammennehmen. Heute war mit Fräulein Neubert nicht gut Kirschen essen.

Erledigt? Für Annemarie war die Angelegenheit noch lange nicht erledigt. Trotzig warf sie den Blondkopf zurück. So 'ne Ungerechtigkeit – so 'ne haarsträubende Ungerechtigkeit! Aber das ließ sie nicht stecken. Ganz gewiß nicht. Sie ging zum Direktor und beschwerte sich. Oder – – – Annemarie zog die Stirn kraus, ein Zeichen, daß sie angestrengt nachdachte. Aber nicht Johann Fischart und seinem glückhaften Schiff von Zürich, das die Lehrerin mit der Klasse durchnahm, galten ihre Gedanken. Die wanderten ganz wo anders hin.

Hatte Klaus nicht erzählt, daß in seinem Gymnasium von den Jungen Schülerräte gebildet worden waren? Annemarie hatte eigentlich nicht viel davon begriffen. Nur soviel war ihr klar geworden, daß die Schüler durch ihren Schülerrat Beschwerde über Lehrer erheben konnten. „Jetzt lassen wir uns nichts mehr gefallen," hatte Klaus großsprecherisch verkündet. Vater allerdings war durchaus nicht mit den Worten seines Sprößlings einverstanden gewesen. „Das fehlte noch, daß ihr, dummen Jungs, über eure Lehrer zu Gericht sitzt. Hat denn die Revolution euch allen die Köpfe verdreht? Nächstens werden noch Säuglingsräte gebildet, die über ihre Eltern aburteilen," so hatte er ärgerlich geäußert. Laut auf hatte sein Nesthäkchen über die Säuglingsräte gelacht, und Klaus' Schülerräte waren ihr recht dumm vorgekommen.

Jetzt aber in ihrer Empörung erschienen Annemarie die Schülerräte durchaus nicht mehr dumm. Im Gegenteil, dringend notwendig kamen sie ihr vor, um der bisher unumschränkten Gewalt des Lehrers eine Grenze zu setzen. Was an Klaus' Gymnasium möglich war, ging auch bei ihnen. Sie waren ja auch im Gymnasium, sie waren auch nicht dümmer als die Gymnasiasten. Sie ließen sich auch nicht alles gefallen, wenn sie auch Mädels waren. Nein, ganz gewiß nicht!

„Du, Vera –" die neben ihr sitzende Freundin erhielt einen kleinen Rippenstoß – „du, ich gründe einen Schülerrat. Dann kann sich Fräulein Neubert aber in acht nehmen."

„Wie? –" Vera sah verdutzt drein. Sie hatte keine Ahnung, was Annemarie eigentlich wollte.

„Einen Schülerrat gründe ich, der über Fräulein Neubert Gericht abhält und – – –"

„Vera Burkhard, gib den Inhalt des eben besprochenen Gedichtes an!" Der Lehrerin war die Unaufmerksamkeit der beiden nicht entgangen.

Vera schnellte empor und stand stumm da.

„Einst fuhren Büchsenschützen zu Schiff von Zürich nach Straßburg." So laut auch Annemarie vorsagte, Vera verstand in ihrer Aufregung nur die Hälfte.

„Büchsen sind gefuhren nach – nach die Züricher Strraße." Der Klang haftete nur im Ohr der Freundin.

Schallendes Gelächter erhob sich in der Klasse. Die junge Deutschpolin mit ihrem mangelhaften Deutsch lieferte oft Lachstoff. Sie hatte dann eine reizende Art, mitzulachen. Heute aber lachte Vera nicht mit den anderen. Ängstlich blickte sie zu Fräulein Neubert hin, die ein gar zu böses Gesicht machte.

„Ich denke doch, Vera Burkhard, du hättest allen Grund, mich jetzt durch doppelte Aufmerksamkeit zufriedenzustellen. Abgesehen davon, daß du jeden Augenblick dazu benutzen solltest, dein fehlerhaftes Deutsch zu verbessern. Ich kann dir in der Konferenz unmöglich die Reife für Obersekunda zusprechen."

Die Tränen der Gescholtenen begannen zu fließen. Aber tröstend wisperte es von nebenan: „Heule nicht. Verachen, du bleibst nicht sitzen. Dafür wird schon mein Schülerrat sorgen."

Wirklich versiegten die Tränen. Vera stellte sich unter Schülerrat etwas Ähnliches wie den Herrn Schulrat vor. Ja, wenn der dafür sorgen würde!

„Marlene Ulrich, gib du den Inhalt des Gedichtes an."

Die Aufgerufene schien aus einer anderen Welt zu kommen, so versunken war sie noch immer in ihren Schmerz. Aber sie nahm sich zusammen.

„Im 16. Jahrhundert fuhren Büchsenschützen zu Schiff von Zürich nach – nach – – –" Sie stockte, wurde rot und senkte verlegen den Kopf.

„Nach Straßburg," half Annemarie, trotzdem sie mehrere Plätze entfernt saß, kränzchenschwesterlich aus, während die Eulengläser ihr einen vernichtenden Blick zuwarfen.

„Nach Straßburg." Marlene atmete erleichtert auf. „Und zum Zeichen, daß sie die Reise in einem Tage zurücklegten, brachten sie einen Kessel mit Hirsebrei, der in Zürich gekocht war, noch warm nach Straßburg," vollendete sie fließend.

„Setzen!" Fräulein Neubert machte sich eine Notiz in ihrem Büchlein. „Zu welcher Gattung Gedichte gehört das glückhafte Schiff von Zürich?"

Die Untersekunda machte gerade keine schlauen Gesichter.

Nur ein Zeigefinger erhob sich. Er gehörte zu Annemarie Braun, die für deutsche Literatur besonderes Interesse hatte. Die Lehrerin schien es nicht zu bemerken.

„Weiß es keine?“

„Ich – ja, ich – – –“ Zu überhören war Annemaries laute Stimme wirklich nicht. Aber Fräulein Neubert brachte das Kunststück fertig.

„Ist es ein lyrisches Gedicht?“ fragte sie wieder.

„Nein“ – „nee.“ – Annemaries Stimme rief am lautesten von allen: ihr Zeigefinger fuhr wild im Kreise durch die Luft.

„Also was für eins?“

„Ein erzählendes.“ – – Annemarie schrie es einfach, ohne gefragt zu sein, in ihrer Lebhaftigkeit.

„Hier hat nur diejenige zu sprechen, die ich aufrufe.“ Fräulein Neubert runzelte die Stirn.

„Na, wenn ich nicht ausgerufen werde, mehr als melden kann ich mich nicht,“ gab Annemarie ungezogen zur Antwort.

„Annemarie Braun, ich glaube, du willst heute zum zweitenmal nähere Bekanntschaft mit dem Klassenbuch machen.“ Die Lehrerin griff nach dem gefährlichen Buch.

„Durchaus nicht – aber Luft bin ich nicht – und wenn ich mich am Unterricht beteilige – – –“ Das junge Mädchen wurde bald blaß, bald rot vor Aufregung.

„Schülerinnen, welche sich ungehörig benehmen, existieren für mich nicht. Und nun wünsche ich kein Wort mehr über die Angelegenheit zu hören.“ Fräulein Neubert schrieb mit schönen großen Buchstaben Annemarie Braun unter Tadel.

„Das lasse ich mir nicht gefallen – ich gehe zum Direktor. Wir bilden Schülerräte, wie das bei Klaus am Gymnasium schon eingeführt ist. Solche

Behandlung brauchen wir uns nach der Revolution nicht mehr gefallen zu lassen. Die Jugend hat auch ihre Rechte, wir sind freie Menschen und keine Sklavenseelen!“ wütete Annemarie vor sich hin, während Vera sie vergeblich zu besänftigen suchte:

„Nicht sprrechen so laut – du fliegen herraus!“

Annemarie war in ihrer Erregung alles gleich – keine Träne kam ihr über den Tadel. Nur Empörung, grenzenlose Empörung zeigten die jungen, ausdrucksvollen Mienen. Ohne sich um den Fortgang der Stunde noch zu kümmern, nahm sie ein Buch aus der Mappe und schlug es auf. Wenn Fräulein Neubert sie vom Unterricht ausschloß – schön, ihr sollte es recht sein.

Die Kameradinnen sahen mit erstaunt mißbilligenden Blicken auf die dreiste Annemarie. Da hatte das kecke Ding doch tatsächlich ganz offensichtlich auf dem Schultisch das französische Buch aufgeschlagen und präparierte Athalie. Marianne Davis drehte sich beinahe den Hals aus, um diese Sehenswürdigkeit eingehend zu betrachten, während Vera ihr ängstlich zuflüsterte: „Buch machen zu – Frräulein Neubert sehen herr mit grroße Eulenaugens.“

Annemarie ließ sich nicht stören. Sie hörte den Vortrag der Lehrerin über Johann Fischart, den Verfasser des vorhin besprochenen Gedichtes nicht, denn sie hatte sich absichtlich beide Zeigefinger in die Ohren gestopft. Erst als Ilse Hermann, die vor ihr saß, aufgerufen wurde und ängstlich den Kopf mit dem glattgescheitelten Blondhaar nach allen Seiten wandte, ob sich nicht eine mitleidige Seele ihrer Unwissenheit erbarmte, wurde sie aufmerksam.

„Kannst du uns wirklich kein anderes Werk dieses erzählenden Dichters nennen, Ilse Hermann?“

Ilse stand ratlos und nahm aus Verlegenheit einen ihrer langen Blondzöpfe in den Mund.

„Flöhhatz,“ trompetete es da plötzlich durch die Stille. Einen Augenblick saßen die Mädels starr über Annemaries Unverfrorenheit.

Dann aber brach die Klasse in ein lautes, nicht zu bändigendes Gelächter aus.

„Ruhe – ich verlange augenblickliche Ruhe!“ Die Stimme der Oberlehrerin legte sich eisig auf das helle Mädchenlachen. „Annemarie Braun, du verläßt unverzüglich die Klasse.“

„Ich habe nichts weiter getan, als ein Werk von Fischart genannt.“ Annemarie schlug ihren Racine mit lautem Knall zu und verließ erhobenen Hauptes den Schauplatz ihrer Heldentaten.

Aber so gleichgültig, wie sie sich äußerlich den Anschein gab, war ihr innerlich ganz und gar nicht zumute. Grenzenlos gedemütigt fühlte sie sich in ihrer Sekundanerwürde. Rausgeflogen war sie aus der Klasse – an die Luft gesetzt worden – die ganze Untersekunda war Zeuge ihrer Schmach gewesen – – Annemarie stieß wütend mit dem Fuß gegen den steinernen Flurboden, daß es laut durch die Stille hallte. Tränen der Auflehnung schossen ihr heiß in die Augen.

So ließ sie sich nicht behandeln. O nein! Fräulein Neubert hatte kein Recht, sie vom Unterricht auszuschließen. Heute noch gründete sie einen Schülerrat, der beim Direktor vorstellig werden mußte. Das ließ sie sich nicht gefallen!

Am liebsten wäre Fräulein Heißsporn sofort auf frischer Tat zum Direktor gelaufen und hätte sich über die ihr zugefügte Behandlung beschwert. Aber alles muß seine Ordnung haben. Gemeinsam mußten sie vorgehen, nur Einigkeit macht stark. Und wenn sie allein Beschwerde erhob, war es nichts weiter als ganz gemeines Petzen. Das hatte Annemarie Braun von klein auf verachtet.

Piefkes Glocke erlöste Annemarie aus ihrer Verbannung. Möglichst unauffällig mischte sie sich unter die anderen Schülerinnen. Die hatten sofort, nachdem Fräulein Neubert die Klasse verlassen, das Katheder gestürmt.

„Ihr seid alle fünf unter Tadel geschrieben, und Annemarie Braun hat einen Doppeltadel,“ rief eine, die als erste das Klassenbuch erwischt hatte.

Jämmerliches Schluchzen übertönte sie.

„Ruhig, Kinder! Heule doch nicht wie ein mondsüchtiger Mops, Marianne. Der Tadel wird ja wieder gestrichen.“ Vergeblich versuchte Annemarie Braun sich Gehör zu schaffen. Da sprang sie kurz entschlossen auf den Lehrerstuhl.

„Ruhe!“ schrie sie mit ihrer ganzen Lungenkraft in den Tumult hinein. Und nochmals: „Ruhe!“

Wirklich, die Wogen der Erregung glätteten sich. Neugierig schaute alles zu der jungen Sprecherin hoch oben auf dem Kathederstuhl.

„Schließt die Tür,“ befahl Doktors Nesthäkchen. „Ich habe euch Wichtiges zu sagen.“ Selbst Marianne Davis hielt im Jammern inne und spitzte neugierig die Ohren. „So geht das nicht weiter,“ verkündete Annemarie den aufhorchenden Mädeln. „Wir dürfen uns eine derartige unwürdige Behandlung nicht länger gefallen lassen. Wißt ihr, was wir tun werden?“

Keine wußte es.

„Wir gründen einen Schülerrat!“ Wie eine Offenbarung klang es.

„Einen – was – – –?“ Die Untersekunda wußte jetzt nicht mehr als zuvor.

„Einen Schülerrat – habt ihr denn noch nie was davon gehört?“ Doktors Nesthäkchen kam sich ungeheuer überlegen vor, trotzdem es selbst noch nicht allzulange das Wort in seinem Sprachschatz aufgenommen hatte.

„Was ist denn das für ein Ding, so ein Schülerrat?“ Dichter umdrängte man das Katheder.

„Ein Schülerrat, das ist eben – na, wie kann man so was bloß nicht wissen! Ein Schülerrat ist eben ein – ein Schülerrat,“ setzte die junge Rednerin höchst klar auseinander.

Verdutzt sahen sich die Schulkameradinnen an.

„Versteh' ich nicht,“ sagte Marlene Ulrich ehrlich.

„Na, Schülerräte werden jetzt gegründet, damit wir uns nicht alles mehr von den Lehrern gefallen lassen müssen. Wir Schülerinnen haben auch unser Recht, seitdem wir eine Republik sind. Habt ihr in der Zeitung noch nichts von Arbeiterrat und Soldatenrat gelesen? Na also. Schülerrat ist so was Ähnliches.“ Annemarie war ungeheuer stolz auf ihre Kenntnisse.

„Ja, wie machen wir das denn, wenn wir solchen Schülerrat gründen wollen?“ fragte eine zweifelnd.

Annemarie zog die Stirn kraus und dachte angestrengt nach. Eine derartige Gründung war eine feierliche Handlung, die würdig begangen werden mußte. „Wir heben die rechte Hand hoch und sprechen alle zusammen die Worte der Eidgenossen auf dem Rütli: ›Wir wollen sein ein einig Volk von Brüdern – ach nee, Schwestern, in keiner Not uns trennen und Gefahr‹.“

Das fanden sie alle sehr schön und feierlich. Nur Marlene gab zögernd zu bedenken: „Wenn uns Fräulein Neubert nur nicht wieder einen Tadel deswegen einschreibt.“

„Kann sie ja gar nicht mehr, wenn wir erst unseren Schülerrat haben,“ triumphierte Annemarie. „Also hebt die Hand hoch – die rechte, Vera – sprecht nach: ›Wir wollen sein ein einig Volk von Schwestern, in keiner Not uns trennen und Gefahr‹.“ Laut und feierlich erschallte es durch die Untersekunda. Dreißig Hände hoben sich empor.

„Nanu – führen Sie Wilhelm Tell hier auf?“ erklang es da verwundert von der Tür her in den Schwur hinein. Professor Möbus betrat die Klasse zur französischen Stunde.

Hui – war der Schwarm auseinandergestoben und auf den Plätzen. Keine dachte mehr an den soeben geleisteten Eid, in keiner Not sich zu trennen und Gefahr. Einsam thronte Doktors Nesthäkchen aus seiner Höhe. Annemarie war so verblüfft durch den plötzlichen Eintritt des Lehrers, daß sie das Heruntersteigen vergaß.

„Nanu?“ Kopfschüttelnd besah sich der Herr Professor die zu einer Statue erstarrte junge Dame. „Wollen Sie die Berolina vom Alexanderplatz darstellen, Braun?“

Da kam wieder Leben in Annemarie. „Nee,“ machte sie und war mit einem Satz herunter auf ihren Platz.

Sehr viel Aufmerksamkeit war heute nicht in der französischen Stunde. Der Schülerrat spukte in den blonden und braunen Mädchenköpfen.

„Um Mitternacht müssen wir zusammenkommen und den Eid ablegen, bei Mondschein, sonst ist es nicht ein bißchen poetisch,“ flüsterte Ilse Hermann.

„I wo, Bonbons müssen wir morgen alle mitbringen zur würdigen Feier,“ schlug Marianne vor. Da war es wohl kein Wunder, daß die Übersetzung der „Athalie“ nicht sehr flott ging, und die Nummern, die sich der französische Lehrer in sein Büchlein schrieb, nicht besonders ausfielen.

Nach Beendigung der Stunde scharte man sich wieder um die Gründerin des Schülerrates.

„Wir müssen einen Vorstand wählen,“ schlug eine vor, deren Vater in vielen Vereinen tätig war.

„Ja, natürlich“ – „Annemarie Braun muß in den Vorstand“ – „sie soll sich selbst die übrigen wählen.“ Eine überschrie die andere.

„Schön.“ Annemarie nahm gnädig die Wahl an. „Ich wähle Marlene, Ilse, Vera und Marianne in den Vorstand.“ Denn das war doch ganz selbstverständlich, daß sie vor allem erst ihre Kränzchenschwestern berücksichtigte.

„Nee, lauter Freundinnen, das geht nicht,“ erhob eine Widerspruch.

„Und ich möchte auch gar nicht in den Vorstand,“ wandte Marlene ein. „Erst muß ich sehen, wie die Sache mit dem Tadel verläuft. Muttchen wird schrecklich böse sein.“

„Wir wollen gleich zum Direktor gehen und Beschwerde wegen der ungerechten Tadel erheben,“ versuchte Annemarie sie zu überreden. Aber auch Ilse und Marianne hatten plötzlich die Lust verloren, in den Vorstand einzutreten. Zum Direktor gehen und Beschwerdc gegen eine Lehrerin erheben – nein, das war doch zu riskant.

Nur Vera, die Intima, blieb ihrem Schwur treu, in keiner Not sich zu trennen und Gefahr.

„Drei müssen wir mindestens sein, sonst hat unsere Abordnung kein ordentliches Ansehen," stellte Annemarie vor. „Wer tritt noch in den Vorstand ein?"

Verlegene Mädchengesichter – beredtes Schweigen. Keine hatte Lust, den gefährlichen Gang zum Direktor zu wagen.

„Ihr habt ja keinen Schneid im Leib, seid nicht wert, Gymnasiasten zu sein, die Jungs sind aus ganz anderem Holz," machte die junge Vorsitzende des neuen Schülerrates ihre Genossinnen herunter.

Schließlich meldete sich noch eine, die nicht sehr angesehen in der Klasse war und auch bei den Lehrern nicht besonders angeschrieben. Annemarie hätte lieber noch eine von den Fleißigen dabei gehabt, aber – „in der Not frißt der Deibel Fliegen", dachte sie.

„Wollt ihr denn wirklich zum Direktor gehen?" Die Kränzchenfreundinnen versuchten noch einmal die unternehmungslustige Annemarie umzustimmen.

„Annemie, wirr fliegen bei Dirrektor alle drrei an derr Luft," stellte auch Vera leise vor.

„Wer Angst hat, kann ja hierbleiben." Selbst der Busenfreundin gegenüber wurde Annemarie jetzt ärgerlich. „Der Schülerrat der Untersekunda hat seine Abordnung hier zu erwarten," sagte sie großartig und verließ die Klasse stolzen Hauptes und nur wenig pochenden Herzens. Vera und die dritte im Bunde spazierten beklommen hinterdrein.

Je näher man der Tür des Direktorzimmers kam, um so langsamer wurden die Schritte und um so schneller das Pochen der drei Mädchenherzen. Einen Augenblick zauderte selbst die kecke Annemarie, ehe sie an der Respekt einflößenden Tür mit den matten Glasscheiben anzuklopfen wagte. Nur einen Augenblick. „Herein," rief es von drinnen.

„Wollen wirr laufen nicht lieberr forrt?" Vera zog sie ängstlich rückwärts.

„Hasenfuß!" Trotzdem auch Doktors Nesthäkchen durchaus nicht zum besten zumute war, öffnete sie jetzt erst recht keck die gefährliche Tür.

Der Herr Direktor saß an seinem Arbeitstisch und blickte über die Brille hinweg auf die an der Tür bescheiden Stehenbleibenden.

„Ei, sieh da, drei Grazien. Was bringen Sie Schönes?" fragte er wohlwollend.

Den gütigen alten Augen gegenüber ging Annemarie ihre empörte Anklage nicht so recht über die Lippen. Wollte sie nicht Fräulein Neubert verpetzen? Pfui! Wenn sie es auch noch so beschönigte, im Grunde genommen blieb es doch ganz gemeines Klatschen.

„Nun?" Der Herr Direktor wartete immer noch auf Antwort.

Es half nichts, sie mußte reden.

„Fräulein Neubert hat mir und meinen Freundinnen ungerecht einen Tadel gegeben." – – – Flammendrot wurde Annemarie. Zum erstenmal in ihrem Leben petzte sie.

„Ungerecht?" – Das freundliche Lächeln des Herrn Direktors schwand.

„Ja, wir sind beim Schneeschippen von einem Konditor, vor dessen Tür wir geschaufelt haben, mit einer Tasse Schokolade für unsere Arbeit belohnt worden. Und dafür hat uns Fräulein Neubert unter Tadel geschrieben," sprudelte sie heraus, wieder ganz aufsässige Entrüstung.

„Hm – scheint mir nicht ganz wahrscheinlich, wird wohl noch anders zusammenhängen. Und was wollen Sie und die beiden andern nun bei mir?" Durchdringend blickten die Augen über die Brille hinweg.

Annemarie drehte an ihren Fingern. Petzen – das Wort dröhnte ihr in den Ohren, trotzdem tiefe Stille in dem kleinen Raum herrschte. Aber wer A gesagt hat, muß auch B sagen.

„Fräulein Neubert hat mich ferner vom Unterricht ausgeschlossen, und als ich mich trotzdem beteiligte, hat sie mich – da hat sie mich aus der Klasse gewiesen und mir einen zweiten Tadel eingeschrieben.“ Ganz leise kam es diesmal über die roten Lippen. Annemarie schämte sich grenzenlos.

„Das sind ja recht nette Sachen, die ich da zu hören bekomme. Diese unerfreulichen Dinge, die in der Sekunda nicht mehr vorkommen dürften, erfahre ich noch früh genug in der Konferenz. Was wollen Sie also hier?“ Nichts Wohlwollendes hatten die sonst gütig blickenden Augen mehr. Kurz und streng klang die Frage.

Annemaries sich verkriechender Mut richtete sich wieder trotzig empor.

„Beschweren wollen wir uns über die ungerechte Behandlung. Wir lassen uns so was nicht mehr gefallen. Wir Schülerinnen haben auch unsere Rechte. Wir haben einen Schülerrat gebildet und erheben Einspruch gegen jede Ungerechtigkeit.“ Annemarie wußte selbst nicht, woher sie den Mut zu diesen energischen Worten nahm, während Vera sie ängstlich zupfte, doch bloß zu schweigen.

Auf der Stirn des gestrengen Oberhauptes hatten sich unheilverkündend gewitterschwere Wolken geballt. Jetzt brach das Donnerwetter herein.

„Also Revolution – Revolution in meiner Schule! Das ist ja nett! Schülerrat – ja, schämen Sie sich denn gar nicht, mir altem Mann mit derartig aufsässigen Ideen zu kommen? Haben wir noch nicht genug an der Revolution draußen im Lande? Und wissen Sie, törichtes Kind, denn überhaupt, was solche Schülerräte bezwecken?“ So ärgerlich hatte Annemarie den Herrn Direktor noch nie gesehen.

„Gerechtigkeit,“ stieß sie mit dem letzten Rest ihres arg zusammengeschmolzenen Selbstbewußtseins hervor. „Die Schülerräte sollen bei Ungerechtigkeiten der Lehrer zu Gericht sitzen und – – –“

„So, also über eure Lehrer wollt ihr aburteilen, ihr jungen Grünschnäbel, ihr! Vielleicht auch über die Eltern zu Hause, falls euch an ihrer Erziehung irgend etwas nicht paßt? Da seid ihr ja mal wieder recht gründlich auf dem Holzweg in eurer Neunmalklugheit. Schülerräte sollen zu dem Zweck gebildet werden, um das Verhältnis zwischen Lehrern und Schülern zu bessern, zu einem freundschaftlicheren zu gestalten. Die Schülerräte sollen die Kameraden zum Guten beeinflussen, damit die Lehrer gar nicht erst notwendig haben, zu strafen. Sagen Sie mal, Annemarie Braun, sind Sie denn davon überzeugt, daß Ihr heutiges Verhalten, Fräulein Neubert gegenüber, vor einem derartigen Schülerrat hätte bestehen können?“

Annemarie stand stumm. Es kam nicht oft vor, daß sie eine Antwort schuldig blieb. Nein, höflich und bescheiden hatte sie sich heute ganz gewiß nicht benommen.

„Sie sprechen sich selbst durch Ihr Schweigen das Urteil. Und nun gehen Sie und schämen Sie sich Ihrer kindischen Unvernunft.“ Eine kurze Handbewegung scheuchte das Kleeblatt im Nu aus dem Zimmer.

Ja, Doktors Nesthäkchen schämte sich grenzenlos. So sehr, daß es all den neugierigen Fragen der in der Klasse auf sie Harrenden kaum standzuhalten vermochte. „Der Direktor ist nicht für Schülerräte – er ist schon zu alt für moderne Bestrebungen.“ Das war alles, was man aus Annemarie herausbekam.

Nie mehr in ihrem ganzen Leben gründete sie wieder irgendeinen Verein!

4. Kapitel. Versetzungszensuren

Der Zensurentag für die Osterversetzung war in diesem Jahre auf den 9. April festgesetzt. O Tücke des Schicksals! Doktors Nesthäkchen haderte mit den höheren Mächten. Denn der 9. April war von jeher der wichtigste Tag in ihrem Leben – ihr Geburtstag. Und gerade an diesem strahlend hell aus der einförmigen Jahreskette herausblitzenden Tag sollte das Urteil ihr gesprochen werden. Denn zum erstenmal in ihrem Leben hatte Annemarie vor den Zensuren einen sogenannten „Bammel“. Behaupteten doch die Mädel allen Ernstes, daß man mit einem Doppeltadel nicht in die Obersekunda versetzt werden könne.

Himmel, die Schande! Was würde Großmama bloß sagen, wenn sie zum Geburtstag glückwünschen wollte und Annemarie, ihr Liebling, war sitzengeblieben! Ob sie das Uhrenarmband, das sie sich sehnlichst wünschte, dann wohl noch bekam? Ach und die Eltern! Der Vater, der selbst so unermüdlich von morgens früh bis spät in die Nacht in seiner Praxis tätig war, pflegte sie immer beim Schopf zu nehmen: „Fleißig, Lotte, fleißig studiert, daß du bald meine Assistentin werden kannst!" Denn das war Annemaries Ziel, auf das sie lossteuerte. In Vaters Klinik mal seine rechte Hand zu werden. Und ihr Muttchen mochte sie noch viel weniger betrüben. Seit Frau Doktor Brauns Rückkehr aus England, wo sie das erste Kriegsjahr von ihrer Familie getrennt verlebte, war ihre Gesundheit nicht mehr so widerstandsfähig wie früher. Ihr Nesthäkchen umsorgte sie jetzt voller Zärtlichkeit, hatte es sich doch grenzenlos nach der fernen Mutter gebangt. Und da sollte sie nun den Eltern den Kummer zufügen, in der Untersekunda kleben zu bleiben? Klaus würde noch am ehesten Verständnis für sie haben, war er doch selbst schon mal den Krebsgang in der Schule gegangen. Aber vor dem großen Bruder Hans, der in Freiburg Nationalökonomie studierte, müßte sie sich mächtig schämen. Der war immer Primus durch alle Klassen gewesen und zog die jüngere Schwester in allen Briefen mit ihrer Gymnasiastengelehrsamkeit auf.

Ja, es war schon eine Tränenwelt, in der man gerade am 9. April die Osterzensuren verteilte!

Doktors Nesthäkchen hielt es für geraten, am Vorabend dieses ereignisschweren Tages die Eltern für alle Fälle schonend vorzubereiten.

„Die Versetzung nach Obersekunda soll fast noch schwerer sein als das Abiturientenexamen," begann sie beim Abendbrot möglichst unbefangen.

„I wo!" machte Klaus wegwerfend. „Bei uns Jungs vielleicht, weil wir das Einjährige damit kriegen. Aber bei euch Mädels ist das wie jede andere Versetzung."

„Ei – ei, unser Nesthäkchen hat doch nicht etwa eine wenig erfreuliche Geburtstagsüberraschung für uns in petto?“ Der Vater nahm sein Mädel aufs Korn.

„Nee – nee – ich mein' ja man bloß so. Man muß nie zu siegesgewiß sein,“ beeilte sich das Töchterchen hastig zu versichern.

„Na, Lotte, übergroße Bescheidenheit ist doch sonst nicht gerade dein Fehler,“ verwunderte sich die Mutter und dachte sich ihr Teil.

Annemarie war immer eine gute Schülerin gewesen. Sie hatte stets zu den Ersten gehört, niemals hatte ihr das Lernen irgendwelche Schwierigkeiten gemacht. Wenn die Lehrer wirklich mal etwas an ihr auszusetzen hatten, dann trug höchstens ihre allzu große Lebhaftigkeit daran die Schuld. Die ließ sie nicht immer die strengen Grenzen, welche die Schuldisziplin erheischt, innehalten.

Sorgenvollen Herzens legte sich Doktors Nesthäkchen am Vorabend ihres sechzehnten Geburtstages zu Bett.

„Nu schlaf man recht schön, Annemiechen,“ hatte Köchin Hanne zu ihr gesagt, „und paß auf, was dir träumt. Denn was man vor dem Jeburtstag träumt, trifft ein.“

Ach, sie würde, wenn sie überhaupt in dieser Nacht Schlaf fand, sicherlich von Tadeln und von Sitzenbleiben träumen, von Fräulein Neubert mit den Eulenaugen und von dem mißglückten Schülerrat. Hatte sie bei all ihrer sonstigen Offenherzigkeit doch nicht gewagt, davon zu Hause zu erzählen. Weniger wegen der Strafpredigt der Eltern, als aus Furcht vor den Neckereien des Bruders. Der durfte nicht erfahren, wie unsterblich sie sich in der Schule blamiert hatte.

Nein, sie würde sicherlich heute nacht kein Auge zutun, dachte Doktors Nesthäkchen und – da schlief es bereits, tief und traumlos schlief es bis zum andern Morgen.

Grau und unfreundlich blinzelte der 9. April ins Fenster hinein, als hätte er noch nicht recht ausgeschlafen. Auch das Geburtstagskind blinzelte müde aus seinen Kissen heraus. War es nicht das beste, heute überhaupt nicht aufzustehen? Aber die Geburtstagsfeier nachmittags mit den Freundinnen, all die Geschenke – – – „ach was, ich bin feige!“ Damit sprang Annemarie in ihre roten kleinen Pantoffeln.

Meistens war ihr Geburtstag in den Osterferien gewesen. Fiel Ostern spät, dann pflegte der Geburtstagstisch erst mittags, wenn sie aus der Schule kam, ihrer zu warten. Mutter fürchtete sonst mit Recht, daß die Gedanken ihrer Lotte daheim bei den Geschenken blieben. Auch heute wurde erst mittags beschert. Nur ein Strauß Frühlingsblumen prangte vor Annemaries Frühstücksplatz. Und dann die große Torte, die Hanne alljährlich, selbst in den schweren Kriegsjahren, für „ihr Kind“ zu backen pflegte. „Für unser Nesthäkchen“ stand stets darauf in unbeholfener Zuckerschrift.

„Hanne, ich glaube, zu meinem siebzigsten Geburtstag backen Sie mir auch noch die Nesthäkchentorte,“ lachte Annemarie, die sich mit ihren sechzehn Jahren dem Nesthäkchenalter ungeheuer entwachsen fühlte.

„Allemal, wenn ich denn noch leben tu. Unser Nesthäkchen biste und bleibste!“ Zärtlich klopfte die gute Hanne die rosigen Wangen ihres Lieblings.

Annemarie, sonst ein strahlend heiteres Geburtstagskind, mußte sich heute ordentlich zusammennehmen, um einigermaßen froh zu erscheinen. Es lag wie eine Bergeslast auf ihrer jungen Seele. Als der Vater sie liebevoll in seine Arme schloß: „Mach' uns weiter Freude wie bisher, meine Lotte,“ da hätte nicht viel gefehlt, und sie hätte losgeheult. Und war dabei doch sonst gar keine Tränenweide, die Annemarie.

Muttchen aber, die ihr Kind in jeder Ader kannte, hatte sie an ihr Herz gezogen: „Nun wollen wir wünschen, daß die heutige Osterzensur zur Zufriedenheit ausfällt, was, Lotte?“

Das Töchterchen hatte stumm genickt und sich blutübergossen schnell abgewandt. Aha – da stimmte was nicht.

Essen konnte Annemarie absolut nichts heute morgen, nicht einmal Kuchen.

„Versetzungsfieber," stellte Klaus als Doktorsohn sachgemäß fest.

Annemarie machte, daß sie fortkam.

Draußen sah es nicht viel heller aus als in des Geburtstagskindes Seele. Der Schnee, der wochenlang die Straße weiß und licht eingebettet hatte, war schmutzigem Tauwetter gewichen. „Matschwetter" nannte es der Berliner. Schneeflocken, mit kaltem Regen untermischt, schüttete ein tiefhängender grauer Wolkenhimmel auf die Dahineilenden aus. Grau in grau alles. Hu – kam denn die Sonne gar nicht wieder zum Vorschein?

Margot Thielen, mit der Annemarie täglich den Schulweg zurücklegte, hatte es gut. Die brauchte keine Angst zu haben, nicht nach Obersekunda versetzt zu werden. Die war solche pflichteifrige und bescheidene Schülerin, daß sie sicher wieder mit einer Prämie nach der ersten Klasse hinüberkam.

Die Kränzchenschwestern in der Schule waren alle miteinander aufgeregt. Würde Fräulein Neubert ihnen den Konditortadel auf die Zensur geschrieben haben?

„Du hast wenigstens heute Geburtstag, Annemie. Da wird das Donnerwetter bei dir zu Hause nicht allzu arg werden," meinte Ilse ein bißchen neidisch.

„Wenn die Neubert mir das ›Lobenswert‹ im Betragen verdorben hat, darf ich bestimmt heute nachmittag nicht zu dir kommen," überlegte Marianne bedrückt. Marlene Ulrich sagte nichts. Keinen Ton brachte sie vor Aufregung hervor. Ganz blaß sah sie aus. Vera hielt Annemaries kalte Hand in der ihren.

„Man wirrd versetzen dirr bestimmt, Annemie. Du brrauchen nicht ängsten," tröstete sie leise. Dabei schlug ihr eigenes Herz nicht weniger beklommen. Wer konnte wissen, ob in der Versetzungskonferenz nicht an ihrem fehlerhaften Deutsch Anstoß genommen worden war.

Endlos lange erschien den Mädels heute die Feier in der Aula. Der Gesang der Schülerinnen, die Rede des Direktors, die Entlassung der Abgehenden, die Prämienverteilung – – – endlich, endlich betrat der

Ordinarius einer jeden Klasse die Kanzel, um die Namen der Glücklichen, die versetzt wurden, zu verlesen. Da krampfte sich manches Mädchenherz zusammen. Der Atem stockte, die Augen lasen die Worte, die Sein oder Nichtsein bedeuteten, von den Lippen.

Professor Herwig, der Ordinarius der Untersekunda, schneuzte sich umständlich, ehe er den großen Bogen entfaltete. Dann nahm er noch eine Prise aus seiner Tulardose, hüstelte einige Male und begann darauf mit belegter Stimme: „Von Untersekunda nach Obersekunda werden versetzt: Arndt, Auerbach, Below – – –“

„Ach, wenn mein Name doch mit Z beginnen würde,“ dachte Doktors Nesthäkchen, während die Aula mit allen Mädeln, der alte Professor droben wie Räder vor ihren Augen zu kreisen begannen.

„Below, Bock, Braun, Burkhard.“ – Ein schwer unterdrückter Freudenjuchzer wurde hier in der atemlosen Stille hörbar. Die Köpfe wandten sich der dritten Reihe zu, wo er laut geworden. Aber das reizende blonde Mädel, das da in überströmender Seligkeit den Arm der danebensitzenden Schwarzhaarigen fast entzwei quetschte, merkte davon absolut nichts.

„Versetzt, Vera, alle beide – und die andern auch!“ Die Namen Davis und Hermann waren inzwischen an ihrem Ohr vorübergeglitten. Nur Marlene hatte lange auf den Namen Ulrich zu warten. Aber bei der war es ja außer Zweifel, daß sie versetzt wurde. Die bangte nur vor dem Tadel.

„Ich möchte Herwig am liebsten einen Kuß aus Dankbarkeit geben,“ flüsterte Annemarie wieder ausgelassen.

„Biete serr, aberr Frräulein Neubert hat verrdienen die Kuß mehrr.“ Auch Vera war überglücklich. Trotzdem die eigentliche Zeugnisverteilung noch ausstand.

„Himmel, die Eulenaugen spießen mich schon wieder auf.“

Die Oberlehrerin hatte in der Tat verweisende Blicke zu den Störenden gesandt.

Was nun noch kam, war allen ganz gleichgültig. Hauptsache war, man war in die Obersekunda gerutscht. Die kleine Standpauke, die Professor Herwig Annemarie Braun bei der Überreichung ihrer Zensur hielt, daß es ihn schmerze, auf dem sonst guten Zeugnis einen Tadel zu sehen, machte zur Verwunderung des alten Herrn gerade einen entgegengesetzten Eindruck. Die blauen Mädchenaugen strahlten in reinem Glück: Bloß ***einen*** Tadel – dem Himmel sei's getrommelt und gepfiffen!

Auch die Kränzchenschwestern waren wie aufgebunden: Der Konditortadel war nicht mit auf die Zensur gekommen.

„Habe ich der Neubert gar nicht zugetraut, daß sie so anständig sein könnte," rief Ilse Hermann unvorsichtig laut.

„Pst!" Marlene, die wieder etwas Farbe bekommen hatte, hielt ihr den Mund zu. „Am Ende haben wir das deinem Schülerrat zu verdanken, Annemie."

Annemarie wurde zuerst ein wenig rot. Dann aber warf sie sich in die Brust: „Ist schon möglich, daß der Direktor sich auf meinen Antrag hin ins Mittel gelegt hat." Nun kam ihr Schülerrat doch noch zu Ehren.

Immer noch ging häßlicher Schneeregen zur Erde nieder. Aber den Freundinnen, die untergeärmelt die Schule verließen, merkten in ihrer Freude nichts davon. Annemarie schien die ganze Welt verändert. Sie sah kein schmutziges Regengrau mehr, nur noch, wie lustig die Tropfen auf dem Asphalt zersprangen. In ihr hüpfte und sprang es ganz ebenso ausgelassen.

„Ich weiß gar nicht, Annemie, daß du so vergnügt sein kannst, wo du doch immer noch einmal getadelt auf der Zensur hast," verwunderte sich Marlene.

„Ach was, einmal ist keinmal," lachte Annemarie sie aus.

„Gib doch den Tadel einfach für den Konditortadel aus, dann ist er weniger schlimm," schlug Ilse pfiffig vor.

„Ja, du können doch garr nicht wissen, welches Tadel sie haben gestrreicht." Auch Vera fand die Mogelei erlaubt.

„Nee – mach' ich nicht. Muttchen beschwindle ich nicht. Noch dazu heute, wo jeder bemüht ist, mir was Liebes anzutun.“ Ohne Besinnen rief es Annemarie.

„Und wer an seinem Geburtstag schwindelt, der lügt das ganze Jahr,“ warnte Marianne.

Es bedurfte dieser Mahnung ganz und gar nicht. Annemarie Braun war bei all ihren kleinen Schwächen ein durch und durch ehrliches Mädel.

Wohl stieg sie, als man sich einander nach endlosem Hin- und Herbegleiten schließlich mit vielen Küssen bis zum Nachmittag getrennt hatte, ein wenig zögernd die Treppen daheim hinauf. Eigentlich dämlich, daß der Direktor nicht gleich den andern Tadel mitgestrichen hatte. Es war ja nicht ihrethalben, i wo! Aber ihrem Muttchen hätte sie gern jede unangenehme Minute erspart.

„Hanne, ich bin Obersekundanerin!“ Wie ein Wirbelwind ging's an der öffnenden Küchenfee vorüber.

„Na, denn biste was rechts, Annemiechen!“ Hanne vermochte sie nicht damit zu imponieren.

Der Mutter aber, die bereits vom Erkerfenster Ausschau nach ihrem so lange säumenden Nesthäkchen hielt, war ein Stein vom Herzen.

„Na, Lotte, nun beichte mal, was dir heute morgen so schwer auf der Seele gelastet hat, war's bloß die Versetzung?“

„Ja, die Versetzung und das hier.“ Annemarie wies auf den säuberlich geschriebenen Tadel, den die Mutter noch nicht entdeckt hatte. „Aber du brauchst dich gar nicht darüber aufzuregen, Muttchen, denn Fräulein Neubert war geladen auf mich und selbst schuld an meiner ungehörigen Antwort.“

„Na, na, Lotte, den Tadel wirst du wohl durch vorlautes Wesen verdient haben. Nun bist du schon sechzehn Jahre alt, wann wirst du endlich lernen, bescheiden den Mund zu halten?“

Stürmisch umfaßte sie die Gescholtene.

„Muttchen, es lohnt wirklich nicht, daß du dich auch nur die Spur deshalb aufregst. Ja, wenn es noch ein Doppeltadel wäre. Aber so haben wir wirklich nur Grund, dankbar und zufrieden zu sein.“

„Diese Auffassung leuchtet mir nicht so recht ein, Lotte. Deine Freundinnen haben sicherlich keinen Tadel. Die sind bescheiden und höflich.“ Wirklich ganz bekümmert sah die Mutter aus.

„Bescheiden und höflich, die? Ja, vielleicht Marlene und Vera. Aber Ilse tut bloß so, als ob sie kein Wässerchen trüben könnte, und Marianne ist auch oft mit dem Mund voraus. Ein paar Mädel in meiner Klasse haben sogar nur ›im ganzen befriedigend‹ im Betragen. Und Vater sagt immer, man solle unter sich sehen und nicht über sich, damit man nicht neidisch wird.“

„Na, Lotte, so habe ich das nun wirklich nicht gemeint.“ Lautes Lachen kam von der Tür her. „Ich habe das nur auf soziale Verhältnisse bezogen. Wenn es sich darum handelt, sich an besseren Schülerinnen ein Beispiel zu nehmen, hast du sogar die Pflicht, nach oben zu sehen und nicht nach unten. Nun laß mal deine Zensur anschauen und hole dir deine Keile dafür, du Schlingel.“ Vater packte sein Nesthäkchen, wie er es so gern tat, im Nacken wie den Puck.

„Du, Vater, du vergißt, daß ich heute sechzehn Jahre alt bin.“ Annemarie reckte sich, daß sie nicht mehr viel kleiner war als Doktor Braun. „Mit Schlingel und mit Keile hat es jetzt ein Ende – ich bin Obersekundaner.“

„Donnerdoria – wirklich versetzt? Ich habe nach der Einleitung sicher gedacht, du wärest sitzengeblieben. Und ›gut‹ im Betragen, was will man mehr? Bloß einmal getadelt – für solche Prachtzensur muß nun auch die Belohnung kommen.“ Der Vater zwinkerte so drollig mit dem einen Auge, daß auch die Mutter wieder lachen mußte. „Ihr habt doch mit der Geburtstagsbescherung auf mich gewartet, wie?“

„Ja, freilich, auf dich und auch auf die Großmama. Sie wollte gern dabei sein und – – –“

„Großmuttchen ist wie immer pünktlich auf die Minute.“ Annemarie raste aus dem Zimmer, um der besten aller Großmütter selbst die Tür zu öffnen.

„Ja, unser Nesthäkchen wächst heran, wir haben bald eine große Tochter, Elsbeth!“ Doktor Braun sah seiner hübschen Jüngsten mit Vaterstolz nach.

„Du verziehst sie noch heute genau so wie früher, Ernst. Ich bin ärgerlich wegen des Tadels auf der Zensur. Du lachst darüber. Wenn nicht solch guter Kern in unserem Mädel steckte – – –“

Da betraten die zwei, Großmutter und Enkelin, Arm in Arm das Zimmer. Frau Doktor Braun brach ihre Rede ab und begrüßte die Mutter.

„Großmuttchen ist seit letztem Sonntag kleiner geworden, ganz bestimmt – ich bin heute einen halben Kopf größer,“ stellte Annemarie frohlockend vor dem großen Eckspiegel fest.

„Ich glaube eher, daß du inzwischen gewachsen bist, Herzchen,“ lachte Großmama.

„Von mir aus kann die feierliche Bescherung nun losgehen,“ verkündete Annemarie. „Auf Klaus wird nicht gewartet, der kann pünktlich sein.“

„So, meinst du?“ Der Genannte hatte sich plötzlich hinter sie geschlichen. „Da reiße ich mir nicht nur ein, sondern alle beide Beine aus, um für dich, Leckermaul, Mandelschokolade, die du so gern ißt, aufzutreiben, und das ist dann der Dank vom Hause Habsburg.“

„Richtiggehende Mandelschokolade? Ach, Kläuschen, nun ist wirklich Frieden. Ich danke dir tausendmal.“ Sie wollte ihm einen Kuß auf die ersten bescheiden sich kaum hervorwagenden Schnurrbarthärchen drücken, aber er schüttelte sie ab.

„Geschenkt – für so 'ne Leckereien bin ich nicht.“

Inzwischen hatte der Vater die breite Schiebetür, die das Wohnzimmer von dem Speisezimmer trennte, zurückgerollt. Lichterschein sprühte von dem mit weißem Damasttuch gedeckten Gabentisch und warf seine goldenen Reflexe auf den sich glücklich über die Geschenke neigenden Blondkopf.

„Siebzehn Lichte, in heutiger Zeit, ihr seid mir aber Verschwender," drohte Großmama lächelnd.

„Ohne die Geburtstagslichte tut es Ernst nun mal nicht, die sind ihm wichtiger als der Kuchen. Er hat sie für unser Nesthäkchen vom Weihnachtsbaum abgespart."

„Nesthäkchen, Muttchen? Nesthäkchen lesen den Struwwelpeter und nicht den Gerhart Hauptmann." Annemarie hatte bereits die Nase in einen der Bände hineingesteckt. „Und Nesthäkchen brauchen auch noch kein Tanzstundenkleid – ach, ist das süß!" Das Backfischchen probierte bereits den Rosenknospenmull vor dem Spiegel. „Noten – fein! Den Auszug aus den Meistersingern habe ich mir brennend gewünscht. Goldig sind die Lackschuhe – – –"

„Du scheinst farbenblind zu sein, Annemie, die Lackschuhe sind schwarz." Primanerlogik kann manchmal recht unbequem sein.

Annemarie pflegte sie einfach zu überhören. Die drückte ihre Mutter vor Dankbarkeit fast entzwei und flüsterte ihr ins Ohr: „Auf der nächsten Zensur soll sicher kein Tadel mehr stehen, Muttichen, ich will mir alle eure Liebe verdienen." War doch ein Prachtmädel, ihre Lotte, trotz allen Übermutes. Böse sein konnte man ihr nicht.

Nun kam der Vater heran. Erneute Auflage von Küssen und Dankesbezeigungen. Von da ging's zur Großmama.

„Großmuttchen, ich danke dir vielmals."

„Wofür denn?" verwunderte sich die alte Dame. „Ich habe dir doch gar nichts geschenkt, Kind. Bei den heutigen schweren Zeiten hielt ich es für richtiger, es bei den guten Wünschen bewenden zu lassen. Bist du nicht auch meiner Meinung, Herzchen?"

„Freilich!" – Das kam allerdings recht zögernd heraus. „Dann danke ich dir für deine guten Wünsche, Großmuttchen. Und du hast ganz recht, es ist wirklich besser, wenn du dir für das Geld Butter kaufst: alte Leute dürfen nicht unterernährt sein, sonst gehen sie ein, hat Vater neulich gesagt.“ Da hatte Nesthäkchens glückliches Temperament die kleine Enttäuschung wegen Großmamas ausbleibenden Geschenkes bereits überwunden.

Großmama lachte, daß sie Tränen in den Augen hatte. Auch die andern stimmten ein. „Na, dann werde ich nur all mein Geld in Butter anlegen, um nicht einzugehen, eine Arzttochter muß das ja wissen.“

Man ging zu Tisch. Als Annemarie ihre Serviette aufhob, lag darunter ein kleines, längliches Kästchen.

„Nanu?“ Sie wurde vor Erregung rot und sah jeden der Reihe nach an.

Aber ihr forschender Blick begegnete lauter harmlosen Gesichtern. Keiner schien mit dem Kästchen irgendwas zu tun zu haben.

„Mach' doch auf,“ drängte Klaus, der selbst neugierig war.

Behutsam öffnete Annemarie.

„Ein Uhrenarmband – eine süße kleine Tularuhr! Das ist Großmuttchen gewesen, und wenn sie's auch nicht zugeben will.“

Großmamas Suppenteller geriet in Gefahr. Die Nudeln in der Bouillon vollführten einen wilden Wirbel, so ungestüm war Annemaries Umarmung.

„Kind – Herzchen, du bringst mich ja in Verlegenheit. Wir waren doch eben einig geworden, daß ich dir diesmal nichts schenke,“ erwehrte sich die alte Dame der lebhaften Dankesbezeigungen.

„Jawoll.“ – Doktors Nesthäkchen machte keiner so leicht dumm. „Ach, Großmuttchen, wunderschön ist sie.“ Ein liebevoller Blick streichelte das neue Uhrenarmband. „Wieviel Butter hättest du dir dafür kaufen können!“

5. Kapitel. Nesthäkchens sechzehnter Geburtstag.

Am Nachmittag füllte sich der Geburtstagstisch noch erheblich. Jede der Kränzchenschwestern wollte Annemarie eine Freude machen. Vera, die

Intima, hatte ihr sogar eine Handarbeit verehrt, ein wunderhübsches Sofakissen für ihr Zimmer.

„Ich wünschen dirr Glück für deine ganze Leben, und wenn du liegen auf meine Kissen, du sollst denken, ich kissen dirr."

„Küssen heißt es aber," verbesserte Margot gewissenhaft. Margot Thielen stand in ständigem Wettbewerb mit Vera, Annemaries beste Freundin zu sein. Diesmal stach sie dieselbe aber aus. Margot hatte mit großer Handgeschicklichkeit und peinlicher Sauberkeit ein Büchlein in mattrosa Seide mit weißen Lederecken selbst eingebunden und auf den Deckel in weißer Seide gestickt: „Meine Lieblingsgedichte." Drinnen auf die erste Seite hatte sie mit ihrer schönen, akkuraten Schrift folgenden selbstverfaßten Vers eingeschrieben:

„Was die Dichter einst ersonnen,
Was erfüllet mich mit Wonnen,
Was mir lieb in all den Jahren,
Dieses Büchlein soll's bewahren."

„Margot, ist das rührend von dir! Das hast du alles ganz allein gemacht?" Annemarie wußte nicht, was sie zuerst daran bewundern sollte, die hübsche Idee oder die mühselige, gelungene Ausführung. „Seht bloß mal, Kinder – wie geschickt! Du hast mir eine Riesenfreude gemacht, Margotchen!" Ein Riesenkuß besiegelte die Riesenfreude.

„Margotchen" strahlte. Frau Doktor aber zupfte ihr Töchterchen am Ohr: „Nimm dir nur ein Beispiel, Lotte, an diesem Fleiß, dieser peinlichen Sauberkeit und Ausdauer. Kannst du so etwas machen?"

„Nee," gab Annemarie ehrlich zurück. „Wenigstens würde der weiße Seidendeckel bei mir sicher eine schwarze Farbe bekommen haben, so lange hätte ich daran rumgemurkst. Dafür ist Margot ja auch unser Tugendschäfchen."

Marlene und Ilse, die Unzertrennlichen, waren auch in ihrer Gabe unzertrennlich. Sie hatten Annemarie zusammen einen Band Storm gebracht.

„Wir haben uns vorgenommen, dir jedes Jahr einen Band dazu zu schenken, bis du den Storm vollständig hast," erklärte Marlene.

„Wie alt muß ich dazu werden?" erkundigte sich Annemarie vorsichtig.

„Es ist die Ausgabe in vier Bänden. Zu deinem neunzehnten Geburtstag sind wir fertig."

„Na, das werde ich ja hoffentlich erleben, tausend Dank," lachte das Geburtstagskind.

„Wenn wir nicht vorher miteinander schuß sind," meinte Ilse nachdenklich.

„Du scheinst ja nette Absichten zu haben!" – „Ilse beurteilt uns nach sich, weil sie solch kleiner Zankdeibel ist." – „Ach wo, Ilse ist gar nicht unverträglich, wir zanken uns nie." Das war natürlich Marlene, die sich ihres zweiten Ichs annahm.

„Wo bleibt denn Marianne? Der Kaffee wird kalt – ach, fangen wir doch ruhig ohne sie an." Verlangende Mädchenaugen überflogen die einladende Tafel mit den leckeren Kuchenschüsseln.

„Es klingelt" – „das ist sie" – „wenn es Kuchen gibt, kommt unser Mariannchen sicher nicht zu spät," so schwirrte es lustig durcheinander.

Es war aber nicht die Erwartete, sondern Tante Albertinchen mit den weißen Pudellöckchen. Die war noch viel älter als Großmama und wackelte beim Sprechen schon mit dem Kopf. Und alle die weißen Löckchen wackelten mit. Annemarie war ihr ganz besonderer Liebling. Auch diesmal hatte sie die fleißigen Finger wieder für sie geregt und ihr einen allerliebsten weißen Mullpompadour mit Valenciennespitzen gearbeitet. „Für die weißen Sommerkleider, wenn ihr Sonntags ins Freie fahrt, Annemiechen," erklärte sie.

„Ja, und für die Tanzstunde im Winter! Ach, Tante Albertinchen, ist der Pompadour süß. Kein bißchen altmodisch.“ Annemarie zerquetschte die zierliche kleine Tante in ihrer Begeisterung.

„Warum sollte er denn altmodisch sein?“ verwunderte sich Tante Albertinchen und zupfte ihr in Unordnung geratenes Spitzentuch wieder zurecht.

„Na, weil du doch selbst so – – –“ Annemarie stockte plötzlich und wurde rot. „Weil du selbst doch schon alt bist,“ vollendete sie dann erleichtert. Da hätte sie doch bei einem Haar gesagt, „weil du selbst so altmodisch bist“. Aber das wäre ein schlechter Dank für Tante Albertinchens liebevolles Geschenk gewesen.

Der große Napfkuchen war beinahe aufgefuttert, und auch die Streuseltorte näherte sich ihrem Ende! Und immer noch fehlte Mariannes rundes Gesicht mit dem braunen Zopfkranz im Kreise der Freundinnen.

„Ich werde mal bei ihr anläuten, was los ist!“ Das Geburtstagskind lief zum Telephon. Aber bevor sie noch Anschluß hatte, was mal wieder eine kleine Ewigkeit dauerte, erschien Marianne Davis in höchsteigener Person. Ein wenig abgehetzt, ein wenig verlegen und ein wenig verweint.

„Was hat's denn gegeben“ – „warum kommst du denn so spät“ – „au weh, da scheint es was gesetzt zu haben“ – „war es wegen der Zensur?“ so bestürmte man die Nachzüglerin.

Aber Marianne schüttelte auf alle Fragen verlegen den Kopf.

„Ich habe mich nur verspätet,“ stotterte sie.

„Das haben wir gemerkt. Aber weshalb denn, hast du was ausgefressen?“ Annemarie war ziemlich neugierig.

„Laß doch die Marianne in Ruhe, die hat viel nachzuholen,“ legte sich Frau Doktor Braun ins Mittel. „Komm, setz' dich hierher, Kind. Lotte, du sorgst für sie.“

Das ließ sich Marianne nicht zweimal sagen. Sie stürzte sich auf Kaffee und Kuchen, als ob sie all ihren Schmerz darin versenken wollte.

Annemarie legte ihr immer von neuem auf, als könnte sie dadurch ihre taktlose Frage von vorhin wieder gut machen. Allmählich bei der erheiternden Beschäftigung des Kuchenessens hob sich Mariannes gesunkener Lebensmut etwas. Als die Schokoladentorte ihr entgegenlachte, da lachte auch sie wieder.

„Annemie, ich habe ja ganz vergessen, dir dein Geschenk zu überreichen – da – ich glaube, damit macht man einem jetzt die größte Freude." Marianne beurteilte die Freundin nach sich selbst. Aber sie irrte sich nicht. Annemarie, das Naschkätzchen, freute sich sehr über den Kasten Konfekt.

„Danke vielmals – fein ist das Konfekt!" Ein Kuß erfolgte. Aber gleich darauf hielt sich Annemarie, das Naturkind, die Nase zu. „Puh, wie riechst du denn? Wie eine gesengte Gans!"

„Haach – du hast dir ja ein großes Loch in deine Haare gesengt, bist du dem Herdfeuer zu nahe gekommen?" Ilse hatte scharfe Augen.

Bis zu dem Loch in dem glatten Braunhaar wurde die Marianne rot vor all den neugierigen Augen, deren Zielscheibe sie plötzlich war.

„Na, dann will ich's nur lieber sagen." Ein schneller Blick ins Nebenzimmer, wohin die Damen sich inzwischen zurückgezogen hatten. Die waren im eifrigen Gespräch über das Streuseltortenrezept und hörten nichts. „Also ich wollte heute zum Geburtstagskaffee gern auch so krauses Haar haben wie Annemie. Und – und da habe ich es mir heimlich mit der Tollschere, die zum Plätten benutzt wird, gebrannt."

Lautes Lachen verhinderte Marianne am Weitersprechen.

„Ach Gott, ist das komisch" – „den ganzen Schopf hast du dir herausgebrannt" – „Annemarie hat doch von Natur krauses Haar" – so ging es über die arme Marianne her. „Du sehen aus wie eine gescherrte Pudel." Vera lachte am meisten.

„Ja, und Muttchen war schrecklich böse darüber, ich sollte zur Strafe nicht gehen. Nur weil Vater für mich gebeten hat, bin ich schließlich doch noch gekommen."

Der letzte Bissen Schokoladentorte verschwand zwischen den frischen Lippen. Marianne hatte jetzt wirklich ihr Möglichstes getan und alles nachgeholt.

„Ich sollte erst auch nicht kommen," berichtete Marlene. „Mein Vater meinte, es wäre möglich, daß es wieder zum Streik kommt. Diesmal sollen es die Elektrizitätswerke sein. Aber weil Ilse ging, durfte ich auch."

„Meine Onkel hat gesprrechen auch von es, aberr err sagen, das werrden gemacht vorrherr viel mehrr schlimmer, als es werrden nachher," schloß sich Vera an.

„Ach, Kinder, laßt doch die dummen Streikgeschichten, was gehen die uns denn an," rief Ilse. Die blonde Ilse ahnte nicht, wie bald sie diese „dummen Geschichten" etwas angehen sollten.

„Ja, wir wollen lieber Gesellschaftsspiele zum Raten spielen," schlug Marlene vor.

„Au ja – fein – Muttchen, Großmama und Tante Albertine müssen auch mitspielen." Die ganze Gesellschaft stürmte ins Nebenzimmer. Auch Klaus, der es eigentlich unter seiner Würde hielt, außer bei den Fütterungen sich an Mädchengesellschaften zu beteiligen, erschien auf der Bildfläche. Das ausgelassene Lachen zog ihn herbei.

Man spielte „Teekessel". Zwei der Gesellschaft hatten sich draußen ein Wort, das verschiedene Bedeutungen hatte, überlegt. Nun mußten sie sich in die Mitte des Kreises auf den Teppich setzen und über das Wort sprechen, indem sie immer „mein Teekessel" statt des betreffenden Wortes sagten. Wer das Wort erraten hatte, durfte es nicht sagen, sondern mußte sich dazu setzen und auch von seinem Teekessel mitsprechen. Bis die ganze Gesellschaft unten auf der Erde saß. Das gab natürlich viel Stoff zum Lachen.

Margot und Annemarie hatten das Wort Atlas genommen.

„Mein Teekessel knistert" – „mein Teekessel ist hoch bis an den Himmel" – „meins gebraucht man in der Schule." – Bums, da saß Marlene bereits bei den beiden und redete mit: „Mein Teekessel ist jetzt sehr teuer geworden – meiner ist mit Schnee bedeckt – – –“

„Ich hab's,“ meldete sich Tante Albertinchen und vor stolzer Freude begannen die Pudellocken wie Glöckchen hin und her zu schwingen. „Ich hab's, es ist – – –“

„Nicht sagen – nicht sagen – du mußt dich auf die Erde setzen und mitreden, Tante Albertinchen,“ unterbrach sie Annemarie aufgeregt.

„Auf die Erde setzen – nein, mein Kind, dazu bin ich schon zu steif,“ wehrte sich die alte Tante. „Und dann, ich halte ja deine Mutter für eine sehr saubere Hausfrau, aber mit meinem guten Schwarzseidenen möchte ich mich doch nicht auf den Teppich setzen.“ Die Pudellocken schüttelten sich energisch.

Aber alles Schütteln half ihnen nichts Annemaries Überredungskunst gegenüber. „Wer mitspielt, muß auf der Erde sitzen, Tante Albertinchen – wir legen dir ein Kissen für dein Schwarzseidenes unter – es ist so gemütlich hier unten, komm' nur,“ erklang es bittend.

Unter Lachen wurde ein Kissen herbeigeholt und das alte Tantchen nebst dem Schwarzseidenen, allen Schwierigkeiten ungeachtet, von Klaus in die Unterwelt verladen.

„Na, bequem sitzt man hier gerade nicht,“ sagte sie, einen wehmütigen Blick zu ihrem leeren Stuhl hinaufsendend.

„Du mußt mitreden – wie ist dein Teekessel, Tante Albertinchen?“

„Mein Teekessel ist mit Musik und Tanz – – –“

„Musik und Tanz, das stimmt nicht – – –“

„Doch – doch – Tante meint den Atlas als Ballkleid,“ flüsterte Annemarie Marlene ins Ohr. „Wie ist dein Teekessel noch, Tantchen?“

„Er springt, ist rund und ein beliebtes Kinderspielzeug – – –“

„Nee, das ist nicht richtig, rund und Kinderspielzeug – –“ Die drei Freundinnen auf der Erde sahen sich verblüfft an. „Sag' mir's mal leise, Tante Albertinchen, welches Wort du denkst,“ verlangte Annemarie.

Tante Albertinchen neigte sich zu ihrem Liebling, daß die Pudellöckchen Annemarie an ihrer rosigen Ohrmuschel krabbelten und flüsterte so leise, daß die Umsitzenden es rings verstanden: „Ball".

„Falsch – ganz falsch – – –"

„Tante Albertinchen muß wieder zurück!" Lebhafter Tumult erhob sich.

„Ach, laßt mich nur hier unten bleiben, Kinderchen," beschwichtigte sie die alte Dame, die das Beharrungsgesetz liebte und sich inzwischen auf ihrem Kissen drunten ganz gemütlich eingerichtet hatte. „Ich werde es ja doch bald raten und dann muß ich die Reise noch mal antreten."

„Das geht nicht" – „ausgeschlossen" – „nur wer es erraten hat, darf unten sitzen!" Voll Spieleifer erklang von allen Seiten Widerspruch.

Arme Tante Albertinchen! Das war noch ein schwereres Stück, sie wieder auf ihren Platz zurückzubefördern, als vorhin die Reise zum Fußboden hinab. Zwei mußten an jeder Hand ziehen, zwei von hinten nachhelfen, so gelang es allmählich, das steifknochige Tantchen wieder auf ihre Füße zu stellen. Gab das ein Lachen und Juchhei.

Der Fußboden bevölkerte sich allmählich. Einer nach dem andern wanderte hinunter. Selbst Großmama hatte zu Annemaries Freude dort unten Platz nehmen müssen. Großmama war niemals Spielverderberin und verstand es, mit der Jugend jung zu sein. Nur Tante Albertinchen und Vera thronten noch auf einsamer Höhe. Letztere beherrschte die deutsche Sprache nicht genügend, um die verschiedenen Bedeutungen desselben Wortes zu erraten.

„Mein Teekessel wird viel zum Brautkleid verarbeitet," sagte Mutter, die es den beiden erleichtern wollte.

„Ach, nun haben sie's bestimmt – das gilt nicht, daß man es so leicht macht," regte sich das Töchterchen auf.

Wirklich, nun hatte es Tante Albertinchen. „Aber noch mal gehe ich nicht in die Versenkung," erklärte sie.

„Doch – du mußt die Spielregeln innehalten, nur wer zuletzt übrig ist, kann oben bleiben – komm nur, dein Kissen ist noch frei.“

Tante Albertinchen hätte nicht das gute alte Tantchen sein müssen, wenn sie ihrem Liebling etwas hätte jemals abschlagen können. Die zweite Auflage erfolgte. Von vielen hilfsbereiten Händen wurde Tante Albertinchen zum zweitenmal dort unten verstaut.

„Halb zog sie ihn, halb sank er hin,“ zitierte Großmama, die sich ebenso belustigte wie die jungen Mädel.

„So, Vera, nun nimm mal all deinen Grips zusammen. Was ist das?“ Annemarie tat die Busenfreundin leid. „Meinen Teekessel braucht man in der Geographiestunde.“

„Derr Seidlitz.“

„Quatsch, das Geographiebuch meine ich nicht. Was braucht man denn noch in der Erdkunde?“

„Das Landkarrte.“ Vera amüsierte sich gottvoll.

„Menschenskind, ist das in deinem Kopf düster – – –“ Jäh verstummte Annemarie.

„Nanu?“ machten sie alle.

Denn plötzlich war es nicht nur in Veras Kopf „duster“, sondern auch in dem Zimmer. Das elektrische Licht, das sanft von der Decke herabstrahlte, war verlöscht.

„Sicher Kurzschluß“ – „irgendwas in der Leitung entzwei“ – „Vater bringt es schon wieder in Ordnung,“ so erklang es unter ausgelassenem Lachen vom Fußboden, wo die ganze Gesellschaft im Dunkeln hockte.

„Du, Margot, bist du das“ – „wer drängelt hier denn so“ – „ach, Kinder, ich graule mich tot im Dunkeln“ – „au, Klaus kneift.“ Die Mädels waren ganz aus dem Häuschen. Sie hielten die ganze Sache für einen Spaß. Doch bald sollte es Ernst werden.

„Ach, wär' ich nur oben geblieben – wär' ich nur oben geblieben," jammerte Tante Albertinchen, und Großmama scherzte: „Kinder, ich finde hier meine Beine nicht wieder heraus."

„Ein jeder suche die seinigen." Wieder begann ein übermütiges Greifen und Juchzen, ein Gewirr von Beinen und Händen.

„Ruf' den Vater, Klaus," ordnete die Mutter an. Da hörte man bereits Doktor Brauns Stimme von der Tür: „Kinder, was macht ihr denn hier für einen Radau im Finstern? Man kann ja mit seiner Stimme gar nicht durchdringen. Das elektrische Licht scheint in der ganzen Wohnung zu versagen. Ich habe einen Patienten gerade zur Untersuchung vor. Ich kann ihn unmöglich da im Dunkeln liegen lassen. Du mußt für Beleuchtung sorgen, Elsbeth. Irgendwo steht noch eine Karbidlampe aus dem Felde."

Wieder erfolgte eine Lachsalve der ausgelassenen Backfische, die es zu komisch fanden, daß der Patient im Stockfinstern drin auf dem Untersuchungssofa liegen mußte.

Dazwischen rief Hanne erbost von der Küche herein: „Jnädige Frau, ich sitze mittenmang in'n Heringssalat – is das jetzt 'ne Zucht!" Das kleine Hausmädchen meinte: „Nu geht die Welt unter – mit Düsternis soll's immer anfangen." Und Tante Albertinchen lamentierte: „Wenn ich doch bloß erst wieder auf meinem Stuhl säße!" Die Mädels aber quiekten und johlten. Ein unsagbares Durcheinander.

Frau Doktor Braun und ihre Mutter versuchten mit aller Energie das Wirrwarr zu durchdringen.

„Ruhe, Mädels, jetzt seid mal still und helft mir. Hanne, lassen Sie Ihren Heringssalat und stecken Sie die Küchenlampe an, da muß noch Petroleum drauf sein. Heulen Sie nicht, Minna, so schnell geht die Welt nicht unter. Holen Sie lieber die Karbidlampe." Ruhig und sachlich gab Frau Doktor Braun ihre Anordnungen.

„Ich kann ja nichts sehen, ich finde ja die Karbidlampe nicht, wo es so stockduster is," heulte das Hausmädchen.

Da blitzte plötzlich Licht in der schwarzen Finsternis auf. Zwar nur ein winziges, aber es wurde doch immerhin ein wenig hell.

„Und es ward Licht!“ schmetterte der Mädchenchor aus der Haydenschen Schöpfung.

Klaus war auf den guten Gedanken gekommen, seine Taschenlaterne herbeizuholen.

Wie ein Glühwürmchen flog er jetzt von Zimmer zu Zimmer, leuchtete mit seinem Zitterschein Vaters Patient, daß er wieder in seine Kleider kam, der schimpfenden Hanne, daß sie die Küchenlampe anzünden konnte, dem heulenden Hausmädchen und der jammernden Tante Albertinchen, damit letztere wieder festen Fuß auf der Erdoberfläche fassen konnte.

Nicht lange dauerte es, da war alles wieder in schönster Ordnung. In Vaters Zimmer verbreitete die Karbidlampe zwar keine Helligkeit, aber dafür einen um so durchdringenderen Duft. Im Wohnzimmer blakte und rauchte die altmodische Stehlampe, die längst ausrangiert war und deren sich Großmama plötzlich wieder in der Not erinnert hatte, wie ein Schornstein. Draußen in der Küche aber räsonierte Hanne: „Bei die feenhafte Beleuchtung kann kein Mensch nich'n Heringssalat jarnieren.“ Dabei brannte ihre Küchenlampe noch am besten.

Allmählich beruhigten sich auch die Gemüter, die Fluten der Erregung ebbten ab. Doktor Braun bastelte an der elektrischen Hauptleitung herum unter Assistenz seines Sohnes Klaus. Die jungen Mädchen wollten eben trotz des mangelhaften Lichtes ein neues Gesellschaftsspiel vornehmen, da wurden sie wieder jäh aus ihrem seelischen Gleichmaß herausgeschleudert.

„Das Elektrische versagt im janzen Haus, allenthalben sitzen se im Dustern – se sollen streiken,“ verkündete Hanne mit lauter Stimme.

„Also doch! Dann hat meine Arbeit hier keinen Zweck, wenn der Strom von den Elektrizitätswerken fehlt.“ Doktor Braun eilte ans Fenster. Die ganze Gesellschaft folgte.

„Ich grraulen mirr." Vera umfaßte Annemarie.

Pechschwarz lag die Straße da. Keine Bogenlampe sandte ihren sanft milchigen Schein wie sonst herab. Keine Gaslaterne brannte. Keine Lichtflut ergoß sich aus den Geschäften. Die Fensteraugen der Häuser starrten blind und tot in das undurchdringliche Schwarz. Nur hier und da blinzelt eine flackernde Kerze aus einer Wohnung trübselig in die Nacht hinaus.

„Die Gaswerke scheinen auch zu streiken – – –"

„Allemal," schrie Hanne wütend dazwischen – „möchte wissen, wo ich heute das Teewasser machen soll."

„Hu, ist das ungemütlich." Ilse schmiegte sich an Marlene.

„Gut, daß ich hier im Hause wohne und nicht auf die dunkle Straße zu gehen brauche, in solcher Finsternis kann man überfallen und ausgeraubt werden," frohlockte Margot menschenfreundlich.

Den anderen wurde bei der Aussicht etwas unbehaglich zumute. Marlene zeigte sich wieder als Verständigste.

„Ich glaube, es ist besser, wir fahren bald nach Hause. Unsere Eltern sorgen sich am Ende," schlug sie vor, trotzdem es ihr schwer wurde, Annemaries Geburtstagsfeier frühzeitig zu verlassen.

„Fahren – womit denn? Es geht ja keine Elektrische, wenn's keinen Strom gibt." Klaus brachte erst den Frieden.

Himmel – was nun? In der Tat, keine elektrische Bahn bimmelte die Straße entlang. Es war, als ob die sonst so lärmende Großstadt plötzlich ausgestorben wäre. Unwillkürlich legte sich einem diese ungewohnte Stille beklemmend auf die Brust.

„Ja, das hilft nichts, nach Hause müssen wir. Dann müssen wir mit der Stadtbahn fahren, die geht," erklärte Marlene.

„Aber da müssen wir noch solch Ende vom Bahnhof laufen, und wenn die Straßen so pechrabenschwarz sind –" Ilse machte ängstliche Augen in Erinnerung an Margots Raubüberfälle.

„Nein, Kinder, ich lasse euch keinesfalls in der Dunkelheit allein gehen,“ erhob Frau Doktor zu Ilses Erleichterung Einspruch. „Telephoniert nach Haus, daß man euch um neun Uhr vom Bahnhof Alexanderplatz abholt. Dann könnt ihr noch mit uns Abendbrot essen.“

„Au ja – fein!“ Die beiden Cousinen eilten ans Telephon.

Inzwischen regte sich Tante Albertinchen so sehr auf, daß ihre Pudellöckchen überhaupt nicht mehr zur Ruhe kamen.

„Ach Gott – du mein Gott, was mache ich denn nun bloß? Ich fahre doch sonst mit der Elektrischen von Tür zu Tür. Stadtbahn kommt für mich nicht in Betracht.“

„Fahre doch Hochbahn, Tante Albertinchen,“ schlug das Geburtstagskind vor.

„Idiotenhäuptling! Die Hochbahn wird doch auch durch Elektrizität getrieben.“ Trotz des Geburtstages hielt Klaus mit seiner brüderlichen Liebkosung nicht zurück.

„Dann bleibst du eben bei uns über Nacht!“ Doktors Nesthäkchen war niemals um einen Ausweg verlegen.

Aber auch dagegen sträubten sich Tante Albertinchens Pudellöckchen energisch. „Wo denkst du hin, Kind, wie werde ich euch die Wirtschaft machen. Und ich muß auch meine gewohnte Ordnung haben.“

„Na, darüber läßt sich ja noch reden,“ mischte sich Großmama hinein. „Bei mir kannst du gut übernachten, Albertine. Es steht immer ein Fremdenbett bei mir bereit, weil alle Verwandten von außerhalb von jeher bei mir absteigen.“

„Ja, und Großmama wohnt nahe, da bringt euch Klaus nachher nach Hause,“ pflichtete Annemarie bei.

Doch auch davon wollte Tante Albertinchen nichts wissen. Sie hatte keine Nachtjacke bei sich und keine Zahnbürste und keine Lockenwickler. Nein – es ging wirklich nicht!

Inzwischen rissen Marlene und Ilse unter vereinten Kräften das Telephon beinahe ab. Sie knipsten an dem Seitenhaken, sie rissen wütend an der Leitungsschnur, ja, Ilse bumberte sogar gegen den Telephonkasten. Aber das half den ungeduldigen jungen Damen alles nichts. Sie bekamen keinen Anschluß.

Doktor Braun, der von dem Besuch bei einem Patienten in der Nachbarschaft zurückkehrte, sah belustigt die vergeblichen Anstrengungen der beiden.

„Ja, Kinder, da werdet ihr euch wohl gedulden müssen, bis der Streik der Elektrizitätswerke zu Ende ist. Das Telephon streikt ebenfalls."

Darauf waren die Schlauköpfchen noch nicht gekommen.

„Was machen wir denn jetzt bloß, Marlenchen?" Ilse weinte fast vor Aufregung. „Unsere Eltern werden sich mächtig um uns sorgen."

Marlene nickte stumm. Sie wußte keinen Ausweg.

„Aber, Kinder, laßt euch doch deshalb bloß keine grauen Haare wachsen. Ihr bleibt einfach alle bei uns. Vera kann bei mir schlafen, Marianne im Eßzimmer, Marlene hier im Wohnzimmer und Ilse im Sprechzimmer. Da muß sie allerdings morgens früh heraus – fein geht's!" Annemarie schaffte sogleich Rat.

„Ein paar können mit zu mir hinüberkommen," meldete sich auch Margot.

„Na also! Dann wollen wir doch ruhig weiterspielen. Schlagt was vor!" Annemaries leichtes Temperament war trotz Petroleumdunst und Dunkelheit wieder obenauf.

„Aber Annemie, wo denkst du hin! Wir können doch nicht einfach fortbleiben und unsere Eltern im Ungewissen lassen, wo wir sind. Wir müssen unbedingt nach Haus." Marlene griff bereits nach ihrem Matrosenhut.

„Ihr werdet sicher abgeholt werden, bleibt doch noch." Annemarie machte ein unglückliches Gesicht, daß die Geburtstagsfeier so schnell abgebrochen werden sollte.

„Bei uns ist Wäsche. Das Mädchen kann heute abend nicht mehr den weiten Weg nach Charlottenburg herauskommen." Trotzdem Ilse Hermann brennend gern geblieben wäre, zog sie ebenfalls, wenn auch zögernd, den Mantel an.

„Ja, Kinderchen, was machen wir da bloß?" Frau Doktor sah sorgenvoll drein.

„Ich begleite Marlene und Ilse bis nach Haus." Klaus konnte wirklich manchmal nett sein. „Und Marianne kann ich auch gleich dabei abladen, das ist kein großer Umweg."

Marianne fand diese Hilfsbereitschaft von Klaus nun weniger nett. Besonders im Hinblick auf den Heringssalat zum Abendbrot.

„Ach, ich werde bestimmt abgeholt. Ich wohne ja nicht so weit," versicherte sie.

„Sag' mal, Ernst, gehen denn keine ärztlichen Gespräche durch?" wandte sich Frau Doktor Braun an ihren Mann. „Dann könnte man Marlenes oder Ilses Eltern vielleicht verblümt davon benachrichtigen, daß sie an der Stadtbahn erwartet werden." Der Mutter war es unbehaglich, selbst den unternehmungslustigen Primaner in die Finsternis hinauszulassen.

„Man kann's versuchen. Ärztliche Gespräche müssen erledigt werden, wenn auch der Privatverkehr gesperrt ist."

„Aber das Amt hat sich doch gar nicht gemeldet." Marlene stand wie auf Kohlen.

„Vielleicht hat es sanft geschlafen." Wirklich, als Doktor Braun den Hörer abnahm, meldete sich nach einem Weilchen Amt Steinplatz.

„Ärztliches Gespräch nach Alexander," verlangte er. Und als er mit dem Anwaltsbureau von Marlenes Vater verbunden war, teilte er kurz mit: „Hier Doktor Braun. Bestellen Sie, bitte, daß die Patientin Marlene Ulrich, die augenblicklich in meiner Sprechstunde ist, um 9 Uhr vom Bahnhof Alexanderplatz abgeholt werden soll."

Die Patientin Marlene Ulrich lachte wie ein Kobold über das gelungene Telephongespräch. Auch Ilse, die nur ein paar Häuser von der Cousine entfernt wohnte, strahlte, daß sie den Mantel wieder ausziehen konnte. Am meisten aber freute sich Marianne, daß sie von Klaus nicht gleich mit abgeladen wurde.

„Meine Onkel und Tante werrden kommen, mirr zu holen," meinte Vera Burkhard ganz unbesorgt.

„Hoffentlich nicht, daß du wenigstens bei mir schlafen kannst." Am liebsten hätte Annemarie dem ganzen Kränzchen Obdach gewährt.

Man ging wieder daran, das unterbrochene Spiel aufzunehmen. Aber die rechte Ruhe fehlte dazu. Bald lief die eine ans Fenster, ob schon wieder Licht brannte oder Bahnen gingen, bald die andere zur Eingangstür mit der Behauptung, es hätte geklopft. Denn auch die elektrische Klingel versagte.

Das Abendbrot bei der „Tranfunzel" wurde noch höchst fidel. Was kümmerte die glückliche Jugend die ernste Streiklage und ihre einschneidenden Folgen auf das wirtschaftliche Leben, welche die Erwachsenen still und besorgt machte. Das lachte, schwatzte und scherzte, ließ sich trotz der „feenhaften Beleuchtung" Hannes schön mit eingelegten Früchten garnierten Heringssalat munden und aß sich in der Dunkelheit ausgelassen gegenseitig die mitgebrachten Butterbrote fort. Denn für soviel hungrige Mäuler langte Doktor Brauns Brot nicht. Die kamen bei Klaus' und Nesthäkchens gesundem Appetit sowieso kaum mit ihrer Wochenration aus.

Die einzige, der es nicht so recht schmeckte, war Tante Albertinchen. Die konnte es nicht verwinden, daß sie heute nicht ihre gewohnte Ordnung haben sollte, und ohne ihre eigene Nachtjacke und ohne Lockenwickler zu Bette gehen mußte. „Wie können die jungen Mädchen nur so sorglos sein wegen ihres Heimkommens," meinte sie kopfschüttelnd und ihre Pudellöckchen bekräftigten ihre Ansicht.

„Das Telephon – das Telephon geht!“ Die Mädel schrien, als sei dies das größte Weltwunder. Dabei stand bei Brauns das Telephon für gewöhnlich nicht still.

„Ihr braucht euch nicht aufzuregen, Kinder – irgendein Patient – – –“

Es war aber der Vater von Marianne, ein Kollege von Doktor Braun, der ebenso schlau war wie dieser. Er teilte ärztlich mit, die Patientin würde abgeholt werden.

Keiner war glücklicher als Marianne. Aus Freude lud sie sich noch mal einen niedlichen Berg Heringssalat auf.

Die Jugend behielt recht mit ihrer Sorglosigkeit trotz Tante Albertinchens Kopfschütteln. Jede von ihnen kam sicher nach Hause. Vera wurde sogar von Onkel und Tante, die mit der Familie Braun befreundet waren, persönlich abgeholt.

„Schade, Lotte, daß dein Geburtstag durch die dumme Streikgeschichte so beeinträchtigt wurde,“ meinte die Mutter beim Gutenachtsagen, als ihr Nesthäkchen sich nochmals für alles bedankte.

„Beeinträchtigt – aber das war doch gerade fein, Muttchen. Das war doch mal was Besonderes. Gesellschaftsspiele und Torte gibt's bei jedem Geburtstag. Aber im Stockdunkeln haben wir noch nirgends gesessen. So haben wir noch nirgends gelacht wie heute.“

Glückliche Backfischzeit!

6. Kapitel. Hamsterfahrt

Kirschblüte in Werder! Fett gedruckt stand es in allen Zeitungen, an jeder Litfaßsäule. Doktors Nesthäkchen träumte Tag und Nacht davon.

Aber die Eltern waren durchaus nicht für solch ein zweifelhaftes Vergnügen zu haben.

„Fällt mir gar nicht ein, Lotte, mich in den überfüllten Zügen zu Apfelmus zerquetschen zu lassen,“ lachte der Vater sie aus. „Ich laufe in der Woche genug herum. Wenn ich mich mit meiner Zigarre ruhig auf den Balkon setze, ist das mein schönstes Sonntagsvergnügen."

„Aber meins nicht – – –"

„Will ich gern glauben. Also sagen wir statt mit der Zigarre mit einem Stück Schokolade."

Nicht mal die zog.

„Sechzehn Jahre bin ich nun alt und habe noch nie die Baumblüte zu sehen bekommen – es ist eine Schande," beschwerte sich Nesthäkchen.

„Du brauchst doch bloß in den Hof hinunterzusehen," zog sie Klaus auf. Dort lugte über die grauschwarze Mauer ein winziger zartrosa Apfelblütenzweig vom Nachbargärtchen fürwitzig herüber.

„Ja, du hast gut reden, du bist schon mit deinen Jungs in Werder gewesen."

„Lotte, du stellst dir das wirklich schöner vor, als es ist," versuchte nun auch die Mutter den Unmut des Töchterchens zu zerstreuen. „Da gibt es überfüllte Züge, lärmende, johlende Menschenmengen, die dem gefährlichen Obstwein mehr zusprechen, als ihnen gut ist. Und kommt man hin, dann ist oft die Obstblüte bereits vorüber und alles braun und häßlich anstatt des schneeigen Weiß der Kirschblüte. Ich habe es selbst erlebt."

„Siehst du, du hast es erlebt – du bist dort gewesen. Und ich soll nicht hin. Bitte, bitte, Muttchen, ich möchte doch so schrecklich gern auch mal die Baumblüte sehen."

„Na, dann werde ich dich Sonntag mitnehmen – meinetwegen." Klaus fühlte sein Herz von den Bitten der Schwester erweicht. „Ich gehe mit Fritz Richter in aller Herrgottsfrühe auf Hamsterfahrt. Zwar nicht nach Werder, aber ganz in die Nähe, nach Caputh. Da ist die Baumblüte genau ebenso schön, und es ist dort lange nicht so voll. Aber wenn du nicht aus den Federn kannst, dann bleibe lieber gleich zurück. Gewartet wird nicht."

„Nein – nein – ich stehe schon um drei auf, wenn's sein muß, Mäuschen. Und mein Dirndlkleid ziehe ich an, dann geben mir die Bauern eher was. Und Butter und Eier bringe ich euch mit und Schinken und Speck – Hurra!“ Annemarie drehte sich vor Freude wie ein Kreisel.

„Aber Lotte, haben wir es denn überhaupt schon erlaubt, daß du mitfährst?“ wandte die Mutter ein.

„Ach Muttchen, liebstes, bestes Muttchen! Und ein Landbrot bringe ich euch auch mit.“ Annemarie wußte gar nicht, was sie alles versprechen sollte.

„Lieber Kartoffeln! Die tun uns am nötigsten. Daß man se nich mittags in'n Topp zählen muß, als wär's Jott weiß was für 'ne Kostbarkeit,“ warf die gerade durch das Zimmer gehende Hanne ein.

„Ja, natürlich, Kartoffeln! Wir nehmen jeder einen Sack auf den Buckel. Dann können wir abends Kartoffeln und Hering essen, Vater, und nicht bloß immer die ollen Graupen,“ rief Annemarie eifrig.

„Wenn du mir mein Leibgericht, Kartoffeln und Hering, in Aussicht stellst, Lotte, müssen wir unbedingt einwilligen,“ schmunzelte der Vater.

„Hurra – ich gehe auf Hamsterfahrt!“ Da flog Nesthäkchen, trotz der sechzehn Jahre, dem Vater auf das Knie und streichelte ihn dankbar.

„Meinen Wünschen entspricht es eigentlich nicht, Lotte,“ dämpfte die Mutter die lebhafte Freude. „Du ganz allein mit den beiden tollkühnen Jungen – – –“

„Ich kann mir ja Vera mitnehmen, oder auch Margot, die ist dir doch sicher zahm genug, Muttchen.“ Annemarie war zu allen Zugeständnissen bereit.

„Warum nicht lieber das ganze Kränzchen? Ich kann ja gleich die ganze Gänseherde auf die Weide treiben.“ Zu jeder anderen Zeit hätte Klaus' Unhöflichkeit sicher Anlaß zu einem Streit gegeben. Heute nahm Annemarie selbst die Gänseherde in den Kauf.

„Ach, Kläuschen, sei doch nicht so eklig. Denke mal, wie lustig das wäre, wenn die Mädel alle mit auf Hamsterfahrt gingen. Gottvoll wäre es einfach!"

„Na ja – hm!" brummte Klaus. Die Sache schien ihm einzuleuchten. Solch ein Ausflug mit den netten Mädeln war wirklich ganz verlockend. „Aber wenn Richter nicht mit 'nem ganzen Töchterpensionat losziehen will, wird nichts draus." Man durfte sich nicht so viel vergeben und gleich einwilligen.

„Ach was, Richter! Der ist ja viel netter als du. Der freut sich diebisch, wenn wir mitkommen."

Doktors Nesthäkchen setzte wie meistens mal wieder ihr hübsches Köpfchen durch. Richter willigte freudig ein, die Kränzchenschwestern noch viel freudiger, und den verschiedenen Eltern wurde die Erlaubnis mit der Begründung abgebettelt, daß die andern doch auch dürften.

Am Abend vor dem sehnlichst erwarteten Sonntag betete Annemarie aus tiefstem Herzen: „Lieber Gott, laß es morgen nur nicht regnen und laß mich bloß nicht verschlafen."

Vor dem Bett lagen alle für die Hamsterfahrt notwendigen Ausrüstungssachen bereit, nur zum Greifen. Vor allem der große Sack für die Kartoffeln. Denn ohne einen Zentner Kartoffeln durfte sie nicht heimkommen, hatte Hanne gesagt. Daneben der Rucksack für all die anderen guten Sachen, die in Aussicht standen. Vorläufig hatte ihn Muttchen mit guten Sachen als Wegzehrung für den morgigen Tag gefüllt. Denn Frau Doktor Braun schien es weniger gewiß, als der hoffnungsfreudigen Jugend, daß die Ernte so einträglich werden würde. Da lag das buntgeblümte Bauernkleid, die grüne Schürze und die Zupfgeige, Annemaries neueste Errungenschaft. In der Mitte aber thronte als Wichtigstes die Weckuhr.

„Gute Nacht, Hamster, nun verschlafe nur nicht", so hatte Doktor Braun sein Nesthäkchen entlassen. Bloß nicht verschlafen – zu viertel fünf hatte Hanne ihr die Weckuhr stellen müssen. Gleich nach fünf ging der Zug.

Wenn die Weckuhr nun nicht funktionierte, oder wenn sie dieselbe am Ende überhörte, sie schlief so fest.

„Fräulein Annemarie, Sie müssen dreimal an ihrem linken großen Zeh ziehen und dabei sprechen: ›Großer Zeh – großer Zeh – weck' mich um viertel fünf, nicht eh'!‹ Das nützt, das ist besser als alle Weckuhren“, hatte ihr das Hausmädchen geraten.

Annemarie vertraute dann aber doch noch eher der Uhr als ihrem großen Zeh. Na, man konnte ja, um ganz sicher zu gehen, beides machen.

Ohrenbetäubendes Geklingel weckte Annemarie aus ziemlich unruhigem Schlummer.

„Das Telephon – das Telephon –“ Annemarie sprang aus dem Bett und an den Apparat. „Hier Doktor Braun“ – –

Dröhnendes Lachen kam aus der Tür, hinter der Klaus schlief.

„Du Affenschwanz – das war doch die Weckuhr, es ist Zeit zum Aufstehen.“

„Ach so.“ Annemarie rieb sich die verschlafenen Augen. Ein recht zweifelhaftes Vergnügen, solche Frühpartie. Was ging sie eigentlich die Obstblüte an! Aber nachdem sie das Gesicht in kaltem Wasser gebadet, war alle Müdigkeit verflogen und die große Vorfreude wieder da.

Mit dem Glockenschlag fünf trat ein bildhübscher junger Bursch mit blitzenden braunen Augen in Kniehose und Sporthemd, den Rucksack auf dem Rücken, und ein allerliebstes blondhaariges Dirndl aus dem schlafenden Hause, vor dem die Mandelbäumchen schon in ihrem rosa Sonntagskleide standen. Gleich darauf hörte man wieder ein Poltern auf der Treppe – trap – trap – kam es die stille Straße hinter den beiden her.

„Wartet doch auf mich, Kinder – nehmt mich doch mit.“ Das war Margot Thielen.

„Guten Morgen – ist das ein herrlicher Sonntag – – –“

„Man sollte Bäckerjunge werden oder Milchmädel." Nesthäkchen, sonst eine kleine Langschläferin, war plötzlich Feuer und Flamme fürs Frühaufstehen.

„Ob die andern Mädel auch alle pünktlich da sein werden?"

„Die andern vielleicht – ihr sicher nicht, wenn ihr soviel sabbert," rief Klaus, der mit langen Schritten vorausstolzierte, zurück.

Alle waren sie pünktlich. Zehn Minuten vor Abgang des Zuges war die ganze Hamsterbande beisammen.

„Tag, Richter, hättest dir noch 'ne Brille auf die Nase setzen müssen als würdige Vorsteherin eines Mädchenpensionats," begrüßte Annemarie den Intimus von Klaus lustig.

„Morgen, Kinder! Na, nun benehmt euch nur recht artig und sittsam und macht mir keine Schande," ging der Primaner auf ihren Scherz ein.

Da waren sie alle gleich gut Freund miteinander.

„Die Leute werden uns für Wandervögel halten," meinte Marianne.

„Dann haben sie keine Ahnung von Zoologie. Jeder naturwissenschaftlich geschulte Mensch sieht doch auf den ersten Blick, daß wir zur Familie der Hamster gehören."

„Besonders Ilse mit den neuen weißen Schuhchen – zu solch einem Hamsterausflug zieht man derbe Sachen an, daß man einregnen kann."

„Und daß einen die Hühneraugen nicht drücken."

Ilse wurde rot. Es hatte daheim mit der Mutter einen Kampf wegen der neuen weißen Schuhe gesetzt. Beinahe hätte das eitle Fräulein deshalb zu Hause bleiben müssen.

„Und solch ein Unsinn, Marianne, daß du dein hellblaues Batistkleid angezogen hast. Das ist viel zu schade."

„Ja, und die Bauern rücken auch nichts raus, wenn man so aufgeputzt daherkommt, dann denken sie, wir haben selbst genug."

Zum Glück überhob der herandampfende Zug Marianne einer Antwort. Zu Hause hatte sie Mutti gebeten und gequält, ihr zartfarbenes Sonntagskleid anziehen zu dürfen. Und jetzt, wo die andern in Rock und Bluse oder Bauernkleid erschienen, schämte sie sich ihres Staates.

Der Zug war trotz der frühen Stunde überfüllt. Aber „was 'n richtiger Berliner is, da gehen fünf Mandeln aufs Schock," meinte ein dicker Herr und pflanzte sich in seiner ganzen Breite an dem offenen Fenster auf, trotzdem das Abteil schon knüppeldick voll war.

„Vera, wo bist du denn" – – –

„Hierr – ich finde keine Platz mehrr," erklang es jämmerlich von draußen.

„Aber Mädel, dich setzen wir schlimmstenfalls ins Gepäcknetz" – „einen Salonwagen kannst du nicht für dich allein beanspruchen" – „immer rin in die gute Stube." Verschiedene Hände streckten sich aus, um der vor der Überfüllung zurückscheuenden Vera hereinzuhelfen.

„Da sieht man, daß du kein Berliner Pflänzchen bist, Vera." Annemarie zog die Wiedergefundene hilfsbereit zu sich, trotzdem sie selbst mit einem Bein in der Luft hing.

„Richter, ist unsere Herde vollzählig? – Na, dann kann's losgehen, Herr Stationsvorsteher." War doch ein mächtiger Frechdachs, der Klaus, das ganze Kränzchen so vor allen Leuten bloßzustellen. Leider reichte Annemaries Arm nicht bis zu ihm, sonst hätte er wohl einen Denkzettel erhalten.

Schwarze Kiefernwälder mit lichtem Maiwuchs, taufrische Wiesen, sonntäglich saubere Häuschen überholte der Zug in ratternder Geschwindigkeit. Annemarie erblickte sie als winzigen Ausschnitt in dem Halbrund, das der Arm des am Fenster postierten dicken Herrn frei ließ. Man konnte kaum atmen, so eingekeilt war man. Die Mädel lehnten sich gegenseitig aneinander, um nicht umzufallen. Bei jedem Ruck fielen sie lachend aufeinander.

Es war wundervoll.

Über ihre Beine hatte Annemarie das Verfügungsrecht verloren, das eine schwebte, das andere wurde ihr beinahe abgedrückt. Aber die Hände gehörten ihr noch. Trotz der Enge hatte sie plötzlich ihre Zupfgeige beim Wickel und blim – blim – begann sie: „Das Wandern ist des Müllers Lust." Sofort fiel der ganze Chor ein, nicht nur die Kränzchenschwestern, sondern sämtliche Insassen, sogar die der Nachbarabteile. So kam man singend an dem von blauen Havelarmen umfangenen Potsdam mit seinen historischen Türmen und Kuppeln vorüber nach Caputh.

Draußen suchte man erst wieder seine Knochen zusammen.

„Ach, Kinder, atmet doch bloß die bezaubernde Luft."

„Die Baumblüte – dort schimmert alles weiß und rosa! Ach, ist das schön – ist das schön!" Annemarie wies begeistert aus das schneeige Blütenmeer, das in sanften Wellenlinien die Havelufer besäumte.

Marlene stand still und ganz versunken in dieses Frühlingswunder. Ilse schielte betrübt auf ihr rechtes Schuhchen. Das hatte in der Enge den ersten schwarzen Tritt bekommen.

„Es wird noch viel schöner – kommt nur," drängte Klaus, der weniger Sinn für Naturschönheiten als Unternehmungsgeist hatte. „Die Hauptsache bleibt das Hamstern. Die anderen Berliner dürfen uns nicht zuvorkommen."

„Es sind ja fast alle nach Werder gefahren."

Wirklich war es hier verhältnismäßig leer. In den Bauernhäusern regte es sich schon trotz der frühen Stunde. Hier sah ein hemdsärmlicher Alter, das Pfeifchen im Mundwinkel, aus der Haustür prüfend in den klaren Sonntagshimmel. Dort fütterte ein junges Mädchen die sie umgackernden Hühner.

„Pst, Kinder – hier muß es Eier geben, ob ich mal frage?" Marianne öffnete bereits den seidenen Pompadour ihrer Mutter. Zwei Mandeln mußte sie mindestens mitbringen.

Aber Richter wehrte ab.

„Nein – es ist noch zu früh. Caputh liegt zu sehr an der großen Heerstraße. Wir müssen in den abseits gelegenen Dörfern hamstern, wo die Berliner weniger hinkommen.“ Er schien sich darauf zu verstehen.

So zog man weiter. Die Villen schliefen fast noch alle. Ab und zu hatte eine schon die grünen Fensterläden aufgeschlagen, und ein seifenschaumiges Antlitz vor dem Rasierspiegel ward sichtbar. Dort unter dem weißen Flieder trank man sogar schon Kaffee.

„Eier, Butter, Honig und Wurst – die haben's gut,“ meldete Marianne, durch die Büsche ein wenig neidisch den reichbesetzten Frühstückstisch musternd.

„Kriegen wir auch alles noch,“ tröstete Annemarie.

„Nur immer vorwärts!“ – Klaus trieb seine Herde an.

Zarte weiße Obstblüten rieselten auf blondes und braunes Haar. Durch echt märkischen Sand stampfend, zog die blühende Jugend unter blühenden Kirschbäumen dahin.

„Wenn sie doch reif wären!“ Ilse schien auch mehr Sinn fürs Reale zu haben, als für die Schönheit der Natur.

„Wo wirr werrden stücken frrüh?“ erkundigte sich Vera, die keine Zeit mehr gehabt hatte, ihren Morgenkaffee zu trinken.

„Wir werden stücken früh in dem ersten Bauernhaus,“ zog Margot Vera auf. „Da können sie uns gleich frische Milch zu unsern Broten geben.“

„Au ja –“

„Wenn sie's tun.“ Das war Marlene, die als einzige Zweifel erhob.

„Natürlich tun sie's, wir müssen nur schön bitten“, rief Annemarie.

„Na, dann kannst du ja gleich den Anfang machen. Dort drüben ist ein Gehöft, wo sie Kühe haben.“ Richter wies auf ein abseits gelegenes Haus.

„Laß dich aber nicht 'rausschmeißen“, rief Klaus der Schwester vorsorglich nach.

„I wo! Ich bringe euch eine große Kanne Milch mit, vielleicht auch Butter und Eier." Annemarie setzte sich voller Hoffnungen in Bewegung.

„Ich gehen mit dich." Vera eilte hinter ihr her. Das war recht angenehm. Denn vor dem Hause lag ein großer schwarzer Köter und blinzelte den beiden mißtrauisch entgegen.

Eine Frau von ziemlich verwahrlostem Aussehen klapperte auf Holzpantinen im Stall trotz des Sonntags herum.

„Guten Morgen", rief Annemaries helle Stimme zur Tür hinein.

Keine Antwort. Nur Poltern mit den Melkgefäßen und sattes, behagliches Brummen der Kühe. Da kamen sie ja gerade zurecht.

Die Schwanzquasten der Kühe, die sich im Kreise bewegten, waren zwar etwas störend, aber Annemarie war nicht umsonst schon einige Male auf dem schlesischen Gut bei Onkel Heinrich gewesen. Trotz Veras energischen Zurückzupfens wagte sie sich weiter.

Nun mußte die Frau sie unbedingt sehen. „Guten Morgen", sagte Annemarie noch einmal, und ihre blauen Augen strahlten wie der leibhaftige Sonntagmorgen.

Die Frau blinzelte mißtrauisch herüber, ähnlich wie der Köter vor der Haustür.

„Ach bitte, würden Sie nicht so gut sein und uns etwas Milch geben", bat Annemarie mit all ihrer Liebenswürdigkeit.

„Nee," brummte es als Antwort. Vera zupfte energischer. Es war ihr unheimlich in dem halbdunklen Stall mit der brummenden Frau und ihren brummenden Vierfüßlern.

So schnell ließ sich Doktors Nesthäkchen nicht abspeisen.

„Ach, Sie haben doch so viel." Das junge Mädchen wies auf die vollen Milchkübel.

„Jawoll, müssen wir alles abjeben. Nich mal für die Ferkel haben wir jenug." Dabei sah die Frau das junge Mädchen so empört an, als ob dasselbe die Schuld an dieser Verordnung trüge!

„Wir haben solchen Durst." Noch einmal versuchte Annemarie ihr Heil.

„Denn bleibt jefälligst zu Hause und treibt euch nicht auf der Landstraße rum. Diese verfluchtigen Wandervögel, die einen alle Sonntag das Haus einrennen! Wollt ihr nich vielleicht auch Eier, Speck und Butter, was?"

„Ja, wenn wir was bekommen könnten, gern – – –"

„Nu aber raus mit euch, raus – – –" schrie die Frau, und ihre Stimme überschlug sich fast vor Wut. Vera war längst draußen. Hinter der Scheune stand sie und beobachtete ängstlich den Verlauf der Dinge.

Viel war nicht mehr zu sehen. Nur ein recht enttäuschtes Mädchengesicht, eine aus dem Stall wehende Schwanzquaste und ein blaffender Köter.

Da standen die beiden wieder auf der Landstraße.

„Wo habt ihr denn die vollen Milchkannen?" empfingen sie die Gefährten neckend.

„Ja, und die Eier und die Butter?" Jetzt wurden sie sogar noch aufgezogen.

„Die sollst du uns im nächsten Bauernhaus herausholen, Ilse." Annemarie war nicht auf den Mund gefallen. „Puh, Kinder, war das eine grobe Liese. Am liebsten hätte sie uns verprügelt, daß wir es überhaupt wagten, uns die Sohlen auf ihrer staubigen Landstraße abzulaufen. Aber es sind nicht alle so." Annemaries glückliche Natur scheuchte die kleine Wolke an ihrem sonntagshellen Stimmungshimmel schnell davon. „So, Fräulein Ilse, jetzt kannst du mal dein Glück versuchen, jetzt sind wir ja mittendrin im Dorf."

„Die Jungen setzen am Ende mehr durch," schlug Ilse unbehaglich vor.

„Nee – nee – das gibt's nicht. Einen großen Mund kann jeder haben, aber besser machen, heißt es."

„Marlene muß mitkommen."

„Natürlich, die Inseparables. Nun hamstert recht brav."

„Ich frage nur nach Butter – Fett ist die Hauptsache," meinte Ilse großartig.

„Bringe gleich 'nen halben Zentner. Wir teilen alles getreulich." Lachend riefen sie es hinter den beiden sich langsam Vorwärtsschiebenden her.

Dort das helle Giebelhaus hinter der blühenden Rotdornhecke sah vertrauenerweckend aus.

„Mir ist es sehr peinlich, Ilse, als ob ich betteln will." Marlenes scheuer Natur wurde der Weg besonders schwer.

„Ach was, wir bezahlen es ja. Komm nur, sie werden uns nicht fressen." Ilse hatte noch nicht ausgesprochen, als sie schon laut schreiend einen Satz machte. Eine Ziege war ihnen mit betrübtem Mä–ä–ä–äh–äh entgegengesprungen. Aber Ilses neue Schuhe sprangen noch höher. Mitten hinein in den Komposthaufen. Bräunlich gefärbt kamen sie wieder heraus.

Am niedrigen Fenster stand der Bauer und lachte dröhnend.

„Na, was bringt ihr denn Schönes?"

„Bringen! – – –" Nein, es war Marlene geradezu entsetzlich, daß sie etwas haben wollte. Ilse hatte nur Augen für ihre schmutzig gewordenen Schuhe. Ach, würde Muttchen böse sein!

„Oder wollt ihr am Ende gar was holen?" Der Bauer schmunzelte. Er kannte derartige Sonntagsgäste. Die beiden jungen Mädel, die nicht den Mund aufzutun wagten, machten ihm Spaß.

„Ach, wenn Sie vielleicht etwas übrig haben." Marlene hätte sich nicht gewundert, wenn man ihr jetzt ein Stück trockenes Brot gereicht hätte. Wie ein Bettelmädel kam sie sich vor.

„Habt ihr denn auch tüchtig Hundertmarkscheine bei euch?" Der Bauer schlug sich auf seine Hosentaschen.

Die beiden wurden noch röter, als sie schon waren.

„Soviel Geld wollten mir meine Eltern nicht mitgeben," stieß Ilse schließlich hervor.

„Ich habe dreißig Mark bei mir.“ Marlene wollte doch zeigen, daß sie kein Bettelmädel war.

„Na, dafür könnt ihr nicht viel kriegen.“

„Entschuldigen Sie, bitte.“ Wenn sie bloß erst wieder aus dem Garten wären! Gräßlich war Hamstern.

„Hiergeblieben,“ rief der Bauer. „Alte, komm doch mal her. Wir haben Besuch von zwei hübschen jungen Damen.“ Die Bäuerin, sauber und umfangreich, erschien.

„Was soll's denn sein, junge Herrschaften?“

„Wir hätten so gern Butter.“ Ilse nahm all ihren Mut zusammen.

„Das glaub' ich woll.“ Wieder lachte der Bauer. „Na, Alte, denn mach' man zwei Pfund zurecht.“

Strahlende, triumphierende Mädchenaugen begegneten sich. Nun konnten sie Annemarie und Vera tüchtig auslachen.

Die Bäuerin brachte ein nicht allzu umfangreiches Päckchen. „Schinken hätten wir auch abzugeben – – –“

„Ja – ja – Schinken!“ Ilse schmeckte ihn bereits auf der Zunge.

„Wird aber nur im ganzen abgegeben.“

„Das schadet nichts, wir können ihn ja teilen. Das heißt, wenn – wenn er nicht zu teuer kommt,“ rief Marlene ein wenig ängstlich hinter der Davongehenden her.

„Fünfhundert Märker – zwanzig Pfund is er schwer, das Pfund zu 23 Mark,“ verlangte der Bauer.

„Wa–as?“ Den beiden Backfischchen blieb vor Schreck der Mund offen.

„Nein, das geht doch nicht – es geht nicht – soviel Geld haben wir alle zusammen nicht.“

„Denn könnt ihr auch keinen Schinken kriegen.“

Ilse machte ein betrübtes Gesicht.

„Bleibt noch die Butter zu zahlen – vierundzwanzig Mark!“ Marlene zog ihre dreißig Mark hervor. Die Butter war wenigstens für die heutigen Verhältnisse nicht teuer. In Berlin mußte man schon 22 Mark geben, wenn man sie „hintenrum“ kaufte.

Sie wartete, daß man ihr 6 Mark herausgeben sollte. Der Bauer wartete ebenfalls. „Na?“ sagte er schließlich, als es ihm zu lange wurde.

„Wir bekommen noch 6 Mark,“ erinnerte Marlene schüchtern.

„Was kriegt ihr? Ihr seid woll aus Schlaraffenland? 24 Mark kostet das Pfund Butter, mal zwei macht 48 Märker.“

„Aber das ist – das ist ja furchtbar teuer. Soviel zahlen wir ja nicht mal in Berlin,“ wagte Ilse mit dem Mut der Verzweiflung einzuwenden.

„Na, warum bleibt ihr denn da nich in Berlin, wenn's dort so billig ist? Denkt wohl, die Butter wächst uns auf dem Felde nur so zu? Einen hungrigen Magen habt ihr Großstädter immer, aber berappen wollt ihr nicht.“ Alle Freundlichkeit war aus dem harten Bauerngesicht ausgewischt.

„Gib noch achtzehn Mark zu, Ilse,“ flüsterte Marlene mit zuckenden Lippen.

„Willst du wirklich die teure Butter nehmen?“ knuffte Ilse heimlich zurück.

„Na, was gibt's denn noch lange zu überlegen? Die Butter ist gekauft, und achtzehn Mark fehlen noch, Punktum.“ Der Bauer schlug mit der Hand auf den Tisch.

Jetzt war auch Ilse das Weinen nahe. Sie zog ihr Beutelchen und brachte achtzehn Mark in lauter kleinen Scheinen heraus. Was hatte sie alles dafür einhamstern wollen.

Kaum vermochte sie „Guten Morgen“ zu wünschen, als sie mit dem teuren Päckchen den Rückzug antraten. Die zurückgehaltenen Tränen würgten im Halse.

„Morjen," rief der Bauer ganz gemütlich hinter ihnen drein, als seien sie als beste Freunde geschieden.

„Solche Geldschneiderei!" machte Ilse draußen ihrem gepreßten Herzen Luft. „Ich hätte ja die teure Butter nicht genommen." Ihr Mut wuchs jetzt, wo sie draußen war, wieder und damit auch ihr Mundwerk.

„Du warst doch diejenige, die zuerst Butter haben wollte," verteidigte sich Marlene.

„Ja, aber wenn sie zu teuer ist, dann dankt man eben dafür."

„Hättest du ja tun können. Aber drin standest du da, als ob du nicht bis drei zählen könntest und – – –"

„Du hast ja die Verhandlung geführt, nicht ich. Aber seinen Fehler auf andere abwälzen, das ist bequem."

„Die Mädel haben ganz recht, wenn sie sagen, du seist unverträglich."

Ilse wandte Marlene in stummer Verachtung den Rücken. Zum erstenmal waren die beiden „Inseparables" miteinander böse. Das kam vom Hamstern!

Die anderen hatten inzwischen das Dorf nach den verschiedenen Richtungen hin durchstreift. Immer zwei und zwei. An der Kirche wollte man wieder zusammenkommen. Dann würde es sich zeigen, wer die reichste Ausbeute hatte.

Richter war als erster wieder da.

„So – eine Mandel Eier hätten wir ergattert. Und was habt ihr?" Als Pensionsmutter duzte er natürlich seine Zöglinge.

„Butter," sagte Ilse verknurrt.

„Butter? Und dann macht ihr ein Gesicht wie drei Tage Regenwetter? Das sind doch mindestens anderthalb Pfund." Er wog das Päckchen abschätzend auf der Handfläche.

„Zwei Pfund," warf Marlene verärgert hin.

„Kinder, ihr berechtigt zu den schönsten Hoffnungen. Ihr werdet in unsern Hamsterbund aufgenommen. Das ist ja eine kostbare Beute."

„Sehr kostbar!" Wie aus einem Munde kam es. Dann sahen sich die Cousinen an, und dann lachten sie plötzlich. Und aller Ärger war verflogen.

Allmählich stellten sich auch die andern ein. Klaus trug in einer Hand ein Ende Leberwurst, von dem er aber schon einige Male abgebissen hatte, in der andern ein rundes Bauernbrot. „So nette Leute waren es. Sie wollten durchaus kein Geld von mir nehmen, weil ich ihrem Jüngsten, der aus dem Kriege nicht wiedergekommen ist, ähnlich sehe. Und Kartoffeln können wir uns holen, einen halben Zentner."

„Hanne hat gesagt, es muß ein ganzer Zentner sein, sonst lohnt's nicht."

„Soll sie sich gefälligst selbst aufbuckeln, mir ist ein halber gerade schwer genug. Wir holen ihn uns heute abend ab; ich habe den Sack dagelassen. Was hast du denn erwischt, he?"

Das Schwesterlein machte ein etwas kleinlautes Gesicht. „Bloß zwei Eier – Himmel, eins hat schon einen Sprung. Die Frau hätte mir sicher eine ganze Mandel gegeben, aber da hat Vera plötzlich auf den Hahn gezeigt und gefragt: ›Wie viele Eier legen der Hahn jede Tag?‹ Ihr hättet mal sehen sollen, wie die Bauernfrau da plötzlich ihre Schürze über die Eier gebreitet hat: ›Für Ausländsche legen deutsche Hühner überhaupt nich, noch dazu, wenn sie nich mal 'n Huhn von 'nem Hahn unterscheiden können‹, hat sie wütend gerufen. Umsonst erklärte ich ihr, daß Veras Vater ja Deutscher gewesen sei, und nur ihre Mutter eine Polin. Sie blieb bei dem Patriotismus ihrer deutschen Hühner."

Allgemeines Gelächter folgte. „Vera darf nicht wieder mitgenommen werden" – „Vera muß einen Maulkorb bekommen," so ging das hin und her.

„Oh, wenn derr deutsche Huhn mich legen will keine Eierr, ich gehen zu deutscherr Schwein und lassen mirr geben Speck," lachte die mit.

„Ja, Speck – der fehlt uns noch! Speck wollen die Bauern nicht rausrücken. Dabei hängen ihre Räucherkammern voll. Es gibt eben kein vollkommenes Glück auf Erden," philosophierte Richter wehmütig.

„So! Schaut hierher! Fortuna in rosenrotem Scheine." Damit wies Marianne auf eine zartrosa schimmernde Speckseite, die sie bisher in Margots Rucksack verborgen gehalten hatte.

„Donnerwetter!" brachen die Jungen in Begeisterung aus. Die Freundinnen standen in stummer Bewunderung davor.

„Hat aber auch was gekostet." Margot schien weniger begeistert.

„Ach, gar nicht so viel," brüstete sich Marianne. „Bloß meinen alten Mantel habe ich ihnen dafür geschenkt. Sie wollten uns nur gegen Kleidungsstücke was geben. Und ein Paar Stiefel schicke ich ihnen noch, und Margot muß ein wollenes Kleid schicken, das ihr zu klein geworden ist."

„Na, ich danke" – „das ist teurer Speck" – „was wird denn eure Mutter dazu sagen" – „die haben euch aber ordentlich übers Ohr gehauen" – „die Kleidungsstücke sind doch viel mehr wert." Der Trupp geriet in grenzenlose Aufregung.

„Ich wollte den Speck nicht nehmen. Ich hab' gleich gesagt, wir dürfen keine Kleidungsstücke ohne Erlaubnis unserer Eltern fortgeben. Aber Marianne wollte den Speck durchaus haben," verteidigte sich die brave Margot weinerlich.

„Geräucherten Speck esse ich schrecklich gern." Marianne leckte sich mit rotem Züngelchen die Lippen. „Und der Mantel war schon zu eng. Und überhaupt – Speck ist doch viel mehr wert." Liebevoll glitt ihr Blick an dem zarten Rosa entlang.

„Wenn du frieren mußt, nicht."

„Na, Kinder, nun haben wir unsere Pflicht als Berliner Hamster redlich erfüllt. Die Rucksäcke haben wir voll und den Magen leer. Ich schlage vor, daß wir uns jetzt mal für unsere Anstrengungen belohnen und unten am

Wasser Frühstücksrast machen," meldete sich ein hungriger Primanermagen.

Da waren sie alle einverstanden. Am blauen Havelgestade unter zartrosa Apfelblüten, die noch zarter waren als Mariannes Speck, lagerte die Hamsterbande. Dort wurde geschmaust und die Beute ehrlich geteilt. Das war nicht ganz leicht. Siebzehn Eier waren da, geteilt durch acht Hamster, da kamen auf jeden zwei.

„Und der brave Schweppermann kriegt drei," löste Annemarie die schwierige Frage. „Aber natürlich das angeknickte."

Mit Grashalmen ward gelost, wer den längsten zog. „Hurra!" Marianne war Schweppermann und bekam als Zugabe das geknickte Ei.

Weniger einfach war es, die kostbare Butter ohne Wage zu verteilen. Am meisten Kopfzerbrechen aber machte die Berechnung. Wie sollte man sich an der Bezahlung des Specks beteiligen?

„Einer steuert einen Ärmel, einer einen Knopf und der dritte den Stiefelabsatz dazu," neckte Klaus.

Man überbot sich in lustigen Vorschlägen. Schließlich durfte Marianne ihren Speck allein behalten. Denn auch Margot wollte des zu liefernden Kleides wegen durchaus nicht daran teilnehmen.

„Wir kriegen schon noch mehr Speck, ohne mit Kleidern und Schuhen zahlen zu müssen," trösteten sich die andern.

Das Glück schien ihnen wirklich lächeln zu wollen. Ein Feldgrauer, mit dem sie auf der Landstraße ins Gespräch kamen und den sie um Auskunft baten, wo man nicht zu teuer Speck und Butter bekäme, meinte: „Das dritte Dorf von hier, Hauptstraße 11, wohnt die Cousine von meiner Großmutter. Rike Lehmann heißt sie. Der bestellen Sie nur einen schönen Gruß von mir, und sie soll Ihnen Schinken und Eier, Wurst und Speck recht billig geben; alles, was Sie wollen."

Strahlend dankten sie dem braven, uneigennützigen Mann. Klaus teilte seine letzten Zigaretten mit ihm. Dann ging's weiter.

Es war glutheiß auf der sonnigen, staubigen Landstraße. Die Rucksäcke fingen an unbequem zu werden. Man ging und ging, doch der Kirchturm des bezeichneten Dorfes schien immer weiter zu rücken. Ob man es aufgab? Nein – nein! Zu verlockend war es, was Frau Rike Lehmann für ihre Hamstergier hatte. Ilses neue Schuhe begannen zu brennen. Vera war total ermattet und konnte nicht weiter. Da ließ Annemarie ihre Zupfgeige erklingen. Nun ging es wieder mit frischem Mut und neuen Kräften vorwärts.

Endlich – es war schon Vesperzeit – war das Land, wo Milch und Honig fließen sollte, erreicht. Das Dorf schien nur eine einzige Straße zu haben. Sicher mußte das die Hauptstraße sein. Wo war nun Nummer elf? Soviel man auch suchte, es gab keine Hauptstraße 11 in dem ganzen Dorf. Und eine Rike Lehmann erst recht nicht. Das ganze Dorf lief zusammen und half suchen.

„Es hat sich gewiß jemand einen Spaß mit euch gemacht," meinte schließlich einer der Bauern, die vor dem Wirtshaus saßen. Da lachten sie alle aus vollem Halse über die genasführten Berliner. Die aber lachten mit.

Was schadete es, daß sie sich die Schuhsohlen umsonst nach den in Aussicht gestellten Herrlichkeiten abgelaufen hatten? Es war doch ein herrlicher Tag. Was machte es, daß sie von der nächsten Bahnstation keinen Zug mehr nach Berlin bekamen und mit einem Güterzug nach Haus befördert werden mußten? Das gab nur neuen Stoff zum Lachen.

Schmerzlich war es bloß, daß Ilses neue Schuhe schwarz waren statt weiß, daß Mariannes mattblaues Kleid goldene Spuren des geknickten Eies aufzuweisen hatte, und daß Klaus seinen halben Zentner Kartoffeln in Stich lassen mußte, da man unmöglich noch mal den weiten Weg zurückmachen konnte.

Solche Hamsterfahrt zur Kirschblüte war doch wundervoll.

7. Kapitel. Berlin auf Rädern

Es ging auf die großen Sommerferien zu. In der Schule wurde nirgends mehr ernst gelernt. Allenthalben spukten Badeanzüge, Nagelschuhe und Rucksack, Hängematte und Koffer in sämtlichen Größen durch die Köpfe der Schüler und Lehrer. Die Obersekunda des Schubertschen Lyzeums machte davon keine Ausnahme. Im Gegenteil, unser Kränzchen schmiedete eifrig Ferienpläne. Ulrichs gingen an die Ostsee und nahmen Ilse Hermann mit. War das eine Seligkeit, daß die beiden Inseparables nun Tag und Nacht zusammen sein konnten. Marianne reiste mit den Eltern in den Harz. „Da brauche ich zum Glück nur eine Lodenpelerine, keinen Mantel." Das schien Marianne das beste von der Reise. Denn sie hatte die Strafpredigt wegen der ohne Erlaubnis verschenkten Kleidungsstücke noch nicht vergessen. Vera begleitete ihre Tante nach Kissingen, wo diese die Kur gebrauchte. Margot blieb zu Hause, da alles so schrecklich teuer in diesem Jahre war und die Familie kinderreich. Aber sie tröstete sich damit, daß Annemarie Braun wohl auch nicht verreisen würde. Dann konnte man täglich zusammen morgens mit Frühstück nach dem Grunewald hinausfahren; man würde nach Halensee gemeinsam schwimmen gehen und auf dem Balkon nebeneinander sitzen mit Handarbeiten oder Büchern. Eigentlich war das noch viel schöner, Annemarie ganz für sich allein zu haben, als zu reisen. Dann war sie fünf Wochen lang ihre beste Freundin.

Da machte ein Brief die schönen Pläne Margots zunichte. Die beiden Backfische saßen, mit Schularbeiten beschäftigt, jeder auf seinem Balkon. Durch die dünne Wand, welche sie voneinander trennte, verständigten sie sich ab und zu mittels ihrer Klopfsprache. Die stammte noch aus ihrer Kinderzeit her und wurde eifriger geübt als Englisch und Französisch. Langsames Pochen bedeutete, ich bin traurig oder ich komme mit meiner Arbeit nicht zurecht. Schnelles Tempo zeigte eine Freudenstimmung an.

Der Briefträger kam die Straße herauf. Margot beobachtete ihn nicht weiter. Annemarie aber eilte hinaus, ob er nicht Nachricht von Bruder Hans brächte. Außerdem war es auch recht angenehm, die langweiligen Mathematikaufgaben mal zu unterbrechen. Nicht lange dauerte es, da trommelten Annemaries beide Fäuste einen wahren Jubelhymnus gegen die Balkonwand.

Margot schlug einmal zurück. Das hieß in der Übersetzung: „Was ist los?"

Das Klopflexikon der beiden Freundinnen war ziemlich reichhaltig. Aber für das, was Annemarie augenblicklich auf dem Herzen hatte, langte es doch nicht. Sie ließ ein Brieflein an einem Bindfaden über die Balkonwand flattern. Darin stand: „Hurra! Ich bin für die Ferien von Onkel Heinrich und Tante Käthchen auf Arnsdorf eingeladen. Ich soll bei der Ernte helfen."

Eine ganze Weile hörte man nichts. Dann kamen drei Schläge, langsam und schwer, von Margots Balkon. Auf deutsch: „Ich bin sehr traurig."

Annemarie erschrak. Ach Gott, daran hatte sie in ihrer ersten Freude nicht gedacht, daß Margot nun allein zurückbleiben würde. Wieder wanderte ein Briefchen über die weinumsponnene Wand.

„Sei nicht traurig, Margotchen, wenn ein Eisenbahnerstreik kommt, kann ich nicht fahren, sagt Vater," las Margot drüben unter feuerroten Pelargonien mit etwas weniger hoffnungslosen Augen.

„Wenn doch bloß Streik kommen würde," dachte Margot inbrünstig. Sie überlegte in ihrer Enttäuschung nicht, wie kindisch und unreif dieser Wunsch war; daß Tausende von Menschen dadurch geschädigt werden, daß die Arbeit eines ganzen Volkes unterbrochen werden sollte, damit ihr kleines Ich befriedigt wurde.

Dennoch schien es, als ob Margots Wünsche in Erfüllung gingen. Es lag mal wieder allenthalben Streik in der Luft. Ja, man munkelte sogar von einem Generalstreik.

„Was ist das, ein Generalstreik?" hatte Margot sich bei Annemarie über die Balkonwand hinweg erkundigt.

„Du, Schlaukopf, das liegt doch auf der Hand. Dann streiken natürlich die Generale." Ohne sich zu besinnen, erfolgte Annemaries Belehrung.

Da aber erschallte aus Vaters Zimmer, dessen Erkerfenster an den Balkon grenzte, ein so herzliches Lachen, daß Annemarie doch ein wenig unsicher wurde.

„Lotte, da hast du dir ja was Famoses geleistet." Der Vater konnte sich gar nicht beruhigen. „Den Witz muß ich dem Ulk einschicken."

„Na, wieso denn, wenn es doch Generalstreik heißt?" verteidigte sich sein Nesthäkchen unwillig.

„General heißt allgemein, das mußt du doch aus der lateinischen Stunde wissen, Obersekundaner. Allgemeiner Streik bedeutet es – hahaha – die Sache ist köstlich."

„Vaterchen, du erzählst keinem Menschen was davon, nein? Auch Mutti und Klaus nicht. Ich schäme mich so. Und mit dem Ulk einschicken, das war nur Ulk, nicht?" Durch das Fenster angelte Annemarie und streichelte und beschwor den Vater, doch bloß keinem Menschen was von ihrer Dämlichkeit zu verraten. Auch Margot mußte Stillschweigen geloben.

In den Ulk kam Annemaries Schlauheit nicht. Wohl aber wanderte sie als „Histörchen" nach Freiburg zum großen Bruder Hans, der das Schwesterlein nicht schlecht damit aufzog. Klaus hatte irgendwie Wind von der Sache bekommen, wahrscheinlich hatte Margot nicht reinen Mund gehalten. Denn auf Vater war Verlaß, wenn er etwas versprach.

Auch die Kränzchenschwestern machten ab und zu etwas peinliche Andeutungen. Ob es auch wohl zu einem Majorstreik kommen würde und dergleichen. Man scherzte so lange, bis es Ernst wurde.

Eines Nachmittags kam der Vater ein wenig erregt mitten aus der vollen Sprechstunde heraus.

„Wir werden gut tun, Elsbeth, uns mit Lebensmitteln zu versehen, vor allem mit Brot. Es waren soeben verschiedene Arbeiter bei mir, die mir erzählten, daß heute abend noch der Generalstreik in Kraft treten soll. Was sind das für Zeiten!" Doktor Braun ging mit ernster Miene wieder an seine Tätigkeit, ein Meer von Aufruhr zurücklassend.

„Hanne, laufen Sie schnell zum Bäcker und holen Sie soviel Brot, wie wir noch Marken haben. Minna zum Kaufmann nach den Wochenrationen. Lotte, du springst schnell zur Großmama herum und sagst, daß sie ebenfalls Vorkehrungen trifft. Auf dem Rückweg bringst du vom Schlächter unsere Fleischration mit. Klaus, sorge, daß Karbid im Hause ist, falls die Beleuchtung versagt." Frau Doktor gab ihre Anweisungen, trotzdem sie innerlich selbst erregt war, klar und ruhig wie ein Feldherr.

Aber ihre Hilfstruppen wirbelten wie ein aufgescheuchtes Volk Hühner im Kreise herum.

„Ach Jotte doch, Jotte doch, wo hab' ich denn bloß die Brotmarken jelassen." Hanne riß sämtliche Kästen und Schübe in der Küche auf und durchstöberte sie in Hast. Dabei lagen die gesuchten Karten mitten auf dem Tisch, wo sie dieselben bereits hingelegt hatte.

Minna hatte den Kopf ganz und gar verloren. Sie stand plötzlich anstatt im Kolonialwarenladen, nebenan im Barbiergeschäft und wußte nicht, was sie dort sollte. Klaus machte alle mit seiner Karbidlampe verrückt und wollte in der Eile noch irgendeine Erfindung machen, daß sie weniger duftete. Annemarie hatte ihre Sinne noch am meisten beisammen. Die alarmierte nicht nur die Großmama und versetzte sie mit ihrer Nachricht in gelinde Aufregung, sondern sie machte ihr auch gleich die notwendigen Besorgungen. Der Hanne, die räsonierend von einem Bäckerladen zum andern jagte, weil überall das Brot bereits ausverkauft war, nahm sie unterwegs die Marken ab und schleppte noch drei Brote, die sie Gott weiß wo aufstöberte, heim. Unverdrossen lief Doktors Nesthäkchen treppauf, treppab, denn auf der Straße und in den Geschäften war es heute hochinteressant. Auf den Straßen kribbelte es geschäftig wie in einem Ameisenstaat durcheinander. Hier traf sie Margot Thielen, dort ein anderes Mädel aus der Schule. Und alles rannte, kaufte und schleppte, als ginge es gleich los mit dem Verhungern. Vor den Lebensmittelgeschäften staute sich das Publikum. Und als man dann endlich alles zu Hause hatte, gab's neue Aufregung. Margot Thielen trommelte Sturm gegen die Balkonwand.

„Du, Annemie, ihr sollt gleich alle Eimer und Gefäße, die ihr habt, mit Wasser füllen, läßt Mutter euch sagen. Die Wasserwerke streiken, in Moabit gibt's schon kein Wasser mehr. Meine Tante hat's eben telephoniert."

„Mutti – Hanne – das Wasser wird abgesperrt, schnell noch soviel Wasser als möglich einlassen, sonst müssen wir verdursten und können uns nicht mehr waschen." Nesthäkchen war in grenzenloser Aufregung. Es begann, kleine Milchtöpfe, die zur Zierde auf dem Küchenbrett standen, schleunigst mit Wasser zu füllen – bums – da lag einer in Scherben auf den Steinfliesen.

„Verdrehte Zucht," knurrte Hanne und lief mit sämtlichen Kochtöpfen, Tiegeln und Suppenterrinen zur Wasserleitung, als ob es brenne.

„Vor allen Dingen die Badewanne voll Wasser, die Krüge, Eimer und Karaffen, daß es schafft." Doktor Braun erschien in höchsteigener Person, um Anweisungen zu geben.

„Lotte, bist du denn nicht gescheit, daß du die zinnernen Humpen herausschleppst! Fülle lieber die Waschschüsseln. Der Klaus hat doch nichts als Dummheiten im Kopf. Da füllt er sämtliche kleinen Likörgläschen mit Wasser. Bengel, mach, daß du aus der Küche kommst!" Die Verwirrung war unbeschreiblich. Einer lief immer dem andern in den Weg.

„Is ja man allens bloß umsonst. Die denken ja jar nich dran, das Wasser abzusperren," brummte Hanne wütend, die sich aus dem Labyrinth von Eimern, Töpfen und Gefäßen nicht mehr herausfand.

Aber die schlaue Hanne irrte sich diesmal. Als Annemarie gerade noch schnell die Gießkanne mit Wasser versehen wollte, damit ihre Tausendschönchen und Tomaten auf dem Balkon nicht Not leiden sollten – schwupp – da war's zu Ende.

Am Abend kroch die ganze Braunsche Familie mit einbrechender Dunkelheit ins Bett. Klaus hatte seine Erfindung an der Karbidlampe so glänzend gemacht, daß sie nun auch wie Gas und Elektrizität zu streiken begann und überhaupt nicht mehr brannte. Nur gut, daß man im Monat Juni und nicht im Dezember war.

Am andern Morgen, als Annemarie und Margot zur Schule gingen, war das Straßenbild völlig verändert. Keine Bahn fuhr, weder die Elektrische noch die Stadt- oder Hochbahn. Kein Auto, keine Droschke. Alles lief geschäftig zu Fuß. Auch in der Schule gab es ein Durcheinander. Lehrer und Schülerinnen, welche in den Vororten wohnten und auf Bahnverbindung angewiesen waren, fehlten. Vor allem aber fehlte der nötige Ernst und die richtige Sammlung zur Arbeit.

„Wir streiken auch, wir kommen morgen auch nicht zur Schule. Wenn Generalstreik ist, brauchen wir allein nicht zu arbeiten," ließ sich ein Faulpelz hören.

Dieser Vorschlag wurde allgemein begeistert angenommen. Allerdings nur von den Schülerinnen. Fräulein Drehmann, der man den Entschluß in der Geographiestunde unterbreitete, hielt den Mädeln eine tüchtige „Standpauke". Das war die übliche Bezeichnung für Strafpredigt. Ob sie sich denn nicht schämten, das Unheil, das durch die Streiktage wieder über das deutsche Volk hereinbräche, noch vermehren zu wollen. Daß jeder die Verpflichtung habe, in solcher Zeit doppelt alle Kräfte anzuspannen. Und daß ganz besonders die Jugend daran arbeiten müsse, das zu Boden liegende Deutschland wieder in die Höhe zu bringen.

Da verzichtete die Obersekunda großmütig auf ihren Streik. Marlene Ulrich machte der Generalstreik schwere Sorgen. Allerdings nicht wegen der durch denselben gefährdeten Volkswohlfahrt, trotzdem sie sonst ein verständiges Mädchen war. Nein, ihre Geburtstagsfeier sollte dadurch ins Wasser fallen. Man hatte einen Dampferausflug an die Oberspree geplant, mit Kaffeekochen und selbstgebackenem Kuchen und mitgenommenen Abendbrotstullen. Eine richtige Berliner Landpartie. Alle Kränzchenschwestern waren schon wochenlang dazu geladen. Und nun streikte auch die Dampfschiffahrt. Solche Ruppigkeit!

„Und ob meine Mutter überhaupt Kuchen backen kann, ist noch sehr die Frage. Man muß doch seine Mehl- und Fettvorräte in solcher Zeit zusammenhalten," tat Marlene betrübt den nicht weniger betrübten Freundinnen kund.

Annemarie Brauns fröhlicher Sinn ließ sich durch solche Kleinigkeiten nicht niederdrücken. „Dann bringen wir uns jeder unsere Marmeladenstullen zum Kaffee mit. Wir kommen auf alle Fälle, und wenn wir den weiten Weg hin und her auf Schusters Rappen machen," tröstete sie.

Aber die verschiedenen Eltern hatten leider auch noch ein Wörtchen mitzusprechen. Bei der Gluthitze, die in den Großstadtstraßen doppelt siedend empfunden wurde, sollte weder Annemarie, noch Marianne und Vera die weite Strecke bis in den Mittelpunkt der Stadt zu Fuß zurücklegen. So sah es mit Marlenchens Geburtstag bös aus, wenn nicht noch ein Wunder eintrat.

Und das Wunder geschah.

Nicht etwa, daß der Streik zu Ende ging. Aber eines Morgens, als man zur Schule zog, war es da. Wie aus der Erde emporgewachsen: Wagen in allen Größen, von allen Formen und sonst den verschiedensten Zwecken dienend. Jetzt aber hatten sie nur den einen Zweck, Menschen zu befördern. War das ein merkwürdiges Bild! Auf den Plätzen eine richtige Wagenburg. Man war plötzlich wieder aus dem Zeitalter der Elektrizität um hundert Jahre zurückversetzt. Ein Gekribbel und Gekrabbel von Wagen und Pferden. Ein Ausrufen und Durcheinanderschreien der Kutscher und Besitzer. Und mitten unter ihnen thronte der Berliner Volkswitz und schwang lachend sein Zepter.

„Hier, junge Frau, können Sie für zwei Märker bis nach dem Stettiner Bahnhof jondeln" – „ein Platz hier noch in meiner Equipage" – „na, Mutterken, soll ick Ihnen auf'n Bock verladen" – „fünfzig Fennich hier de Kremserfahrt, es jeht so schnell wie mit's Luftschiff," schrien sie durcheinander.

Annemarie, Margot und Vera waren starr vor Staunen. „Seht doch bloß, da fahren ja Leute mit 'nem Möbelwagen. Bänke und Stühle haben sie daraufgestellt – nein, ist das ulkig!"

„Und da im Schlächterwagen werden auch Menschen statt Ochsen aufgeladen," gab Annemarie lachend zurück.

„Oh, die schwarze Kohlenwagens, da ich nicht möchten fahren mit." Vera schüttelte sich. Und trotzdem war er dicht besetzt mit Menschen, die alle in die Stadt mußten und nicht laufen wollten.

„Einsteigen, Fräuleinchen, immer rin! Mit mich fahren Se trotz fünfundzwanzig Jrad Hitze kühl wie auf'n Nordpol," rief es von einem Kutscherbock herab den drei hübschen Mädeln zu. Der Wagen trug ein Schild „Norddeutsche Eiswerke".

War es da ein Wunder, daß sie über all das Außergewöhnliche und Belustigende, was die Straße heute bot, den Schulanfang versäumten? Daß Fräulein Neuberts Eulenaugen strafend den Verspäteten entgegenfunkelten? Und daß mitten in der Stunde die lebhafte Annemarie plötzlich in schwer verhaltenen Jubel ausbrach: „Marlene, wir machen an deinem Geburtstag eine Kremserlandpartie zu dir!"

Keine kam heute pünktlich zu Tisch nach Hause. Es gab zuviel unterwegs zu sehen und zu bestaunen.

„Ganz Berlin auf Rädern," sagte der Vater, als das Fräulein Tochter erst nach der Suppe zu erscheinen geruhte. „Deine Räder aber scheinen stillgestanden zu haben." Er sah ärgerlich aus: denn trotz seiner weitverzweigten Praxis hielt er selbst die Mahlzeiten pünktlich inne, sogar jetzt bei den erschwerten Verkehrsverhältnissen. Aber als sein Nesthäkchen in ihrer drolligen Art der Mutter ein treffendes Bild von den Straßenszenen gab, war er bald wieder besänftigt. Ein Teufelsmädel, seine Lotte!

Die Lebensmittelgeschäfte öffneten sich wieder, und Frau Rechtsanwalt Ulrich konnte Geburtstagskuchen backen. In der Obersekunda nahm man lebhaft Notiz davon.

„Seid pünktlich um vier da, sonst wird der Kaffee kalt," bat das Geburtstagskind.

Das wurde eifrig versprochen. Dabei war eine solche Gluthitze, daß das Lyzeum schon um 11 Uhr seine Pforten hinter der seligen Mädchenschar schloß, und die Aussicht auf heißen Kaffee geradezu beängstigend wirken mußte.

„Ich zieh' mein weißes Voilekleid an" – „ich mein mattblaues, die Eierflecke sieht man kaum noch" – „ich möchte am liebsten im Badeanzug kommen." Das war natürlich wieder Annemarie, die solche unmöglichen Wünsche hatte.

Dessen ungeachtet bestürmte sie zu Hause die Mutter, das nagelneue Mullkleid mit den Rosenknospen, das eigentlich bis zur Tanzstunde im Winter bleiben sollte, anziehen zu dürfen.

„Es ist so wundervoll leicht bei der Hitze. Und Marlenes Geburtstag ist doch eine würdige Gelegenheit, es einzuweihen. Bitte, Muttchen, erlaub's doch." Nesthäkchen fing nämlich neuerdings an, etwas eitel zu werden.

„Lotte, du hast kein Vergnügen, wenn du dich mit dem neuen Kleid fortwährend vorsehen mußt. Die Wagen, mit denen man jetzt fährt, sind auch nicht allzu sauber. Und möglichenfalls kriegen wir ein Gewitter. Es liegt mir in den Knochen." Diese drei Gegengründe waren eigentlich durchaus einleuchtend. Aber nicht für Annemarie. Für die bestand angeblich das größte Vergnügen darin, nur auf das neue Kleid zu achten. Die würde sich den feinsten Kremser mit roten Samtpolstern heraussuchen; und in ihren Knochen lag herrlichster Sonnenschein.

Als sie dann eine halbe Stunde später abschiednehmend in dem Rosenknospenkleid erschien – denn mit Bitten und Schmeicheleien hatte sie es wirklich durchgesetzt – da schaute die Mutter doch stolz auf ihr hübsches Töchterchen, das selbst wie eine taufrische Rosenknospe anzusehen war. Auch Puck musterte sie mit verständnisvollem Schwanzwedeln.

Puh – war das heiß! Man sah die Hitze förmlich in den Straßen kochen. Jedes Haus, jede Mauer strömte Siedeatem aus. Die Menschen schlichen ermattet.

Die vier Backfische, die sich am Zoologischen Garten trafen, schienen von der Glut nichts zu merken. Die glühten selbst den Freuden der heutigen Geburtstagsfeier entgegen. Die merkten auch nicht, daß sich der Himmel mit einem feinen weißlichen Schleierdunst bezogen hatte. Regen – ausgeschlossen! Keine hatte einen Schirm bei sich, denn wie hätte sich solch ein schwarzes Ding wohl zu den zarten hellen Kleidern ausgenommen!

Annemies Rosenknospenkleid wurde gebührend bewundert. So eingehend, daß der einzige Kremser, der noch dort stand, inzwischen besetzt war.

„Schadet nichts, auf dem Bock zu kutschieren, macht viel mehr Spaß." Annemarie schwang sich sofort auf das hohe Rad eines niedlichen Jagdwagens, und von dort aus gewandt auf den Kutschbock. Daß die Frisuren des neuen Kleides dabei gedrückt wurden, merkte das huschlige Fräulein nicht.

„Kommt, Kinder, hier oben hat man 'ne feine Gebirgsaussicht! Margot, sei doch nicht so tolpatschig, auf die Räderspeiche mußt du treten. Vera, du turnst zu mir auf den Bock herauf. Äx, du riechst ja nach einem ganzen Parfümgeschäft, Marianne, wie hast du dich denn bloß einbalsamiert!" Ein Mühlrad kam mit Annemaries Mundwerk nicht mit.

So – nun waren sie sämtlich aufgeladen. Margot, puterrot vor Hitze und Angst bei der ungewohnten Besteigung. Marianne, beschämt und parfümduftend; sie war heimlich an Mutters Toilettentisch gegangen und hatte des Guten zuviel getan.

„Verachen, wir haben den besten Platz." Stolz thronten die beiden Freundinnen untergeärmelt auf dem Bock.

„Verachen muß wieder runter," entschied der dicke Kutscher gelassen. „Da komm ich hin."

„Ach, wir rücken zusammen, wir haben alle drei Platz, Herr Kutscher," bat Annemarie.

„Nee, bei die Hitze is mich das zu mollig. Mir schwitzt schon so wie nach Fliedertee. Verachen muß runter. Allenfalls kann sie noch hinten zwischen die andern Fräuleinchens sich dünne machen." Dabei blieb der Kutscher.

Es half nichts, Verachen mußte den gefahrvollen Abstieg antreten.

„O Gott, meine schönes Kleid!" – Da hatte der weiße Schleierstoff an den frischgeteerten Wagenspeichen gestreift und zeigte düstere Färbung. Vera fing fast an zu weinen vor Ärger.

„Wir waschen es gleich bei Marlene aus" – „ist ja Waschstoff" – „bloß sich dadurch nicht die Laune verderben lassen." Von allen Seiten sprach man ihr gut zu.

„So, Herr Kutscher, nun kann's losgehen."

„Erst berappen, meine Herrschaften, zwei Mark pro Mann."

„Ist das drittel Dutzend nicht billiger?" erkundigte sich die ausgelassene Annemarie.

Das Wägelchen setzte sich in Bewegung. Die drei auf dem schmalen Rücksitz klammerten sich fest aneinander, um nicht herunterzufallen. Man quiekte bei jeder Straßenbiegung. Annemarie hätte am liebsten trotz der Hitze den dicken Kutscher untergeärmelt. Sie schwebte da oben auf der äußersten Bockkante. Denn ihr umfangreicher Nachbar brauchte fast den ganzen Sitz für sich allein.

Wagen über Wagen. Wirklich, ganz Berlin auf Rädern. Vater hatte recht. Scherzworte flogen hinüber und herüber. Das stattliche Jagdwägelchen mit seinen blühenden Insassen wurde öfters die Zielscheibe für den Berliner Witz.

Annemarie antwortete keck. Sie war schlagfertig und verstand auf einen Scherz einzugehen. Margot verkroch sich ängstlich, Marianne kicherte und Vera lachte gleichfalls, ohne alles zu verstehen. Dabei hatten sie nicht acht auf den Weg. Schließlich aber kam Margot, die am zuverlässigsten war, die Gegend doch nicht so ganz geheuer vor.

„Du, Annemie, frage den Kutscher doch mal, ob wir bald da sind.“ Sie zupfte an dem vor ihr sitzenden Rosenknospenkleid.

„Wie weit ist es noch, Herr Kutscher?“

„Jleich sind wa Endstation.“

Annemarie sah sich betroffen um. „Hier ist doch nicht das Zentrum von Berlin? Wir wollen doch nach dem Alexanderplatz,“ meinte sie unsicher werdend.

„Nee, hier ist der Wedding,“ war die ganz gemütliche Antwort.

„Ach, du lieber Himmel!“ Die Backfische sahen sich an, und dann brachen sie plötzlich in lautes Lachen aus.

„Aber, Kinder, da ist doch nichts zu lachen. Wie kommen wir denn nun bloß nach dem Alexanderplatz?“ rief Margot, vom Lachen jäh in eine weinerliche Stimmung fallend.

„Mit unserer Equipage hier.“ Annemarie war noch immer sorglos. „Der Herr Kutscher wird uns schon hinfahren.“ Dabei strahlten die blauen Mädchenaugen den Fuhrwerksbesitzer liebevoll an.

„Nee, is nich. Ich und mein Hottehü, wir machen nu Schicht. Wa sind bei die Hitze schon 'n janzen Tag jebraten, nu sind wa knusperig jenuch. Jetzt jeht's zu Muttern in'n Stall.“

„Aber es steht doch an Ihrem Wagen Alexanderplatz – ich hab's deutlich beim Einsteigen gelesen – wie können Sie uns denn da bloß nach dem Wedding fahren?“ begehrte Marianne auf.

„Ja, und noch dazu uns zwei Mark dafür abnehmen.“ Selbst die schüchterne Margot bekam Mut, da es sich um ihr bescheidenes Taschengeld handelte.

„Na nu halten Se aber de Luft an, Fräuleinchen! Können Se nicht lesen? Wedding – Alexanderplatz – Zoo steht an meine Equipage. Wa machen immer 'ne Rundtour, meine Liese und ich. Und nu sind wa anjelangt – nu steijen Se jefälligst ab.“ Der Mann wurde von der Hitze und dem unberechtigten Vorwurf nun auch ärgerlich.

„Ach, Herr Kutscher" – noch einmal versuchte Annemarie ihre ganze Liebenswürdigkeit – „seien Sie doch kein Frosch und fahren Sie uns nach dem Alexanderplatz. Dann bringen wir Ihnen auch ein großes Stück Geburtstagskuchen von unserer Freundin mit."

Aber nicht mal der verfing.

„Nee, det können Se nich von mich verlangen. Da würde meine Liese nicht schlecht aufmucksen."

„Die Liese sieht doch so sanft aus." Annemaries Blicke streichelten nun auch zärtlich den fliegenumsurrten Gaul.

Es half nichts. Die vier mußten von Liese und ihrem Besitzer Abschied nehmen.

Da standen sie nun mitten auf dem sonnenblendenden Weddingplatz, in einer ganz anderen Gegend Berlins, als da, wo sie hinwollten. Die Hitze lastete wie ein schweres Brett auf dem Kopf.

„Das haben wir fein gemacht – dreimal gehörnte Kamele sind wir," verfiel Annemarie in Selbstbetrachtungen.

„Dieses Tier steht nicht in meinem Zoologiebuch," belehrte sie Margot gewissenhaft.

„Und der Kaffee wird kalt, und den Geburtstagskuchen essen sie inzwischen gewiß auf," jammerte Marianne.

„Auf heißen Kaffee verzichte ich – aber wir müssen sehen, daß wir ein anderes Fuhrwerk nach dem Alexanderplatz bekommen," ermannte sich Annemarie.

„Was – noch mal soviel Geld ausgeben?" entsetzte sich Margot. „Können wir nicht laufen?"

„Dann sind wirr heute in die Abend da, Margot, du bist eine geizige Krragen."

„Und außerdem können wir 'n Hitzschlag kriegen," stellte Annemarie fest.

„Hier kommt ja ein Wagen nach dem Alexanderplatz – sogar ein Automobil. Damit sind wir schnell da.“ Marianne wies auf einen grauen Riesenkasten, der ratternd in einer grauen Staubwolke hielt.

„Da steht ja dran ›Berliner Abfuhrgesellschaft‹ – pfui!“ Margot rümpfte das Näschen.

„Macht nichts – die Hauptsache, daß wir schnell hinkommen und der Kuchen noch nicht aufgefuttert ist,“ regte sich Marianne auf.

„Immer rauf – es fahren ja noch mehr Leute mit. Mistgeruch soll sogar gesund sein,“ entschied das Arzttöchterchen.

Das Hinaufkommen war nicht so einfach. Die hohe Rückwand des grauen Kastens mußte erst heruntergeklappt werden; eine Leiter wurde angestellt; darauf balancierten die jungen Damen mit ihren duftigen Kleidern in das duftende Innere. Hinter ihnen klappte der Wagen wieder zu.

„Pfui Deibel – ist das hier eine Luft!“ Der Wagen strömte bei der Hitze einen doppelt widerwärtigen Geruch aus. „Wo ist denn unsere lebendige Parfümflasche? Komm, Marianne, zwischen uns mußt du dich stellen, sonst wird man ohnmächtig.“ Man riß sich plötzlich um die nach Veilchenparfüm duftende Freundin. Weder Bänke noch Stühle gab es in dem wenig einladenden Müllwagen. Nebeneinander wie die Ölsardinen wurden die Fahrgäste stehend eingeschachtelt. Bei jeder Ecke fielen sie kreischend aufeinander. Denn an dem schmutzigen Wagen mochte sich keiner festklammern.

„Wie in der Arche Noah,“ lachte Annemarie, deren Humor nie versagte.

„Hoffentlich wirr nicht krriegen auch das Sintflut.“ Vera schaute bedenklich in den Himmel.

Nanu? Was war denn mit dem vorgegangen? Der war doch vor kurzem noch ganz blau gewesen. Der weißliche Dunst hatte sich verdichtet, zu schweren, unheilvollen Wolken geballt. Fahl und stechend kam ein letzter Sonnenstreif aus grauschwarzem Gewölk.

Sollten Mutters Knochen am Ende doch recht behalten?

„Ehe das Wetter herunterkommt, sind wir da. Unser vornehmes Mistauto rast ja mit uns wie der Deibel mit seiner Großmutter!“ Annemaries glücklicher Leichtsinn behielt noch immer die Oberhand.

Aber das drohende Unwetter war doch noch schneller als die Berliner Abfuhrgesellschaft. Zuerst ein Windstoß – ein Staubwirbel, daß man die Augen nicht mehr aufmachen konnte. So – das war der Auftakt. Nun die ersten Tropfen, schwer und langsam. Und jetzt ein blendender Zickzack, die siedenden Luftwellen zerteilend. Gleich darauf ein Krachen, ohrenbetäubend und entsetzenerregend. Nicht nur Margot, die große Furcht vor einem Gewitter hatte, schrie vor Schreck auf, auch die andern klammerten sich angstvoll aneinander.

Als ob der Höllenschlund seinen verderbensprühenden Rachen aufgetan, war die Luft plötzlich von schwefelgelben Feuern durchlodert. Blitz auf Blitz – Dröhnen, Krachen und Bersten – peitschender Gewittersturm – Regengepladder. Mitleidslos durchweichte der Regen die zarten Sommerkleider auf dem offenen Wagen. Wie ein kaltes Sturzbad ging es über die verlechzten Menschen.

„Das tut gut.“ Ein Fahrgast nahm seinen Hut vom Kopf und ließ das Regenwetter wie aus einer Dachrinne davon laufen. „Das tut gut,“ sagte er nochmals tief aufatmend.

Darüber konnte man geteilter Meinung sein. Die vier Backfische, die fast davonschwammen, sahen entsetzt auf ihren durchweichten Staat.

O Gott, das Rosenknospenkleid! Triefend und unansehnlich wie ein Scheuerlappen klebte es an seiner geknickten Besitzerin. Nun würde am Ende gar nichts aus der Tanzstunde werden. Vera versuchte ihre Teerflecke mit Regenwasser auszuwaschen. Marianne vergaß selbst den Kuchen vor Aufregung. Und Margot sah zum Glück überhaupt nichts: die hielt sich vor den Blitzen angstvoll die Augen zu.

Endlich am Ziel.

Ein schwarzes Bächlein rieselte aus den Haaren und Kleidern der vier herab, bis hinein in die Ulrichsche saubere Wohnung.

Dort wurden sie sehnsüchtig erwartet.

„Das kommt davon, wenn ihr erst so spät zu erscheinen geruht. Wäret ihr pünktlich gewesen, hättet ihr das Wetter nicht abgekriegt," empfing sie das Geburtstagskind vorwurfsvoll.

„Wir haben doch eine kleine Extratour nach dem Wedding gemacht."

„Himmel, seht ihr aus! Wie vier Vogelscheuchen. Und riechen tut ihr wie ein Misthaufen!" Ilse hielt sich die Nase zu.

„Wir sind auch von der Berliner Abfuhrgesellschaft befördert worden." Die muntere Annemarie war ganz kleinlaut. Das verdorbene Kleid und die unbehagliche Nässe trugen die gleiche Schuld daran.

„Kinder, in der Verfassung könnt ihr nicht auf meine Polster und Teppiche. Kommt mal erst in das Badezimmer, daß ihr einigermaßen wieder menschlich werdet." Frau Doktor Ulrich lachte mit Marlene und Ilse um die Wette über die vier traurigen Gestalten.

„Das beste wäre, man steckt die ganze Gesellschaft nebst ihren Kleidern ins Wasser," schlug Marlene vor, die von den duftenden Geburtstagsgrüßen nicht gerade entzückt war.

„Ja, ins Familienbad!" Den vieren war recht ungemütlich in ihrer Haut.

Nur Marianne hätte gern zuvor dem Geburtstagskuchen zugesprochen: aber sie mußte sich der Mehrheit fügen. Erst kam die Sauberkeit.

Bald drang ein Lachen und ein Juchhei aus dem Badezimmer, daß Marlenes Mutter verschiedene Male anklopfen mußte, damit die Untermieter sich nicht beschwerten. Es dauerte lange, bis vier reingewaschene Jungfrauen in merkwürdigen Verkleidungen endlich wieder erschienen. Der Kaffeetisch hatte sich inzwischen in einen Abendbrottisch verwandelt, so spät war es geworden. Geburtstagskuchen bekamen sie aber trotzdem noch.

„Wir wollten ja so gern Marlenes Geburtstag am Wasser feiern, nun haben wir das gründlich besorgt, sogar im Wasser." Annemarie, in einem bis auf die Füße herabhängenden Morgenrock von Marlenes Mutter, war jetzt wieder ganz obenauf.

Die vier Mistkäfer – so hatte Ilse sie getauft – aber hatten in ihren verdorbenen Kleidern noch lange eine Erinnerung an ihre Landpartie mit der Berliner Abfuhrgesellschaft.

8. Kapitel. Zur Erntearbeit

„Mädel, du bist ja eine junge Dame geworden in den vier Jahren, wo ich dich nicht gesehen habe. Eine richtige junge Dame. Aber die lustigen Blauaugen sind noch dieselben." Onkel Heinrich packte sein hübsches Nichtchen mit derben Landmannsfäusten an beiden Ohren.

„Hoffentlich bist du kein Berliner Zierpüppchen geworden," ließ sich Vetter Peter, der auf dem Bock des Jagdwagens thronte und die Zügel hielt, liebenswürdig vernehmen.

„Nee, Obersekundaner sind keine Zierpuppen." Das konnte Annemarie mit gutem Gewissen behaupten.

Sie und ihr Gepäck wurden aufgeladen. Peter schnalzte und die Gäule zogen an.

„Du, Peter, laß mich kutschieren." Annemarie war natürlich auf den Bock neben ihn geklettert.

„Kannst du nicht, das will alles gelernt sein. Latein ist nicht die Hauptsache im Leben." Peter selbst hatte nämlich nicht viel mit Lernen im Sinn. Er wollte Landmann werden wie sein Vater und meinte, dazu brauche man nur praktisch tüchtig zu sein. Außerdem hegten die beiden Vettern Peter und Herbert die heimliche Besorgnis, daß aus dem netten Cousinchen ein verziertes Ding oder gar ein Blaustrumpf im Laufe der Jahre geworden sei. Denn so stellten sie sich alle Berliner Mädel, besonders Gymnasiastinnen, vor.

„Gib nur her, das ist doch ganz einfach!" Energisch nahm Annemarie dem nicht viel älteren Vetter die Zügel aus der Hand. Wirklich, es ging.

Auf der schnurgeraden Pappelallee, die vom Bahnhof nach Gut Arnsdorf führte, lief der Wagen von ganz allein. Die Gäule kannten den Weg. Man brauchte gar nicht besonders aufzupassen. Die junge Wagenlenkerin hatte noch Zeit, den leuchtenden Mohn, der aus goldenen Halmen nickte, zu bewundern.

„Kostet bei uns in Berlin zwei Mark, ein ganz kleiner Strauß; darf ich nicht für Tante Käthchen einen pflücken?“ Es wurde dem Großstadtkind schwer, an all der verlockenden Blumenpracht vorüberzufahren.

„Haben genug von dem Unkraut zu Hause, Mädel. Nur vorwärts!“

Felder, Wiesen, Buchenwald und darüber ein blauer Himmel, so strahlend, daß Annemaries blaue Augen ihn zurückstrahlten. Weit wurde dem Großstadtkind das Herz.

Der Dorfweiher – da wateten Barfüßchen. Am liebsten hätte das Backfischchen auch gleich Schuh und Strümpfe ausgezogen.

„Soll ich nicht lieber durch das Dorf fahren, Annemie?“ Peter sah etwas mißtrauisch auf Annemaries kleine Fäuste.

„Nee, ausgeschließt! Im Dorf macht's gerade Spaß.“ Das junge Mädchen wollte sich vor den Bewohnern, die mit Abendpfeifchen oder Strickstrumpf aus buntem Hausgärtchen die Gutsherrschaft grüßte, mit ihren neuen Künsten zeigen.

Zuerst ging auch alles tadellos. Wenn nur der liebe Gott keine Kühe erschaffen hätte. Die hatten mit einemmal die Unverfrorenheit, von der Weide heimkehrend, sich mitten auf der Dorfstraße aufzupflanzen. Aus ihren großen Glotzaugen sahen sie verächtlich auf das kutschierende Stadtdämchen.

„Zügel fester fassen – durch!“ kommandierte Peter.

Was – mitten durch die Kuhherde sollte sie fahren? Nee, das konnte kein Mensch von ihr verlangen. Die Kühe kannten sie noch nicht, wie leicht konnte eine mit den großen Hörnern ihr in die Beine pieken.

Die Gäule fühlten die Unsicherheit des neuen Kutschers. Auch sie wurden unruhig, begannen sich zu bäumen und vor der Herde zu scheuen.

Die Kühe brüllten vor Schreck: lauter aber noch brüllte Doktors Nesthäkchen. „Onkel Heinrich – die Kühe fressen unsere Pferde auf!" Da hatte Peter schon in die Zügel gegriffen und mit Fachkenntnis die Braunen zum Stehen gebracht.

„Dämelsack – wie kann man bloß vor Kühen Angst haben!" Der galante Vetter sah noch verächtlicher drein als die Kühe.

Hinter ihnen aber erschallte dröhnendes Gelächter. „Bist ja ein Mordsmädel, daß du vor 'ner Kuhherde umwirfst." Und mit Onkel Heinrich lachte der Herr Pastor, daß sein schwarzes Samtkäppchen in dem offenen Fenster des Predigerhauses auf und nieder wippte. Da lachten und tuschelten die Mädel, die an der Dorflinde die Köpfe zusammensteckten. Die Hühner gackerten und lachten. Das goldene Kreuz auf dem Kirchturm blitzte und lachte im Abendschein. Und sie selbst, die Abendsonne, grinste über das ganze breite Strahlengesicht und übergoß Annemarie mit Purpurröte.

So hielt Doktors Nesthäkchen seinen Einzug in Arnsdorf.

Als Tante Käthchen, Mutters Schwester, dann ihren jungen Gast so herzlich in die Arme schloß, und Annemarie feststellen konnte, daß sie nicht mehr kleiner war als die Tante, ward das kleine Mißgeschick schnell vergessen. Da stand Cousine Elli, und ihr allerliebstes Bübchen streckte Annemarie zum Willkomm die Ärmchen entgegen. Da war Herbert, der zwanzigjährige Vetter, der das kleine Cousinchen früher immer geneckt hatte.

„Junge, du hast ja inzwischen einen Schnurrbart gekriegt!"

„Deiner wächst auch noch, Annemie, wenn du nur erst Student bist." Gleich zog er sie mit ihrer Gelehrsamkeit auf.

Da reichte ihr der alte August, der schon zu Lebzeiten von Onkel Heinrichs Vater auf dem Hofe gewesen, treuherzig die schwielige Hand, da klapperte Mine immer noch mit buntgeringelten Strümpfen in ihren Holzpantinen herum. Pluto war da, der große Neufundländer, vor dem Nesthäkchen einst den größten Respekt gehabt. Und Waldmann, Onkels Dackel, watschelnd und krummbeinig, von dessen Klugheit man Wunderdinge berichtete. Alles vertraut, und doch wieder neu und verwandelt.

Der Abendbrottisch auf der mit Kletterrosen umsponnenen Veranda erregte des Großstadtkindes helle Begeisterung.

„Haach – saure Milch! Die ist in Berlin während des Krieges ganz unmodern geworden. Und Schinken! Den kenne ich nur noch vom Erzählen her, wie aus einem Märchen. Soviel Schnitten könnt ihr essen? Kommt ihr denn da mit eurer Brotration aus?“ Annemarie erregte die größte Heiterkeit mit ihren Fragen.

„Na, wie eine verhungerte Berlinerin siehst du nicht aus, Mädel.“ Onkel Heinrich kniff sie in die rosigen Wangen.

„Weil ihr für uns und Großmama immer so feine Futterpakete schickt,“ gab Annemarie lachend zurück.

„Damit wird es bald geschnappt haben, wenn wir erst polnisch sind,“ warf Peter gemütlich kauend ein.

„Was – hier in Oberschlesien werdet ihr auch polnisch? Na, ich habe die Polen sehr gern. Die Mutter meiner besten Freundin war auch eine Polin. Veras Vater ist in der Karpathenschlacht gefallen und ihren Bruder hat sie seit Jahren nicht gesehen, der ist bei polnischen Verwandten.“ Annemaries Mündchen schwabberte lustig drauf los, so daß sie gar nicht merkte, wie des Hausherrn blonde Augenbrauen sich zornig zu einem kleinen Borstenwald zusammengezogen. Daß Tante Käthchen dem unentwegt kauenden Peter vorwurfsvoll zuwinkte, und daß Elli und Herbert verlegene Gesichter machten.

Die Familienmitglieder vermieden es, von der bevorstehenden möglichen Besetzung des an der Grenze gelegenen Landstriches durch die

Polen zu sprechen. Geriet der Vater doch jedesmal in helle Wut, daß deutsches Land in polnische Hände geraten sollte.

Annemarie in ihrer glücklichen Unbefangenheit merkte die schwüle Pause nicht, die eingetreten war.

„Beinahe hätte ich nicht kommen können," plauderte sie munter. „Vorgestern wußte man noch nicht, ob die Eisenbahner nicht mehr streiken würden. Margot Thielen, das ist auch meine beste Freundin, war schon selig, daß ich zu Hause bleiben mußte. Ja, Kuchen! Jetzt sitze ich hier unter Ochsen und Gänsen – – –"

„Sehr schmeichelhaft, in welcher Gesellschaft du dich hier befindest." Da war die Wolke von Onkel Heinrichs Stirn vor Annemaries unbefangener Fröhlichkeit zerstoben.

„Wir wollen dich hier schon rausfuttern, mein Mädchen. Unterernährt seid ihr alle in der Großstadt." Tante Käthchen hatte ihre helle Freude an dem munteren Ding.

„Dazu bin ich nicht hergekommen, Tante Käthchen," versicherte Annemarie. „Ich soll doch bei der Ernte helfen."

„Hahaha." Die Vettern lachten wie aus einem Munde.

„Da kommt so was aus Berlin, kann Virgil und Cicero übersetzen, aber nicht Gerste von Weizen unterscheiden, und will bei der Ernte helfen. Na, die muß gut werden!"

„Du brauchst dich gar nicht so aufzuspielen, Herbert." Zwanzigjährige junge Herren imponierten dem Backfisch noch lange nicht. „Wollen es erst mal abwarten, wer mehr hilft, du oder ich."

„Na, dazu gehört nicht viel, den Herbert auszustechen," belustigte sich Elli an dem Wortstreit. Denn der Älteste, der jetzt nur auf Ferien zu Hause eine Gastrolle gab, war ein mächtiges Faultier und zeigte wenig Interesse für die Landwirtschaft. Darum wollte er auch später das Gut nicht übernehmen, sondern studierte Maschinenbaufach.

„Nimm dich nur vor Kühen in acht, wenn du bei der Ernte helfen willst, Annemie.“ Peter kniff in infamer Weise das linke Auge zu. „Die sollen manchmal wild werden und stoßen.“

Vorläufig stieß Annemarie, und zwar knuffte sie heimlich unter dem Tisch den abscheulichen Vetter, ganz, als wenn sie es mit Klaus zu tun gehabt hätte.

Das Glas Milch, das Tante Käthchen ihr schon zum zweitenmal gefüllt, flog von der Erschütterung um.

O weh – war Tante Käthchen sehr böse? Sie drohte nur lächelnd: „Gut, daß wir eine Wachstuchdecke haben und kein Tischzeug.“

„Na, Hanne würde anders schimpfen, wenn ich die schöne Milch umgieße. Soviel kriegen wir alle zusammen nur jeden Übertag.“ Annemie sah bedauernd auf den weißen See. Wenn sie den doch im Brief hätte nach Hause schicken können!

„Ich habe Annemarie zur Erntearbeit herbeordert,“ ließ sich Onkel Heinrich, große Rauchwolken aus seiner Pfeife herausstoßend, vernehmen. „Morgen früh um vier geht's aufs Feld, verstanden?“

„Um vier schon?“ Entsetzte Blauaugen starrten Onkel Heinrich an. „Da lohnt's ja gar nicht erst ins Bett zu gehen.“

„Du denkst wohl, hier wird dem gnädigen Fräulein die Schokolade um neun Uhr ans Bett gebracht?“ zog sie Peter auf.

„Nee, das ist in Berlin auch nicht der Fall. Da muß ich um acht schon im Gymnasium sein. Und überhaupt, ich bin erst neulich um halb fünf aufgestanden, wie wir auf Hamsterfahrt gingen,“ verteidigte sich das Backfischchen.

„Laßt mir das Kind in Ruhe, das soll sich hier erholen,“ nahm sich Tante Käthchen ihres Nichtchens an. „Schlaf dich ruhig aus, Annemie, und wenn du später mir im Garten, beim Geflügel und in der Milchkammer helfen willst, werde ich mich freuen.“

„Ja, hilf nur im Haushalt, daß du kein Blaustrumpf wirst.“ Der Peter war beinahe noch ekliger als der Klaus.

„Ein Kindermädel könnte ich auch für Bübchen gebrauchen,“ begann nun auch Elli sich an den Neckereien zu beteiligen. Sie war kriegsgetraut, ihr Mann als Amtsrichter vor kurzem nach Kiel versetzt. Doch konnte er bei der Wohnungsknappheit, die überall herrschte, keine passende Wohnung finden. Darum war Elli mit ihrem Kleinen inzwischen bei den Eltern.

„Ach ja, das gefällt mir am besten, ich weiß schon, wie ich's mache, damit jeder was von meiner Hilfe hat. Morgens arbeite ich bei der Ernte: vormittags gehe ich Tante Käthchen zur Hand, und nachmittags kommt zur Belohnung Bübchen heran.“

„Das will ich mir auch ausgebeten haben, daß du mich jetzt nicht im Stich läßt, wo die Arbeiter so knapp sind, und man mit den polnischen ewig seinen Ärger hat.“ Onkel machte ein möglichst ernstes Gesicht. „Wer essen will, muß auch arbeiten.“

„Also morgen früh um vier Uhr!“ Annemarie gähnte verstohlen. Sie war reichlich müde von der Reise. „Habt ihr nicht eine Weckuhr?“

„Bei uns weckt der Hahn. Gute Nacht, Annemie.“

Nun stand Doktors Nesthäkchen oben am Fenster des netten Giebelstübchens und blickte über den Hof und die Scheunen, über die Wiesen, die sich in der matten Lichtflut des Mondes badeten, weit, weit hinaus. In langen Zügen atmete Annemarie die würzige Heuluft, die der Nachtwind hereinfächelte. Irgendwo blökte ein Kalb. Horch – die Nachtigall, zart und süß, Lange stand das Großstadtkind und lauschte dem Atem der Natur. War das ein Gottesfrieden hier!

Als der Gutsherr am andern Morgen bald nach vier Uhr aufs Feld hinausritt, warf er einen verschmitzten Blick zu den Fenstern des Giebelstübchens hinauf. Da waren die grünen Fensterläden noch fest geschlossen.

Zwei Stunden später begann auch Tante Käthchen ihren Rundgang durch den Geflügelhof, in die Kälberkinderstube und in den Obstgarten. Auch sie lugte zum Fremdenzimmer hinauf. War ja kein Wunder, daß das Mädelchen nach der langen Reise müde war.

Bübchen erschien um halb acht, frisch gewaschen und ausgeschlafen. Aber die neue Tante, die mit ihm spielen wollte, war noch nicht sichtbar.

Peter, der in aller Herrgottsfrühe schon mit dem Vater hinausgeritten war, trat mit wahrem Bärenhunger bereits zum zweiten Frühstück an, während Herbert gerade seinen Kaffee trank.

„Ist unser holdes Cousinchen noch nicht aus den Federn gekrochen?"

„Die schläft noch wie 'ne Ratze – macht mir selbst Konkurrenz an Faulheit."

„Na, dann wollen wir sie mal ein bißchen aus dem Traumland in die Wirklichkeit zurückholen." Peter begann kleine grüne Äpfel, die der Wind heruntergeschlagen hatte, zu sammeln und die grünen Fensterläden des Giebelstübchens geschickt zu bombardieren.

Drinnen fuhr Annemie erschreckt hoch. „Himmel – sie schießen!" Das war bestimmt eine Bombe. Die Fensterläden schlitterten ja nur so, und die Scheiben klirrten.

War denn wieder Revolution – Spartakistenunruhen?

Annemarie war ein beherztes Mädel. Mit beiden Beinen sprang sie zugleich aus dem Bett, um zu sehen, was denn eigentlich los sei.

Verschlafen blickte sie um sich in der fremden Umgebung.

Herrgott, sie war ja gar nicht in Berlin in ihrem Mädchenzimmer. Sie war ja auf Gut Arnsdorf. Sollten das am Ende die Polen sein, von denen gestern abend die Rede gewesen war, die den Gutshof beschossen? Annemarie wagte sich ein paar Schritte weiter zum Fenster hin.

Da aber sprang sie mit einem entsetzten Schrei zurück.

Die Fensterläden waren plötzlich aufgeflogen – „eine Bombe – eine Bombe!" Annemarie hielt sich ihre blutende Nase, gegen welche die Bombe gesaust war.

Unten hörte man lautes Lachen. Das war doch der Peter ...

Ein blonder Struwwelkopf mit angstvoll aufgerissenen Blauaugen und blutender Nase wurde einen Augenblick am Fenster des Giebelstübchens sichtbar. „Peter – Peterchen – sie schießen – die Polen bombardieren das Haus!" Zweistimmiges Gelächter übertönte jeden weiteren Hilferuf des Backfisches. Die Vettern hielten sich unten den Bauch vor Lachen.

„Laß dich nur nicht von den Polen totschießen, Annemie." Das klang doch gar nicht so gefährlich, Annemarie nahm das furchtbare Geschoß, das ihre Nase verwundet hatte, näher in Augenschein: Ein harmloses grasgrünes Apfelchen war's.

„Verflixte Bengel!" Im Nu hatte es Annemarie jetzt erfaßt, daß die Vettern sie zum besten gehabt hatten. Na, wartet nur! Die Wasserkaraffe ergreifen und ihren Inhalt über die noch immer unten Lachenden in kaltem Strahl herabbrausen lassen, das war eins.

„Kleine Kröte!" Die beiden lachten jetzt nicht mehr. Wie begossene Pudel schlichen sie davon. Jetzt war es Annemarie, die hinter ihnen herlachte: „Für den Fall, daß die Polen das Gut anzünden, wollte ich gleich löschen."

Die Sonne brannte bereits heiß auf den Gutshof, als ein allerliebstes Bauernmädel, im schwarzgeblümten Kleid und rosenroten Brusttuch am Frühstückstisch erschien. Vier Uhr war sicher schon längst vorbei. Aber daß es bereits auf zehn ging, ahnte Annemarie zum Glück nicht. Denn sie hatte in ihrer gestrigen Reisemüdigkeit vergessen, ihre Uhr aufzuziehen.

Herbert lag mit einem Buch in dem Liegestuhl unter dem Nußbaum. Er war inzwischen wieder getrocknet.

„Gesegnete Mahlzeit, Annemie," begrüßte er sie. „Willst du wirklich noch Kaffee trinken? Wir essen gleich Mittagbrot."

„Wie – was? Wie spät ist es denn?"

„Dreiviertel zwölf. Schade, daß die polnische Bombe dich aus deinem Dornröschenschlaf geweckt hat. Du wärst am Ende erst bei deiner Abreise wieder aufgewacht."

„Dann hättet ihr ja auf eure Morgendusche verzichten müssen." Annemarie ließ sich die fette Milch, goldgelbe Butter und Honig zu dem kräftigen Landbrot schmecken. Mit den Herren Vettern wollte sie's schon aufnehmen.

Etwas beschämend war es immerhin, daß sie als Stadtmädel so in den Tag hineingeschlafen hatte. Denn wenn auch Herbert sicher schwindelte, früh war es keineswegs mehr. Mittagsdunst begann bereits die Klarheit des Hochsommermorgens abzulösen.

Tante Käthchen in ihrem Wirtschaftsreich aufzustöbern, war nicht so einfach. Annemarie lugte in den warmen Kuhstall. Da brummte es satt und zufrieden, schlug mit der Schwanzquaste nach surrenden Fliegen und glotzte erstaunt auf das allerliebste Bauernmädel. Die Stalluft war nichts weniger als erquickend. „Komisch, daß die Leute immer behaupten, Kuhstalluft sei gesund," dachte Annemarie, die Nase rümpfend. „Ich finde sie ähnlich, wie bei unserer Landpartie mit der Berliner Abfuhrgesellschaft."

Tante Käthchen war jedenfalls nicht hier im Stall. Denn wenn die junge Großstädterin sich auch nicht allzu weit hineinwagte – solche Kuh war unzurechnungsfähig, die konnte plötzlich mit einem der vier Beine ausschlagen – so ließ sich der Stall auch vom Eingang her ziemlich übersehen. Hoffentlich brauchte sie hier nicht etwa beim Melken zu helfen – das überlebte sie nicht.

Auch nebenan in der Kälberkinderstube fand sich Tante Käthchen nicht. Hier gefiel es Annemarie schon besser. Die unbeholfenen Sprünge der weichen, zarten Tierchen machten ihr Spaß. Die Hofleute schienen alle auf dem Felde bei der Ernte zu sein. Nirgends ließ sich jemand blicken. Erst bei den Schafställen tauchte der grausträhnige Kopf des alten August auf.

Annemarie war ordentlich froh, ein menschliches Wesen wieder zu erblicken.

„Guten Morgen, August, haben Sie nicht meine Tante irgendwo gesehen?“

„Nu jo, jo, nee, nee – nu jo, jo, nee, nee,“ begann August in seiner schönsten schlesischen Mundart. „De Frau mecht woll halt im Obstgarten stecken tun, und Bären klauben.“

„Bären haben Sie jetzt hier auf dem Gut?“ Der jungen Berlinerin begann es ungemütlich zu werden.

„Nu halt die Johannisbären, die sein jetzt gerade reif.“

Annemarie biß sich auf die Lippen, um nicht laut loszuplatzen. Gut, daß die Vettern das nicht gehört hatten.

„Au, da muß ich dabei sein, Johannisbären esse ich für mein Leben gern.“ Annemarie war noch rangenhaft genug, dem biederen Alten seine Bären nachzumachen.

„Nu, do gähen Se halt dortenum durch das Gittertürdl und dortenaus und denn mechten Se gleich do sein.“ Bereitwillig wies der alte Mann ihr den Weg.

Annemarie ging dortenum und dortenaus durch das Gittertürdl, und dann war sie nicht gleich da, sondern stand statt im Obstgarten auf frischem Weideland. Meckernde Ziegen sprangen hier durcheinander.

Mitten in dem betrübten Mä–ä–äh–mä–ä–ä–äh, das so gar nicht zu den ausgelassenen Sprüngen paßte, jauchzte plötzlich ein Kinderstimmchen hell auf.

„Bübchen!“ – das war der Kleine. Annemarie ging dem Jauchzen nach.

Am Waldrand saß Elli mit einer Handarbeit beschäftigt. Vor ihr versuchte Bübchen mit seinen kurzen, dicken Beinchen die gelenkigen Sprünge der Vierfüßler täppisch nachzuahmen. Elli hielt sich die Seiten vor Lachen. Und der Kleine jauchzte mit, weil die Mutter lachte. Da mischte sich glockenhelles Backfischlachen mit dem der zwei.

„Na, Annemie, hast du tatsächlich aus den Federn gefunden?“ empfing sie die Cousine lustig. „So'n Kindermädel kann ich brauchen, das erst um zehn Uhr aufsteht.“

„Ach, Elli, ist es denn wirklich schon so spät?“

„Ja, warst du am Ende gar mit Vater heute früh auf dem Felde und bist schon wieder zurück?“ Elli machte ein scheinheiliges Gesicht.

„Freilich, einen Weizenschlag habe ich bereits geschnitten,“ ging Annemarie auf den Scherz ein.

„Nur schade, daß wir jetzt gerade bei der Roggenernte sind.“ lachte sie Elli aus. „Wärst du eher gekommen, hätte ich der Mutter beim Safteinkochen helfen können.“

„Ich werde es statt deiner tun,“ versprach Annemarie großartig. „Tante Käthchen muß doch wissen, daß ich überhaupt schon aufgestanden bin.“ Schnell noch das jauchzende Bübchen ein paarmal auf dem grünen Samtteppich herumgekugelt, dann trabte Annemarie der Wirtschaftsküche zu. Im respektvollen Bogen um das Weideland; denn so viele durcheinanderspringende Ziegenbeine sind nicht gerade vertrauenerweckend.

An dem Riesenherd, der die Mitte der im Kellergeschoß gelegenen Küche einnahm, stand Tante Käthchen mit erhitztem Gesicht, das nicht weniger rot war, als der rote Saft, den sie im kupfernen Kessel rührte. Mamsell war mit Durchpressen der „Bären“ beschäftigt.

„Morgen, Tante Käthchen. Kann ich helfen?“

„Freilich, mein Mädel, bist du auch ausgeschlafen?“

„Ach, Tante Käthchen, morgen werde ich euch schon beweisen, daß nur meine stehengebliebene Uhr an meinem späten Aufstehen schuld war.“

Annemarie kam geschäftig Tante Käthchens Weisung, das Seihtuch über ein breites, niedriges Holzfaß zu breiten, nach.

„Halte fest, Annemie, ganz fest halten!“ Tante Käthchen und Mamsell ergriffen Schöpfkellen und begannen den purpurnen Beerensaft durch das Tuch durchlaufen zu lassen.

Das Tuch wurde heiß. Es wurde schwer und klebrig. Annemarie begannen die Arme zu erlahmen. Und noch war der Riesenkessel über die Hälfte voll. Immer mehr – immer mehr – endlos, ohne Pause rann der heiße, rote Saft durch das ausgebreitete Tuch. Annemarie ertappte sich bei der Überlegung, daß Virgil übersetzen noch lange nicht das schlimmste im Leben sei. Dabei wurden einem doch nur die Gedanken lahm und nicht die Arme.

Durch das offene Küchenfenster surrte eine große, schwarze Hummel herein. Mit lautem, tiefem Brummen umkreiste sie die neue Köchin; die hatte sie hier doch noch nie gesehen. Oder lockte sie etwa der süße, rote Saft an? Jedenfalls wurden die Kreise um Annemaries Blondkopf immer kleiner – „ein Ungetüm – ein schwarzes Ungetüm –“ Annemarie ließ Saft Saft sein und fuhr mit der Hand gegen die rosige Wange, auf welche das schwarze Ungetüm gerade heimtückisch seinen Angriff unternommen.

Plumps – da lagen Tuch, Saft, Beeren und Kerne im trauten Beieinander im Faß.

„Aber Mädel, du solltest doch ganz fest halten. Nun ist die ganze Arbeit umsonst.“ Tante Käthchen unterdrückte mit Mühe ihren Unmut.

„Schimpfe bloß nicht, Tante Käthchen, aber das schwarze Biest wollte mich bestimmt stechen.“ Eigentlich war Annemarie ganz froh, daß sie auf diese Weise von der ermüdenden Arbeit loskam. Denn jetzt war es zum Glück zu spät, um noch mal von vorn zu beginnen. Vom Dorf her läutete es bereits Mittag. Es wurde in Arnsdorf pünktlich um zwölf Uhr gespeist.

In dem kühlen Eßzimmer mit den schweren Humpen rings an den Wänden auf dunkelgetäfeltem Holzgesims fanden sich die Familienmitglieder wieder zusammen.

Vater und Sohn brachten rechtschaffenen Hunger vom Felde mit heim.

„Guten Morgen, Annemie – na, ist dir der nächtliche Überfall der Polen gut bekommen?“ erkundigte sich Peter mit besonderer Freundlichkeit

Ehe Annemarie noch den Hieb mit einer schlagfertigen Antwort parieren konnte, hatte der Hausherr wütend mit der Faust auf den Tisch geschlagen, daß der volle Suppenteller auf die Wachstuchdecke überschwippte.

„Bei den Mahlzeiten will ich wenigstens meine Ruhe haben. Den ganzen Vormittag muß man sich mit den polnischen Arbeitern herumärgern – tun jetzt schon, als ob sie die Herren hier auf dem Gut wären und verweigern allenthalben den Gehorsam – und kaum ißt man den ersten Löffel Suppe, geht's wieder mit den Polen los.“ Annemarie hätte niemals gedacht, daß der nette Onkel Heinrich so böse werden könnte!

„Es war ja nur ein Scherz, Onkel Heinrich. Der Peter wollte mich doch nur necken,“ nahm sie sich des Vetters an, trotzdem der das eigentlich nicht um sie verdient hatte.

Onkel Heinrichs helle Blauaugen blickten wieder freundlich auf den jungen Gast. Es kam ihm wohl erst jetzt zum Bewußtsein, daß er sich zu sehr durch unliebsame Gerüchte, die wieder im Dorfe über das Anrücken polnischer Truppen im Umlauf waren, hatte fortreißen lassen.

„Ja, siehst du, Kleines, wenn du mich mit der Ernte im Stich läßt, bin ich auf die Polacken angewiesen,“ lenkte er ein.

„Ich kann ja vielleicht heute nachmittag zur Erntearbeit antreten,“ schlug Annemarie vor. „Da bin ich wenigstens ganz sicher, daß ich nicht verschlafe.“

„Wer weiß auch,“ äußerte Herbert seine Bedenken. „Hinten im Garten zwischen den Fichten ist die Hängematte angebracht, da kann man sehr schön bis zum Abend durchschlafen.“

„Ich will dir den Platz nicht streitig machen,“ gab Annemarie lustig zurück.

Punkt drei Uhr stand Doktors Nesthäkchen, wie verabredet, am Hoftor, um den Onkel, der sein Mittagsschläfchen gemacht, zu erwarten. Auch Peter und Waldmann stellten sich ein.

„Hättest dir was auf den Kopf setzen sollen, Mädel, die Sonne meint es noch gut," gab Onkel Heinrich zu bedenken.

„Hole dir doch einen Sonnenschirm herunter statt der Sense. Das wäre doch mal was Neues bei der Ernte." Eigentlich wäre es netter gewesen, wenn Peter nicht mitgekommen wäre. Am Ende blamiert sie sich vor ihm.

„Ich möchte gern doll braun brennen. Wir haben alle sechs im Kränzchen gewettet, wer nach den Ferien am knusperigsten sein wird. Die an der See haben's ja leichter. Ich glaube, Margot Thielen, die zu Hause bleiben mußte, reibt sich jeden Tag das Gesicht mit Salzwasser ein und setzt sich dann auf den Balkon in die Prallsonne, um nicht zurückzustehen."

Ein Karrenweg, blendend weiß in der grellen Mittagssonne, zog sich durch insektendurchsummte Wiesen. Purpurne Steinnelken, Glockenblumen, leuchtend blau, weiße Margueriten und goldener Löwenzahn blühten und glühten im Sonnenglanz. Das Stadtkind brachte es nicht über sich, daran vorüberzugehen. Es begann hier und da zu pflücken und die Blumen zum Strauß zu ordnen.

„Nennst du das vielleicht Erntearbeit? Die Heumahd ist schon vorbei," zog sie der Vetter auf.

„Annemie, wenn wir in diesem Schneckentempo weiterkriechen," Onkel wandte sich zu der Zurückbleibenden um, „sind wir morgen bestimmt an Ort und Stelle." Da steckte Annemie schnell den bunten Strauß an ihr Mieder und eilte den beiden nach.

An der Fohlenkoppel vorüber, an üppigem, von kleinen Bächlein umrieseltem Weideland vorbei. Eine Herde Kühe lag hier faul und wiederkäuend im Grünen. Ihre Glocken klangen melodisch durcheinander. Unweit vom Wege stand ein prächtiges buntscheckiges

Tier. Den Kopf gegen den leuchtenden Himmel gehoben, stieß es vor Lebensfreude lautes Gebrüll aus.

Doktors Nesthäkchen fuhr zusammen. „Ist das ein Stier?“

„Ja, aber er tut nichts, wenn er nicht gereizt wird. Ach Gott, du hast ja ein rotes Tuch um, Annemie; da wird er bestimmt wild.“ Peter grinste vor Freude über den neuen Schabernack.

Aber Annemarie bemerkte das nicht in ihrer Aufregung. Die sah nur den Stier. Das Tuch abreißen, unter dem grünen Schürzchen verstecken und mit einem kühnen Satz den am Weg entlang plätschernden Bach überqueren, um die jenseitige Wiese zu gewinnen und dadurch der Wut des Stieres zu entgehen, war das Werk einer Sekunde.

Pardauz – die Beine waren nicht lang genug. Hochauf spritzte das Wasser. Doktors Nesthäkchen lag im Bach und konnte sich von der Hitze des Weges abkühlen.

Am mit Vergißmeinnicht besäumten Bachrand standen die beiden Herren und lachten – lachten – – –

„Annemie – der Stier – der Stier ist ja eine Kuh! Du bist vor einer Kuh ausgekniffen!“ Peter johlte vor Vergnügen.

„Das kann ich doch nicht wissen, du Affenschwanz! Hilf mir lieber aus dem Wasser heraus, anstatt so zu blöken.“ Kein Mensch konnte das Annemarie verdenken, daß sie aufgebracht war.

Eine triefende Wassernixe tauchte aus dem Silbernaß auf, mit kläglichen Augen, die ebenso blau waren, wie die Vergißmeinnicht am Bach.

„Stell' dich nur in die Prallsonne, Annemie. Wenn wir zurückkommen, holen wir dich hier wieder ab, bis dahin wirst du wohl trocken sein.“ Ja, wer den Schaden hat, darf für den Spott nicht sorgen.

„Nichts da – linksum kehrt, Mädel! Und schleunigst in trockene Sachen, daß es keinen Schnupfen gibt,“ kommandierte Onkel Heinrich.

„Was – ich soll nicht mit zur Erntearbeit?“ Annemarie war grenzenlos enttäuscht.

„Vogelscheuchen hat's schon genug im Roggenschlag.“ Nein, so ungalant war der Klaus nicht mal wie der Peter!

Es half nichts, Annemarie mußte zurück.

„Soll ich dir vielleicht das Geleit geben und dich als Ritter ohne Furcht und Tadel vor Stieren und ähnlichen Bestien beschützen?“ erkundigte sich der Jüngling noch mit tiefer Verbeugung.

Doktors Nesthäkchen würdigte ihn keiner Antwort mehr. Beschleunigten Schrittes, den Kopf zur entgegengesetzten Seite gewandt, schielte es beklommen zu den gemütlich wiederkäuenden Vierfüßlern hinüber.

Am Ende war doch ein Stier darunter!

9. Kapitel. Unvorhergesehenes

In der dritten Woche weilte Annemarie nun schon auf Gut Arnsdorf. Sie hatte inzwischen gelernt, nicht in jeder harmlosen Kuh einen wütenden Stier zu wittern. Sie war mit zur Feldarbeit hinausgezogen und hatte sich an der scharfen Sense nur wenig in den Finger geschnitten. Trotz brennender Julisonne, hatte sie fleißig beim Schichten und Binden der Garben geholfen. Ihre Garbengruppen sahen zwar etwas erholungsbedürftig aus – „wie verhungerte Großstädter,“ meinte Peter – aber sie hatte das Kunststück, das schwieriger schien, als die schwerste mathematische Ausrechnung, doch fertig gebracht.

„Mädel, du gibst noch mal einen ganz tüchtigen Inspektor ab“, äußerte sich Onkel Heinrich anerkennend. „Wie ist's, soll ich dich in Brot und Lohn nehmen?“

„Vater braucht mich zur Assistentin, weil unsere Jungs nicht Medizin studieren wollen. Ich hab's Vater schon eher versprochen, sonst gern, Onkel Heinrich.“ Annemarie nahm die Sache ganz ernst.

Auch Tante Käthchen war sie in der Einkochzeit in Gemüse- und Obstgarten mit gutem Willen zur Hand gegangen. Tante Käthchen hatte das übermütige, frische Mädelchen so lieb gewonnen, daß sie es überhaupt nicht wieder hergeben wollte. „Dich geb' ich nicht wieder heraus, du mußt bei mir bleiben, mein Liebling, wenn Elli und Bübchen für immer nach Kiel ziehen“, sagte sie oft.

„Kannst mich ja heiraten“, schlug Peter vor.

„So dämlich – nee, solchen Frechdachs mag ich nicht zum Manne“, lehnte Annemarie deutlich ab.

„Wie ist's denn mit mir?“ neckte Herbert.

„Na, du wärst erst der Richtige – ein Faultier ist noch schlimmer als ein Frechdachs.“ Trotz dieser täglichen Wortkriege und Hänseleien verstanden sich die Vettern mit ihrem Cousinchen recht gut.

Am liebsten aber von allen aus Gut Arnsdorf hatte unbedingt Klein-Bübchen die Annemarie. Noch lieber als der Waldmann, trotzdem der ihr auch überall nachlief. Bübchen wollte sich nur noch von Annemarie füttern lassen. Annemie mußte ihm sein Fläschchen geben, ihn waschen und zu Bett bringen. Wenn Bübchen die „Mie“ – so rief er sie – nur von weitem sah, dann war er nicht mal mehr bei der Mutter zu halten. „Was soll das bloß werden, wenn mein Kindermädel wieder in Berlin ins Gymnasium geht?“ jammerte Elli jetzt schon.

„Bis dahin ist ja noch schrecklich lange Zeit,“ tröstete Annemarie. Vorläufig lagen noch Wochen voll Sonnengold und ungebundener Freiheit vor Doktors Nesthäkchen.

Jeden Morgen vor dem Spiegel beim Kämmen – denn sonst hatte man in Arnsdorf keine Zeit vor dem Spiegel zu stehen – stellte Annemarie triumphierend fest, daß sie am verflossenen Tage wieder ein gut Teil brauner gebrannt war. Wenn das noch einige Wochen so weiter ging, würde sie selbst Marlene und Ilse den Preis als Mohrenkopf streitig machen.

Merkwürdig war, daß Annemaries liebenswürdiges Wesen selbst die polnischen Feldarbeiter, die brummig und widerwillig ihre Pflicht taten, bezwang.

„Laß dich nicht mit der Sorte ein, gehe ihnen möglichst aus dem Wege, Kind. Sie führen nichts Gutes im Schilde," hatte Tante Käthchen gewarnt.

Aber Annemarie war gewöhnt, jeden freundlich zu grüßen. Ihre strahlenden Blauaugen hatten es selbst den polnischen Tagelöhnern angetan. Und vielleicht noch mehr ihr rosenrotes Miedertüchlein mit den bunten Bauernblumen, das stach den polnischen Weibern besonders in die Augen. Als die junge Großstädterin eines Morgens beim Garbenaufrichten tüchtig mit angriff, trat eine Polin mit blitzenden, schwarzen Augen an sie heran.

„Ah – schöner Tuch dies – schöner Tuch!" sagte sie bewundernd und fuhr mit der Hand streichelnd über das leuchtende Tuch.

Wollte sie ihr das Tuch rauben? Annemarie warf einen sichernden Blick in die Runde. Die anderen Arbeiter waren ein ziemliches Stück von ihnen entfernt. Und außerdem waren es fast ausschließlich Polen, die würden ihr kaum beistehen. Da riß Annemarie kurz entschlossen das Tuch ab und reichte es der Überraschten.

„Möchten Sie das schöne Tuch gern haben? Hier, bitte, ich schenke es Ihnen."

Die polnische Frau war ganz außer sich vor Freude. „Ah, gutte Frräulein – schöne Frräulein –" Sie konnte sich gar nicht genug tun in dankbaren Handküssen. Von diesem Tage an war Annemarie der erklärte Liebling der polnischen Arbeiterschaft.

„Eine kleine Satanshexe," schmunzelte Onkel Heinrich, „selbst mit den Polacken ist sie gut freund."

Diese Freundschaft sollte sich ganz merkwürdig beweisen.

An einem Juliabend war's. Die Linden dufteten süß und schwer. Annemarie stand an ihrem Giebelfenster und löste ihr reiches, blondes

Haar für die Nacht. Die Luft war köstlich. Das junge Mädchen konnte sich gar nicht entschließen, die Fensterläden zuzusperren.

Da löste sich ein dunkler Schatten von der mondbeschienenen weißen Hauswand.

„Frräulein, gutte Frräulein – schöne Frräulein – Maruschka will sprrechen zu gutte Frräulein," wisperte es mit dem Nachtwind herauf.

„Was wollen Sie denn?" Annemarie fragte es laut. Sie hatte keine Furcht, aber ganz behaglich war ihr doch nicht zumute.

„Ah – sprrechen nicht laut – sprrechen leise – ganz leise – Maruschka will sagen gutte Frräulein, was gegeben hat armes Polin schöne rrote Tuch, wenn gutte Frräulein will fahrren nach Haus zur Maminka, können rreisen keine Tag mehrr – keine Tag – nurr morrgen."

„Aber warum denn, Maruschka; gibt's denn wieder einen Eisenbahnerstreik?" Annemarie dämpfte nun auch ihre helle Stimme. Sie fühlte, daß die dankbare Polin es gut mit ihr meinte.

„Kommen Pollen, werrden nemmen Gutt hier, werrden nemmen Dorrf, werrden nemmen Eisenbahn. Kann gutte Frräulein nicht merr fahrren nach Haus zurr Maminka."

„Ich danke Ihnen vielmals, Maruschka. Aber so schlimm wird's ja nicht gleich werden." Mit der Sorglosigkeit der Jugend schob Annemarie jede Möglichkeit einer frühzeitigen Unterbrechung ihres herrlichen Aufenthaltes von sich. Quatsch – es wurde hier in der Grenzgegend so viel von heranrückenden polnischen Soldaten gefaselt! Das war sicher wieder eines der beliebten Gerüchte. Sorglos schlief Doktors Nesthäkchen ein.

Als Annemarie am andern Morgen zum Frühstück herunterkam, war sie höchlichst verwundert, auch den Hausherrn, der sonst schon längst seinen Morgenritt machte, dort anzutreffen.

„Onkel Heinrich, du bist noch da? Fein! Da können wir nachher zusammen aufs Feld," rief sie lebhaft.

„Du wirst heute nicht mit aufs Feld können, Kind." Onkel Heinrich hatte tiefe Falten zwischen den hellen Augenbrauen.

„Warum denn nicht?" Annemaries Augen wurden rund und erstaunt. Sie wanderten von Onkel Heinrichs finsterem Gesicht zu Tante Käthchen. Nanu? Hatte Tante Käthchen geweint?

„Annemie, es ist amtlich Nachricht gekommen, daß starke polnische Truppen vorrücken auf Arnsdorf. Sie werden das Gut besetzen und uns von unserm deutschen Vaterland gänzlich abschneiden." Tante Käthchen, die sanfte, rief es weinend in heißer Empörung.

„Ach, Tante Käthchen, du hast doch selbst so oft gesagt, das sind alles nur dumme Gerüchte, denen man nicht Glauben schenken muß," tröstete Annemarie. Und die nächtliche Warnung der Maruschka? Ach was, die hatte eben auch von dem Gerücht gehört.

„Diesmal ist es Ernst. Es ist amtlich gemeldet," mischte sich Onkel Heinrich hinein. „Und darum, Kind, können wir unter den bevorstehenden unsicheren Verhältnissen die Verantwortung deinen Eltern gegenüber nicht tragen. Abgesehen davon, daß wir nicht wissen, wie lange überhaupt noch Züge abgelassen werden. So schwer es uns wird, Annemarie, Tante Käthchen und ich halten es für richtig, daß du sogleich deine Sachen packst und deine Eltern telegraphisch in – – –"

„Was – rausschmeißen wollt ihr mich?" unterbrach ihn da das Backfischchen mit zuckenden Lippen. Onkel Heinrich und Tante Käthchen, die sie nie wieder hatten hergeben wollen, wollten sie heute schon los sein? Annemarie traute ihren Ohren nicht.

„Annemiechen, Liebling, du glaubst ja nicht, wie schwer wir uns zu diesem Schritt entschlossen haben." Tante Käthchen zog das erstarrte Mädchen zärtlich zu sich heran. „Aber es muß sein. Wir können nicht mehr für deine Sicherheit hier einstehen. Am liebsten würden wir dir auch Elli und Bübchen mitgeben. Aber sie will ja durchaus nicht von uns fort."

„Ich auch nicht. Ich will auch bei euch bleiben, Tante Käthchen. Ich graule mich kein bißchen vor den Polen. Schmeißt mich doch nicht raus

– bitte – bitte!“ Schwer war's, diesen lieben, bettelnden Blauaugen etwas abzuschlagen.

Aber Onkel Heinrich schüttelte trotzdem den Kopf. „Du kannst möglichenfalls auf Monate von deinen Eltern abgeschnitten sein. Das dürfen wir nicht riskieren. Du packst gleich deine Sachen und fährst mit dem Elfuhrzug. Bis Breslau begleitet Herbert dich und setzt dich dort in den Berliner Zug. Es tut uns leid, Kind, aber – es ist nicht das schlimmste und größte Opfer, was die Polen von uns fordern werden.“ Onkel Heinrich verließ dröhnenden Tritts die Veranda.

Zum erstenmal seit ihrem Arnsdorfer Aufenthalt wollte das Frühstück nicht rutschen. Annemarie würgte das gute Landbrot hinunter und der goldene Honig, den sie sonst so gerne gemocht, widerstand ihr geradezu.

Es half nichts. Der Reisekoffer wurde vom Boden heruntergeholt. Elli half Annemarie beim Einpacken, während Tante Käthchen eine Futterkiste für die Eltern und den Mundvorrat für die Fahrt zurecht machte.

Wie im Traum zog alles an Annemarie vorüber, unwirklich, als ob sie es gar nicht selbst erlebte. Da war Kutscher August, der den Koffer auf den Wagen lud. Sie lag im Arm von Tante Käthchen, die sie gar nicht wieder loslassen wollte. Bübchens Stimme rief: „Mie tommen – Mie tommen.“ Irgendwo wedelte Waldmanns goldbraunes Dackelschwänzchen in blauer Luft.

Dann zogen Wiesen, Kühe, Felder vorüber: dort winkten die Garbenpuppen, die sie eigenhändig gebunden, ein Lebewohl. Der rote Kirchturm von Arnsdorf – schwarzer Dampf aus brüllendem Lokomotivenschlund – durcheinanderhastende Menschen. Durch einen Tränenschleier sah Annemarie Onkel Heinrichs breite Gestalt und Peters schlanke auf dem Bahnsteig kleiner und kleiner werden – immer kleiner – eine Kurve – so, nun war nichts mehr von Arnsdorf zu erblicken.

Da zog Annemarie ihr Taschentuch hervor und weinte bitterlich.

Herbert wußte nicht recht, was er mit dem heulenden Backfisch anfangen sollte. Annemaries ungestümer Schmerzausbruch war ihm peinlich. Die Kleinbahn war überfüllt. Jeder wollte noch mit dem letzten Zuge fort, ehe die Polen kamen.

Breslau – nun mußte Herbert das Cousinchen allein seinem Schicksal überlassen.

„Leb wohl, Annemarie, und wenn wir die Polen rausgeworfen haben, kommst du wieder," rief er, neben dem schon fahrenden Zuge entlangtrabend, noch tröstend.

Annemie schüttelte traurig den Kopf. Wann würde das sein? Es war ihr, als ob mit dem Vetter das letzte Zipfelchen der goldenen Sommertage auf dem Lande ihr entwich.

Der beste Trost bei einem Abschiedsschmerz pflegt meist der Futterkorb zu sein. Als Annemarie das erste Ei und die leckere Schinkensemmel beim Wickel hatte, ward ihr Schmerz stiller. Den Hühnern, die ihr das Ei gespendet hatten, hatte sie morgens das Futter gestreut. Der Schinken stammte sicherlich von dem Ahnherrn eines der rosigen Ferkelchen, die sich zu Annemaries Ergötzen stets so drollig im Sande einbuddelten. Und die Pfirsiche hatte sie selbst gestern vom Spalier gepflückt. Zärtlich strich Annemarie über ihren Samt. Sie fühlten sich so weich an wie Bübchens Wange.

Immer weiter ratterte der Zug, legte eine immer größere Entfernung zwischen ihr und ihrem Ferienglück. Wie mochte es in Arnsdorf werden, wenn die Polen kamen? Die Mitreisenden erzählten alles mögliche von polnischen Übergriffen, Härten und unerträglichem Druck in bereits besetztem Gebiet. Das junge Mädchen konnte sich das nicht recht vorstellen. Maruschka war doch so gut zu ihr gewesen. Und Vera hatte doch auch polnisches Blut in den Adern. Was würde Margot bloß sagen, wenn sie plötzlich wieder an die Balkonwand pochte? Und die Eltern! Wie würden die sich freuen, ihre Lotte wieder zu haben. Annemarie, die noch eben so traurig gewesen, fühlte mit Erstaunen, wie die Freude der Eltern, die sie sich ausmalte, warm in ihr eigenes Herz zurückstrahlte. Sie freute sich ja auch, sie alle wiederzusehen. Wenn Onkel Heinrich in seiner Aufregung nur nicht vergessen hatte, den Eltern zu telegraphieren, denn sie kam nachts in Berlin an.

Geld genug hatte sie zwar, um sich vom Bahnhof eine Droschke leisten zu können. Für alle Fälle hatte Onkel Heinrich sie noch mit einem Hundertmarkschein versehen. Der war sorgsam in ihrem Handtäschchen untergebracht. Krampfhaft hielt sie dasselbe in der Hand und sah jeden Mitreisenden mißtrauisch an, ob er auch keine bösen Absichten gegen ihren Schatz hege.

Allmählich schwand der Argwohn. Man freundete sich miteinander an. Dies ungekünstelte, freundliche Wesen des reisenden Backfisches gewann ihm auch hier bald die Herzen.

Das Riesengebirge wurde mit blaugrauen Höhenzügen sichtbar. Liegnitz mit seinen alten Häusern zog vorüber. Wieder Wälder, Wiesen, Windmühlen, rote und weiße Kopftücher zwischen goldenen Halmen.

Abendrosen blühten schon am westlichen Himmel in purpurner Pracht auf. Der Zug fuhr in die Bahnhofshalle von Sagan ein. Nun war es nicht mehr weit bis Berlin. Nur noch dreiundeinhalb Stunden. Annemarie konnte schon die Zeit nicht mehr erwarten.

Da trat der Schaffner in ihr Abteil. „Sagan – alles aussteigen – der Zug fährt nicht weiter.“

Nanu – was sollte denn das heißen?

Da war der Beamte auch schon davon, um im nächsten Abteil dasselbe zu melden.

Größte Verwirrung allenthalben. Zwei Damen rafften ängstlich ihr vieles Handgepäck zusammen. Ein Herr schimpfte, er rühre sich nicht vom Platz. Er habe sein Geld bis Berlin bezahlt und wünsche nun auch hinbefördert zu werden. Ein anderer wieder drängte zum Aussteigen. Sicher war etwas an der Maschine in Unordnung und man würde mit einem anderen Zuge weiterbefördert werden.

Das leuchtete auch Annemarie ein. Sie griff nach ihren Sachen. Etwas reichliches Gepäck war es. Tante Käthchen hatte nicht damit gerechnet, daß Annemarie zwischen Breslau und Berlin, wo sie von den Eltern sicher auf dem Bahnhof erwartet wurde, noch einmal würde umsteigen müssen. Zwei Eierkisten, eine für die Großmama, eine für die Eltern. Den schweren Rucksack schnallte sie auf. Aber dann war da noch der Korb, aus dem es öfters mal leise piepte. Junge Hühner waren da drin. Annemarie wußte gar nicht, wie sie mit ihren Siebensachen hinauskommen sollte.

Nun stand sie endlich in einem Menschenknäuel auf dem von der Abendsonne bestrahlten Bahnsteig. Man umlagerte den Mann mit der roten Mütze. Der zuckte gleichmütig die Achsel. „Eisenbahnerstreik proklamiert, es fährt kein Zug mehr."

„Ich muß aber nach Berlin," schrie ein Herr wütend.

„Dann müssen Sie sich ein Luftschiff mieten," rief irgendein Spaßvogel.

Die Reisenden liefen in unbeschreiblicher Aufregung durcheinander. Jeder hoffte noch irgendwo eine Möglichkeit zur Weiterreise zu erlangen. Vergebens. Die schwarzen, fauchenden Eisenungetüme standen mitleidslos still. Kein Rad drehte sich mehr – der Streik hatte jeglichen Verkehr jäh unterbrochen.

Annemarie war wie benommen. Was nun? Wie würden sich die Eltern um ihr Ausbleiben sorgen. Vor allen Dingen ein Telegramm nach Hause senden. So huschlig und unüberlegt das Backfischchen auch manchmal war, jetzt, wo die Stunde es verlangte, handelte es verständig.

Die Post war gegenüber. Annemarie gab Rucksack, Eierkisten und piepsendes Gepäck in den Aufbewahrungsraum.

Vor der Post staute sich eine Menschenschlange. Alle wollten sie den Telegraphendraht in Anspruch nehmen. Da kamen die ersten schon wieder aus dem Postgebäude heraus. „Telegrammdienst gesperrt – alles streikt!" riefen sie aufgeregt.

„Da soll doch der Deibel reinschlagen!" machte sich jemand wütend Luft.

Überall wurden Rufe der Enttäuschung und des Ärgers laut. Dazwischen stand Doktors Nesthäkchen mit dem schlausten Gesicht der Welt. Was sollte es denn jetzt bloß beginnen?

„Wir müssen schleunigst in die Stadt gehen, sonst bekommt man keine Unterkunft in den Hotels mehr und hat das Vergnügen, bei Mutter Grün zu logieren," sagte ein Herr zu seiner Frau in Annemaries Nähe.

Da zog schon eine Karawane die baumbestandene Straße, die sich zum Städtchen hineinwand, entlang. Ganz benommen schloß sich Annemarie dem Zuge an. Allein in einem Hotel in einer fremden Stadt – so keck Doktors Nesthäkchen auch für gewöhnlich war, diesem Außergewöhnlichen gegenüber versagte ihre Keckheit. Auch lastete ihr die Sorge der Eltern schwer auf der Seele und ließ ihren sonst so fröhlichen Mut nicht aufkommen.

Die Stadt war beinahe erreicht, still und friedlich lag sie im Grünen im letzten Abendglanz. Da durchzuckte es Annemarie plötzlich heftig wie ein körperlicher Schmerz – ihre Handtasche – das Täschchen mit dem Hundertmarkschein – wo war es? Die Menschen, die Bäume, die Häuser begannen sich zu drehen. Eiskalt überlief es sie.

Beim Aussteigen hielt sie es noch in der Hand – bestimmt! Hatte sie es durch das viele Handgepäck auf dem Bahnhof verloren? Oder vor dem Postgebäude? Jedenfalls zurück, suchen – suchen!

Scharen von Menschen kamen ihr entgegen. „Haben Sie nicht eine kleine dunkelgrüne Handtasche gefunden?" Wie oft stellte Annemarie diese Frage auf der kurzen Strecke zum Bahnhof zurück! Und wie oft erhielt sie die gleiche niederschmetternde Antwort „nichts gefunden".

Die Menschenmenge auf dem Bahnhof hatte sich ziemlich verlaufen. Das Suchen auf dem Perron wurde dadurch erleichtert. Auf und nieder lief das junge Mädchen in grenzenloser Aufregung. Nirgends eine Spur von dem grünen Täschchen. Weder Stationsvorsteher noch Gepäckträger hatten dasselbe gesehen. Auch im Handgepäckraum fand es sich nicht. Damit schwand Annemaries letzte Hoffnung.

Die Nacht zog auf. Mit goldenen Flimmersternen am dunkelblauen Samthimmel senkte sie sich still auf das Getriebe des Tages herab. Ach, wer jetzt ein Dach über seinem Haupt, eine Lagerstatt sein nannte! Wie glücklich, wie beneidenswert war der!

Ohne Geld nachts in einer fremden Stadt! Doktors Nesthäkchen wußte nicht, wohin es sich wenden sollte, wo es einen Unterschlupf fand. Die Julinacht war warm. Längs der Landstraße hatte man Heuschober errichtet. Sollte sie dort unterkriechen? Nein – nein – das sonst so dreiste Mädel war plötzlich wie ausgetauscht.

Du liebes Giebelstübchen in Arnsdorf, wenn sie sich doch noch dort geborgen fühlen könnte! Und daheim warteten die Eltern vergebens: wer konnte wissen, wie lange die Eisenbahn- und Postsperre andauerte! Wovon sollte sie inzwischen ihr Leben fristen?

Halt – die Futterkiste von Tante Käthchen! Wie gut, daß sie die wenigstens noch hatte. Ja, hatte sie dieselbe denn noch? Sie hatte sie ja der Aufbewahrungsstelle übergeben und dafür eine Marke in Empfang genommen. Wo war die Marke? Annemarie kramte in ihren Manteltaschen und in ihrem Gedächtnis nach. Die Marke kam nicht zum Vorschein. Dunkel erinnerte sich Annemarie, daß sie die Marke in ihr grünes Täschchen gelegt hatte. Folglich hatte sie die Tasche erst nachher verloren. Ob der Beamte ihr das Handgepäck ohne Marke herausgab? Der Andrang war groß gewesen. Er kannte sie bestimmt nicht wieder. Versuchen mußte man es jedenfalls. Auch meldete sich jetzt von dem vielen Hin- und Herlaufen wieder der Hunger, den das junge Mädchen in der Aufregung nicht gespürt. Der Rucksack war noch umfangreich. Das war wenigstens ein Trost.

O Tücke des Schicksals – die Handgepäckstelle war bereits geschlossen. Aber der Wartesaal daneben sandte einladende Lichtstrahlen in das Dunkel hinaus. Ob sie sich hineinwagte?

Auf den Bänken, die an den Wänden des großen Raumes entlang liefen, saßen müde Menschen zusammengekauert. Größtenteils Reisende der vierten Wagenklasse, die nicht in der Lage waren, ein teures Hotel aufzusuchen.

Annemarie gesellte sich zu ihnen. Die meisten schliefen. Einige waren mit Vertilgen von umfangreichen Schnitten beschäftigt oder beruhigten weinende Kinder. Annemaries gesunder Appetit wuchs, als sie andere essen sah, und es sich selbst versagen mußte. Ihre Blauaugen wurden begehrlich.

Das gemeinsame Mißgeschick, das sie alle betroffen, überbrückte das Fremdsein. Man plauderte miteinander und erwog die Möglichkeit einer Weiterreise. Auch Annemarie beteiligte sich in ihrer freimütigen Art an dem Gespräch. Sie berichtete von ihrem Verlust und fand lebhaftes Mitgefühl. Ja, als man hörte, daß sie ihren Rucksack mit den Eßvorräten abgegeben habe und heute nicht mehr herausbekäme, wurden ihr von allen Seiten milde Gaben zuteil. Die eine reichte ihr ein Käsebrot, der andere Obst. Aber merkwürdig – Annemaries großer Hunger war plötzlich wie fortgeweht. Wie schmählich, daß sie von milden Brosamen leben mußte. Denn Doktors Nesthäkchen hatte seinen Stolz.

Der Mond guckte um die Ecke des Bahnhofsgebäudes. In der Fremde, wenn man sich verlassen fühlt, ist er einem ein guter Freund. Er lächelte Doktors Nesthäkchen so vertraut an, daß die schwere Hoffnungslosigkeit, die sich an die fröhliche Seele des jungen Menschenkindes gehängt hatte, sich davonschlich. Annemarie senkte den Blondkopf, sanft und gleichmäßig kamen die Atemzüge – sie schlief inmitten der fremden Umgebung.

Freilich, beim Erwachen, da stand die Sorge, was nun werden sollte, gleich wieder vor ihr. Aber wenn man ausgeschlafen hat, und der helle Tag einem entgegenlacht, sieht alles nur halb so schlimm aus. „Ach was, ich verkaufe die Arnsdorfer Eier und das Geflügel. Das bringt mir sicher so viel Geld ein, daß ich davon eine Fahrkarte nach Berlin lösen kann. Und wenn's auch vierter Klasse ist – bloß ein Zug muß erst wieder fahren.“

Die andern Reisenden ließen sich Kaffee geben, oder holten Flaschen hervor. Das Backfischchen erinnerte sich, daß es ebenfalls noch eine

Flasche mit Kakao im Rucksack hatte. Sie hatte Tante Käthchen ausgelacht, daß die ihr soviel zum Futtern einpackte. „Ich fahre doch nicht nach Amerika," hatte sie Einspruch erhoben. Nun kam ihr die liebevolle Fürsorge der Tante zustatten.

Ja, Kuchen! Der Beamte auf der Handgepäckstelle wollte ihr durchaus nicht ihr Gepäck ohne die Marke herausgeben. Da könnte ja jeder kommen, er mache sich strafbar, wenn er nicht nach seiner Vorschrift handele.

Annemaries Bericht von dem Verlust ihres Handtäschchens und ihre Bitten, sich doch nur etwas aus ihrem Rucksack zu essen nehmen zu dürfen, da sie solchen Hunger habe, erschienen durchaus glaubwürdig. Trotzdem wagte der Mann nicht auf eigene Faust zu handeln. Er sprach mit dem Stationsvorsteher. Der ließ sich von der jungen Reisenden ganz genau beschreiben, was in dem Rucksack enthalten sei. Als Annemarie schließlich noch einen einbeinigen Hampelmann aufzählte, den Bübchen seiner Mie in den Rucksack geworfen, und den sie sich zur Erinnerung mitgenommen, schien auch der Stationsvorsteher von der Richtigkeit ihrer Angaben durchdrungen. Er fällte ein salomonisches Urteil: „Den Rucksack dürfen Sie mitnehmen, das Geflügel und die Eierkisten bleiben hier, ob kein anderer sie verlangt. Nach einigen Tagen können Sie sich dieselben abholen."

„Nach einigen Tagen – ja, wie lange soll denn der Eisenbahnerstreik dauern?" Angstvolle Blauaugen hingen an dem Mund des Beamten.

Der zuckte die Achsel. „Zwei Wochen, vielleicht auch drei oder vier, wer kann das wissen?"

Es wurde dem jungen Mädchen schwarz vor Augen.

Vier Wochen lang sollte sie hier ohne Geld in Sagan festsitzen? Tante Käthchens Mundvorrat reichte bei sparsamer Einteilung höchstens noch zwei Tage. Und jede Nacht konnte sie doch auch nicht im Wartesaal sitzend zubringen. Es half nichts, sie mußte Geld verdienen. Soviel, daß sie Unterkunft und Unterhalt davon bestreiten konnte. Und die Rückreisekarte vor allem.

In ungewöhnlicher Nachdenklichkeit machte sich Doktors Nesthäkchen, den Rucksack auf dem Rücken, zur Stadt auf.

Was konnte sie eigentlich?

Wenig. Etwas Obersekundaweisheit, damit konnte man nicht viel Geld verdienen. Einige Mädchen in ihrer Klasse gaben jüngeren Schülerinnen Nachhilfestunden. Aber sehr einträglich waren dieselben nicht. Davon würde sie sich nicht ernähren können. Und dann mußte man erst Stunden haben.

Ob sie sich zur Erntearbeit irgendwo verdingen sollte? Erntearbeiter waren jetzt gesucht, das wußte sie von Arnsdorf her. Aber wie oft hatte Peter sie ausgelacht. Dabei hatte sie doch wirklich schwere Arbeit niemals geleistet. Nee, damit war es wohl auch nichts.

Das Städtchen war erreicht. Es war sauber und anheimelnd. Auf dem Marktplatz ging es lebhafter zu als gewöhnlich. Die wider ihren Willen hier festsitzenden Reisenden, die nichts zu tun hatten, schlenderten dort umher. Vor dem Schaufenster der Zeitungsexpedition scharten sie sich zum schwärzlichen Knäuel zusammen. Man hoffte irgend etwas über Wiederaufnahme des Verkehrs in der aushängenden Tageszeitung zu lesen.

Annemarie drängte sich mit nach vorn. Aber nicht die politischen Nachrichten interessierten sie, sondern nur das Annoncenblatt.

„Gesucht“ prangte mit fetten Buchstaben als Überschrift. Was wurde denn alles gesucht?

„Verkäuferin in der Konditorei Lippold“ – das wäre gar nicht so übel. Berge von Streuselkuchen und leckeren Torten tauchten vor Annemarie auf. Aber dabei wurde sicherlich nicht freie Wohnung gewährt. Und das war für sie doch notwendig. Sonst blieb nicht viel von dem Gehalt übrig.

Was suchte man noch?

Junges Zickel – Hausknecht – Schäferhund – Nähmaschine – gut erhaltener Schweinetrog – Waschfrau – Kindermädel – – – halt, das war was.

Hatte Cousine Elli sie nicht am liebsten als Kindermädel mit nach Kiel nehmen wollen? Hatte sie Bübchen nicht oft genug ganz allein versorgt? Zu einer Kindermädelstelle konnte sie sich mit gutem Gewissen melden. Den Pflichten würde sie genügen können. Und was das beste daran war, sie erhielt freie Wohnung und Kost. Von dem Gehalt konnte sie dann die Rückreise bestreiten.

Herrlich – Annemaries Herz hüpfte vor Seligkeit. Noch einmal studierte sie die Annonce: Kindermädel gesucht Parkstraße 2. Dann machte sie sich auf den Weg, um ihr Glück zu versuchen.

10. Kapitel. Kindermädel

Ein geschmackvolles, weißes Landhaus, mit blauen Klematisglocken über und über behangen, lag im sonnendurchleuchteten Garten. Das war Parkstraße Nr. 2. An der weißen Holzgittertür war ein Porzellanschild angebracht, „Dr. med. Waldemar Lange, praktischer Arzt. Sprechstunde 8-10, 4-6 Uhr", stand darauf zu lesen.

Annemaries Herz tat zum zweitenmal einen Freudensprung. Ihr Glücksstern hatte das Doktorkind gerade in das Haus des Arztes geführt. Wenn die Stelle bloß noch nicht besetzt war!

Sie zog die Messingklingel. Die Tür öffnete sich von selbst. Den resedabesäumten Steig unter schwerbeladenen Obstbäumen schritt Annemarie entlang bis zur Steintreppe. Hinter dem Hause wurden Kinderstimmen laut. Sicher ihre zukünftigen Zöglinge.

Die Eingangstür ward geöffnet. Annemarie stand in der Diele vor einem Mädchen mit Latzschürze und weißem Häubchen.

„Sprechstunde ist schon vorüber. Sie müssen nachmittags um vier wiederkommen," teilte ihr der dienstbare Geist mit.

Annemarie mußte lachen, daß man sie für eine Patientin hielt.

„Ich komme auf die heutige Annonce, um mich als Kindermädchen vorzustellen."

„Ach so." Das Mädchen schlug sogleich einen vertraulichen Ton an. „Nu, soweit sein se jo hier ganz nett. Aber die Kleinste ist schrecklich verzogen. Und Butter und Zucker hat se eingeschlossen, und alle vierzehn Tage bloß – – –"

„Das interessiert mich nicht," unterbrach Annemarie die Vertraulichkeit mit einem ihr sonst fremden Hochmut. Nicht etwa, daß es sie verletzte, daß das Mädchen sie in ihrem Blümchenbauernkleid für ihresgleichen hielt. Im Gegenteil, das machte ihr Spaß. Aber es paßte ihr nicht, hinter dem Rücken der Herrschaften mit dem Mädchen über dieselben zu sprechen.

„Nu, da kummen Sie ooch rein; Ihren Rucksack können Sie hier haußen lassen. Aber wenn und Se können nich gleich zuziehen, denn is es nischte. Ich muß zu meiner Muttel daheime, die is krank – – –" Damit öffnete das Mädchen die Tür zum Balkonzimmer und ließ Annemarie eintreten.

Auf dem Balkon, der in den Hintergarten hinausschaute, war eine Dame mit glattgescheiteltem braunen Haar mit Zuschneiden von Kinderhöschen beschäftigt.

„Gnädige Frau, hier wär' ein Kindermädel auf die heutige Annonce," meldete das Mädchen.

„Das junge Mädchen kann zu mir auf den Balkon herauskommen." Freundliche braune Augen blickten der nähertretenden Annemarie prüfend entgegen.

„Guten Tag, liebes Kind. Ich brauche sofort Ersatz für mein Kindermädel, sind Sie frei?"

„Ja – ich könnte gleich zuziehen." Annemarie pochte das Herz, als ob es galt, das Abiturientenexamen zu bestehen.

„Haben Sie Ihre Zeugnisse da?"

Das junge Mädchen erblaßte. An die Notwendigkeit von Zeugnissen hatte sie nicht gedacht. Besaß sie doch nur ihre Schulzeugnisse.

„Ich war noch nicht in Stellung – ich habe nur bei Verwandten geholfen." Das kam etwas unsicher heraus.

„Dann wissen Sie auch nicht mit Kindern umzugehen?"

„O doch, ich habe den Kleinen dort meistens ganz allein besorgt, und ich habe Kinder riesig gern." Die Blauaugen strahlten die Dame vertrauenerweckend an.

„Das ist mir lieb. Und was verstehen Sie von Hausarbeit?"

„Ich kann Zimmer aufräumen." Das hatte sie wirklich schon mal getan, als das Hausmädchen zu Hause krank gewesen.

„Na, was Sie nicht verstehen, zeige ich Ihnen. Sie sind ja jung und können noch lernen. Wenn Sie nur willig sind."

„Das werde ich sicher sein," versprach das neue Kindermädel treuherzig.

„Kinderwäsche müssen Sie natürlich waschen."

„Natürlich," erklärte sich Annemarie einverstanden und hatte keine Ahnung, wie man das machte.

„Wie sind Ihre Gehaltsansprüche?"

Annemarie dachte angestrengt nach. Soviel, daß ich die Reise nach Berlin bezahlen kann – das konnte sie doch der Dame unmöglich sagen.

„Mein jetziges Mädel erhält dreißig Mark im Monat. Ich würde Ihnen dasselbe geben. Bin ich zufrieden, lege ich zu. Ist Ihnen das recht?" fragte die Dame.

„Ja, natürlich." Eine Fahrkarte vierter Klasse bekam man dafür sicher nach Berlin.

„Schön, dann will ich's mit Ihnen versuchen, trotzdem ich sonst nie ohne Zeugnisse oder Erkundigungen miete. Aber ich bin in Verlegenheit. Und ich denke, daß ich mich nicht in Ihnen täusche. Hoffentlich bleiben wir lange beisammen."

„Ich hoffe gerade das Gegenteil, daß die Eisenbahnsperre recht bald aufgehoben wird," dachte Annemarie und schämte sich, daß sie in

Gedanken das Vertrauen der netten Dame täuschte. Aber was wollte sie machen? Sagte sie, daß sie die Stelle nur vorübergehend haben wollte, würde man sie sicher nicht nehmen. Wovon sollte sie dann leben?

„Also dann ist die Sache in Ordnung. Wie heißen Sie?"

„Annemarie Braun." Einen fremden Namen mochte Doktors Nesthäkchen doch nicht angeben.

„Wie alt?"

„Ich werde siebzehn." Sie war zwar vor kurzem erst sechzehn geworden, aber sie sagte damit keine Unwahrheit.

„Wo sind Sie her?"

„Aus – aus Arnsdorf in Schlesien." Da kam sie ja wirklich her.

„Schön – haben Sie Verwandte am Ort?"

„Nein, ich bin ganz fremd hier."

„Dann können Sie Ihren Korb bringen und sobald als möglich zuziehen. Mein Mädchen ist aus einem Dorf in der Umgegend und möchte am liebsten sofort nach Hause, da die Mutter erkrankt ist."

„Ich könnte gleich hierbleiben, gnädige Frau. Das Notwendigste habe ich in meinem Rucksack draußen, und mein Korb – mein Korb ist noch unterwegs." Das war wieder keine Lüge.

Dennoch wurde die gnädige Frau stutzig. Da schien irgendwas nicht zu stimmen. Aber sie war in großer Verlegenheit und froh, so schnell ein Kindermädel zu bekommen. Auch machte ihr die Neue einen denkbar guten Eindruck. So freundlich und freimütig war das junge Ding. Vielleicht ein bißchen zu fein, aber das war nur gut im Verkehr mit den Kindern. Da lernten sie nichts Schlechtes.

„Gut, dann bleiben Sie gleich hier, Annemarie. Und noch eins. Sie müssen in den Sprechstunden den Patienten die Tür öffnen, lernen, Bestellungen für Herrn Doktor ganz genau aufzuschreiben und das Telephon zu bedienen. Es ist nicht allzu schwer."

„Das kann ich schon“, entfuhr es Annemarie unüberlegt.

„Woher denn?“ Wieder stutzte die Dame.

Das neue Kindermädel wurde rot bis an die krausen Blondhaare. „Ich habe zu Hause schon mal bei unserm Doktor geholfen.“ Ach Gott, dies war das schwerste für die ehrliche Annemarie, daß sie ständig die Wahrheit umgehen mußte.

Frau Doktor Lange gab sich zufrieden. Der Grund war einleuchtend.

„Nun werde ich Sie gleich mit Ihren kleinen Pflegebefohlenen bekannt machen, Annemarie.“ Die Dame schritt eine von der Veranda hinabführende Treppe hinunter in den Garten. Das neue Kindermädel folgte, selig, daß das schwere Examen so gut vorübergegangen war.

„So, Rudi und Kätherle, das ist eure neue Annemarie! Nun seid mal recht lieb zu ihr.“

Ein allerliebstes, vielleicht zweijähriges Mädchen kam auf die Mutter mit tappelnden Schritten zu. Annemarie fing es lachend auf. Das Kleine verzog erst das Mündchen ein wenig, als ob es weinen wollte. Aber als es in Annemaries lustige blaue Augen blickte, begann es ebenfalls zu lachen und zu jauchzen.

„Das freut mich, Annemarie, daß unser Kätherle gleich zu Ihnen geht. Der Rudi, unser Großer, wird schon bald zehn Jahre. Gib der Annemarie die Hand, Rudi. Und dann ist da noch die Edith – wo steckst du denn, Mädel? Komm, sage artig guten Tag.“ Um die Ecke der Laube lugte ein braunes Lockenköpfchen und verschwand sofort wieder.

„Wir werden uns schon anfreunden“, versprach Annemarie und ließ Kätherle wie Bübchen Huckepack reiten. Durch den ganzen Garten klang das Jauchzen. Das braune Lockenköpfchen wagte sich wieder neugierig hervor.

„Nun, ich sehe, Annemarie, daß Sie mit Kindern umzugehen wissen. Ich überlasse Ihnen jetzt meine kleine Gesellschaft. Gefrühstückt hat sie schon. Aber Sie selbst werden vielleicht hungrig sein?“ fragte Frau Doktor freundlich.

„Ja, ich habe seit heute morgen noch nichts gegessen“, gab Annemarie zu. „Aber ich habe noch Stullen in meinem Rucksack, die werden sonst alt.“

„Stullen?“ lachte Rudi sie aus. Er kannte das Wort nicht.

„Das sind Schnitten“, belehrte ihn die Mutter. „Aber wie kommen Sie zu dem Berliner Ausdruck, Kind?“

„Ich – wir haben Verwandte in Berlin, die uns öfters besuchen“, redete sich Annemarie in größter Verlegenheit heraus. Nun mußte sie doch schwindeln.

„Lassen Sie sich in der Küche einen Topf Suppe zu Ihren Schnitten geben, Annemarie. Rudi, zeige der Annemarie die Küche.“ Kopfschüttelnd ging Frau Doktor Lange zurück ins Haus. Ob sie recht getan hatte, das fremde Mädchen, von dem sie nichts wußte, nur auf sein vertrauenerweckendes Wesen hin ins Haus zu nehmen? Irgend etwas war da nicht ganz in Ordnung – am Ende war sie von Hause fortgelaufen. Aber schlecht war das Mädel sicher nicht. So konnten die blauen Augen nicht lügen.

Das neue Kindermädel hatte die Bekanntschaft der Köchin gemacht, einer ziemlich mürrischen Person. Es hatte seiner Vorgängerin den Korb fortschaffen helfen und sich selbst mit seinem Rucksack im Kinderzimmer einquartiert. Das war gut, daß sie nicht mit der brummigen Auguste zusammen wohnen mußte, sondern bei den Kindern schlafen sollte. Auguste hätte sich gewiß auch über die elegante Wäsche des neuen Mädchens gewundert.

Frau Doktor legte ein frisch gewaschenes schwarzes Satinkleid, Latzschürzen und Häubchen auf den Tisch.

„Annemarie, Ihr Bauernkleid ist ja sehr nett, aber Herr Doktor wünscht, daß unser Mädchen in den Sprechstunden Schwarz trägt. Ich gebe daher jedem neuen Mädchen ein Kleid, zwei Schürzen und zwei Häubchen. Sind Sie länger als ein Jahr bei uns, dürfen Sie die Sachen behalten.“

Annemarie mußte lachen. Da würde sie das Kleid wohl kaum bekommen. Als Frau Doktor die Kinderstube verlassen hatte, schlüpfte sie in ihre neue Livree.

O Gott, sah sie drollig aus! Wie zu einem Kostümball. Das Kleid paßte vorzüglich, Annemarie war ja groß und schlank. Die Schürze mochte auch noch gehen. Verlangte doch auch Mutti, daß sie zu Hause eine Schürze tragen sollte. Aber das Häubchen! Nein, war das komisch – war das ulkig! Das neue Kindermädel lachte sein hübsches Spiegelbild unter dem weißen Tollhäubchen an, daß es Tränen in den Blauaugen hatte. Wenn doch nur eine der Kränzchenschwestern zum Mitlachen hier gewesen wäre. Was Vera wohl zu ihr sagen würde!

„Ei, Annemarie, Sie freuen sich ja so über Ihren neuen Staat. So was haben Sie wohl daheim in Ihrem Dorf noch nicht gesehen?“ Lächelnd beobachtete die zurückkehrende Frau Doktor die Lustigkeit ihres Kindermädels. „Nun können Sie noch für Kätherle ein Paar Höschen plätten und dann mit den Kindern spazieren gehen. Sind Sie gewöhnt, mit Gaseisen oder Bolzen zu plätten?“

Ach, das neue Kindermädel war gar nicht gewöhnt, zu plätten. Das bekam seine Wäsche, seine Blusen und weißen Kleider tadellos von dem Hausmädchen daheim hergerichtet. Mutti hatte manchmal gesagt, ihre Lotte solle sich nicht so bedienen lassen. Sie könne sich ganz gut allein eine Bluse aufplätten. Aber dann war ganz sicher die gute Hanne eingesprungen und hatte ihr das Plätteisen aus der Hand genommen. Nein, das litt die nicht, daß Doktors Nesthäkchen selbst plättete. Das „Kind“ hatte sich gerade genug mit Lernen abzuquälen.

„Bei uns zu Hause wurde elektrisch geplättet.“

Wieder mußte sich Frau Doktor über ihr vornehm gewöhntes Mädchen wundern. Aber elektrische Kraft war ja auf dem Lande billig, schließlich war man jetzt in jedem Nest schon vorgeschritten.

„Na, wir plätten noch mit Bolzen. Auguste hat ihn bereits eingelegt. Das Plättbrett steht in dem Wirtschaftsraum neben der Küche. Auguste wird Ihnen schon Bescheid sagen.“

Nun stand das neue Kindermädel, mit dem eisernen Haken bewaffnet, vor dem Herd, um den rotglühenden Bolzen aus dem Feuer zu heben. Ach, wenn Hanne doch hier gewesen wäre! Die hätte ihr sicher bei dem schwierigen Werk geholfen. Auguste rührte sich nicht von ihrem Spinat fort. Knapp, daß sie ihr die notwendigste Anweisung gegeben hatte.

Denn Doktors Nesthäkchen, das sonst so kecke, hatte Angst. Richtige Angst vor dem glühenden Bolzen, an dem sie sich bestimmt verbrennen würde.

„Nu haben Se sich doch nich asu, Anna!" Der Name Annemarie war der Köchin zu umständlich. „Der Bolzen beißt doch nicht. Feste zugepackt!" Auguste hatte schon eine ganze Weile die vergeblichen Bemühungen des Kindermädels beobachtet.

Annemarie packte fest zu. Denn sie schämte sich heimlich vor Auguste ihrer Ungeschicklichkeit. Bauz – da lag der glühende Bolzen auf den Steinfliesen. Bei einem Haar wäre er Annemarie auf die Füße gepurzelt. Daneben das blanke Nickelplätteisen. Vor Schreck war es ebenfalls der Hand des jungen Mädchens entglitten.

„Nu, su a Trampel! Reene nischte verstäht se!" schalt die Köchin und half nun endlich die Sache in Ordnung bringen. „Das Eisen hat eine Beule bekommen, lassen Se das erscht die Gnädige sähen."

Plätten ist eine schwierige Kunst für den, der es nicht kann. Das neue Kindermädel bügelte die Kinderhöschen mit einem Kraftaufwand, daß ihm die hellen Schweißtropfen auf der Stirn perlten. Aber anstatt daß die Falten herausgehen sollten, plättete es lauter neue Falten und Fältchen hinein. Kätherles Höschen wollten nicht glatt werden. Und was das schlimmste war, die schlohweiße Wäsche bekam eine bräunliche Färbung. Denn das Plätteisen war so niederträchtig, auch noch zu sengen. Eine halbe Stunde plättete Annemarie schon an den Höschen herum. Vor dem Kellerfenster des Wirtschaftsraums, das in den Garten hinausging, hockten die drei Pflegebefohlenen und lugten, ob ihr neues Kindermädchen denn immer noch nicht zum Spazierengehen bereit sei.

Die Mutter hatte ihre drei schon selbst fertig gemacht, damit sie nur fortkommen sollten.

Aber das neue Kindermädel erschien nicht. Frau Doktor klingelte.

Annemarie plättete ruhig weiter auf ihre Kinderhosen los. Sie ahnte gar nicht, daß das Läuten ihr gelten könnte.

Das Klingeln wurde stärker. Es wurde Sturm.

„Nu, wollen Se denn nich gefälligst zur Gnädigen ruff gähen," rief Auguste unwirsch aus der Küche. „Der Radau ist ja schon reene nich mähr auszuhalten."

Erschreckt ließ Annemarie ihre Höschen im Stich und jagte die Treppe zu den Wohnräumen hinauf.

„Aber Annemarie, sind Sie denn noch nicht mit dem einen Paar Hosen fertig? Die Kinder müssen spazieren gehen." Frau Doktor schien sehr wenig erbaut von ihrer neuen Perle.

„Ja, fertig könnte ich schon längst sein, aber – sie sind nicht sehr schön geworden. Ich hab's immer wieder von neuem probiert," gab Annemarie mit der ihr eigenen Ehrlichkeit zu.

„Sie haben noch keine Übung darin, Kind, Sie werden es schon lernen," begütigte die gnädige Frau. „Nun aber rasch – rasch – daß ihr fortkommt."

Kätherle wurde in den weißen Sportwagen gesetzt.

„Einen Augenblick noch – ich möchte nur die Schürze abbinden und den Hut aufsetzen." Das junge Mädchen wollte noch einmal zurück ins Haus.

„Aber, Annemarie, unsere Kindermädel sind immer mit Schürze und Häubchen gegangen. Netter kann doch ein Kindermädel gar nicht aussehen," sagte Frau Doktor in bestimmtem Ton. Hatte sie da etwa ein putzsüchtiges Ding ins Haus bekommen?

„Hahaha – die Annemarie will einen Hut aufsetzen wie eine Dame!" lachte Rudi sie aus.

„Wie eine Dame!“ echote Edith sofort. Und selbst Kätherle stimmte in das Lachen der Großen ein.

„Wollt ihr wohl artig sein, ihr naseweise kleine Gesellschaft,“ schalt die Mutter lächelnd. „So, nun geht mit Gott. Zeigt der Annemarie den Stadtpark und das Eichenwäldchen, in dem ihr immer seid. Um Viertel eins müssen Sie zum Tischdecken zurück sein, Annemarie. Sie hören um zwölf die Fabriken pfeifen.“

Das neue Kindermädel zog mit seiner Karawane los. Den Kinderwagen mit Kätherle vor sich, Edith an dem einen Arm eingehängt, Rudi am andern, so ging es durch die Straßen von Sagan. Bald waren sie gut Freund alle miteinander. Die kleine Verstimmung, daß sie mit dem Häubchen gehen mußte, hatte Annemarie schnell überwunden. Wenn sie nur nicht Reisegefährten von gestern traf! Das Backfischchen wagte die Augen nicht zu heben.

Im Eichenwäldchen wurde „geballt“. So nannten die schlesischen Kinder das Ballspiel. Annemarie war ein fröhliches Kind mit den anderen Kindern. Es tat ihr fast am meisten leid, als der schrille Mittagspfiff von verschiedenen Fabriken die Luft durchschnitt.

„Brauchen wir denn eine Viertelstunde bis nach Haus?“ erkundigte sie sich bei Rudi.

„A bissel können wir halt noch bleiben. Die Muttel sagt immer a bissel eher, als der Vatel kommt.“ Rudi machte das Spiel mit Annemarie heute auch Vergnügen.

Aber aus dem „bissel“ wurde eine Viertelstunde und noch eine. Denn Pünktlichkeit war niemals die stärkste Seite von Doktors Nesthäkchen gewesen. Als Annemarie mit ihren Pflichtbefohlenen endlich den Marktplatz erreichte, war es bereits halb eins geworden. Nun aber im Trab die Parkstraße hinunter. Puterrot kam sie sowohl wie die Kinder zu Hause an. Frau Doktor stand ausschauend vor dem Gartentor.

„Aber Annemarie, wie unvernünftig! Der Spaziergang soll eine Erholung für die Kinder sein. Und nun sind sie bei der Mittagshitze wie aus dem

Wasser. Sie müssen sie erst umkleiden und waschen. Den Tisch hat Auguste bereits gedeckt. Morgen aber bitte ich mir aus, daß ihr pünktlich zur festgesetzten Zeit zu Hause seid. Ihr wißt doch, Kinder, wie ärgerlich Vater ist, wenn er aus der Praxis nach Hause kommt, und es kann nicht gleich gegessen werden." Frau Doktor mochte die Neue nicht bereits am ersten Tage mit ihren Vorwürfen einschüchtern. Darum wandte sie sich an die Kinder. Aber sie war unzufrieden. Die Neue schien nicht zuverlässig zu sein.

Annemarie hatte zu Hause öfters mal einen Tadel wegen Unpünktlichkeit bekommen. Aber den hatte sie abgeschüttelt wie ein Pudel das Wasser. Hier bei Fremden war das anders. Da machte der Tadel Eindruck und kränkte. Morgen wollte sie aber bestimmt pünktlich daheim sein.

Endlich konnten die Kinder sauber gewaschen bei Tisch erscheinen. Der Hausherr wies strafend auf die Kuckucksuhr. Gerade steckte der Kuckuck einmal den Kopf heraus. Sonst wurde um halb eins bei Doktor Langes gespeist.

„Es war halt so schön mit der neuen Annemarie, Vatel," entschuldigte sich Rudi als Ältester. „Sie versteht so fein zu ballen. Und Latein versteht sie auch."

„Was – Latein versteht sie?" Wie aus einem Munde fragten es die Eltern.

„Ja, ich soll doch immer jeden Tag eine Seite aus meiner lateinischen Grammatik wiederholen, weil ich nur genügend in Latein hatte. Da hat die neue Annemarie mich abgehört und mir verschiedenes verbessert. Nicht wahr, Annemarie, Sie können doch Latein?" wandte er sich an das die Suppe auftragende Mädchen.

Das hätte vor Verlegenheit fast die Suppenterrine zu Boden fallen lassen.

„Aber nein – nein, Rudi," wehrte Annemarie ab. „Zu Hause waren auch Jungen, denen ich öfters ihre Lektion abhören mußte," wandte sie sich, bis an das weiße Tollhäubchen rot, erklärend an die gnädige Frau. Dabei achtete sie nicht auf die Suppenteller, die sie herumreichen sollte. Schwapp – da hatte der Herr Doktor seine Suppe zwischen Kragen und Nacken.

„Himmelmohrenelement!“ Wütend sprang er auf. Und das konnte man ihm nicht verdenken. Denn es ist nicht sehr angenehm bei einer Julihitze von sechsundzwanzig Grad Celsius, heiße Suppe den Rücken lang laufen zu fühlen. Wieder wurde die Tischzeit verschoben, denn Herr Doktor mußte sich umziehen.

Annemarie wollte nach ihrem Meisterstück möglichst schnell wieder entwischen. Da aber sagte die gnädige Frau: „Sie müssen das Kätherle füttern, Annemarie. Die Kleine kann noch nicht allein suppen. Aber seien Sie jetzt vorsichtig, daß nicht wieder was passiert.“ Das neue Mädchen lachte hell heraus, trotzdem es soeben noch recht bedrückt gewesen. Der schlesische Ausdruck „suppen“ hatte auch in Arnsdorf stets die Lachmuskeln des Backfischchens gereizt. Verwundert sah der zurückkehrende Doktor die ungehörige Lustigkeit.

„Du scheinst dir ein viertes Kind ins Haus genommen zu haben, Martha“, meinte er, als Annemarie mit den leeren Suppentellern wieder verschwunden war. „Wo hast du das ebenso hübsche, wie ungeschickte Mädel her?“

„Sie hat sich auf meine Annonce gemeldet. Ich weiß nicht, ob ich recht getan habe, sie ohne Zeugnisse und Empfehlungen zu nehmen. Mir kommt manches etwas abenteuerlich bei ihr vor. Aber die Augen machen solchen ehrlichen Eindruck.“

„Wie eine Hochstaplerin sieht das Mädel nicht aus“, entschied auch der Doktor.

Annemarie brachte den Spinat. Dem Kätherle mußte wieder geholfen werden, da es sonst zu viel grüne Beete auf das Tischtuch säte. Herr und Frau Doktor unterhielten sich über ein neues Bild, das ein Bekannter gekauft hatte. Es war eine Schwarzweißzeichnung. Sie waren sich nicht darüber einig, ob dieselbe von Thoma oder von Spitzweg sei.

„Das Bild ist von Thoma“, entschied da plötzlich zu ihrer größten Verwunderung das neue Kindermädel die Meinungsverschiedenheit. „Ich kenne es genau – – –“ Annemarie brach plötzlich jäh ab, und ein großer grüner Klecks zierte Kätherles Lätzchen. Sie biß sich auf die Lippen. Herrgott, da war ihr der Mund mal wieder davongelaufen, wie schon so oft. Hing doch das Bild daheim in Vaters Zimmer.

„Nanu?“ sagten die Herrschaften. Und dann brachen sie in ein belustigtes Lachen aus.

„Was haben wir denn da für ein gebildetes Kindermädel bekommen?“ rief der Herr Doktor.

„Woher kennen Sie das Bild, Annemarie?“ examinierte die gnädige Frau, wieder argwöhnisch werdend.

„Es – es hängt in dem Sprechzimmer von – von dem Herrn Doktor, wo ich früher war.“ Wenn sie nur nicht weiter fragen wollten. Dann kam am Ende alles heraus.

„Sie waren schon mal bei einem Arzt, das ist mir lieb. Wie hieß er?“ erkundigte sich der Herr freundlich.

„Doktor – Doktor Wohlgemuth.“ Das war irgendein befreundeter Kollege des Vaters. Aber es war Annemarie durchaus nicht wohlgemut dabei.

„Wo war das?“

„In – in – in – – – ich habe den Namen des Ortes vergessen,“ stieß Annemarie in plötzlichem Entschluß hervor. Nein, Doktors Nesthäkchen vermochte nicht derart zu schwindeln. Es ließ das verdutzte Kätherle mit seinem Spinatteller sitzen und lief aus dem Zimmer, nur um den unbequemen Fragen des Herrn, den forschenden Augen der Frau Doktor zu entgehen.

Trotzdem Annemarie vorher tüchtigen Hunger gehabt, vermochte sie jetzt nichts zu essen. Daran war nicht etwa die mürrische Gesellschaft von Auguste, noch der ungedeckte Küchentisch schuld. Die Aufregung über die schwierige, verwickelte Lage, in die sie sich begeben, nahm Annemarie völlig den Appetit.

Als die Kinder das Zimmer verlassen hatten, wandte sich Frau Doktor an ihren Mann. „Nun, habe ich recht, Waldemar, stimmt die Sache mit dem neuen Kindermädel?“

„Nein, da ist was nicht in Ordnung. Mir fiel gleich der Anstand auf, mit dem sie mich begrüßte, und die gepflegten weißen Hände. Daß sie eben im Begriff war, zu lügen, stand ihr auf der Stirn geschrieben. Jedenfalls noch ein unverdorbenes Ding, dem die Unwahrheit nicht über die Lippen will. Was hat sie für Sachen mitgebracht?“

„Gar keine. Sie trug ein geblümtes Bauernkleid. Außerdem hatte sie nur noch einen Rucksack bei sich. Ihr Korb sei unterwegs, hat sie mir gesagt.“

„Ich würde jedenfalls mal ihren Rucksack untersuchen, Martha.“

„Ach, Waldemar, es widerstrebt mir, heimlich an anderer Leute Sachen zu gehen.“

„In diesem Fall ist es aber notwendig, Kind. Man muß in heutiger Zeit vorsichtig sein, einen Fremden ins Haus zu nehmen. Vielleicht hat sie irgend etwas bei sich, was Aufschluß über ihre Persönlichkeit gibt.“

Während Annemarie unten in der Küche Glas und Silber abtrocknete, wurde ihr Rucksack von Herrn und Frau Doktor einer eingehenden Prüfung unterzogen. Da kamen allerdings merkwürdige Dinge zutage.

Zuerst zog Frau Doktor ein elegantes Reiseetuis heraus. „Sieh nur, Elfenbeinbürsten, Waldemar. Entweder sie hat das Ding gestohlen oder – – –“ Sie vollendete den Satz nicht. Denn schon hatte sie Florstrümpfe, schwarze Lackschuhe und ein Nachthemd mit eleganter Stickerei, A. B. gezeichnet, in Händen. „Das ist kein einfaches Mädchen vom Lande.“ Frau Doktor kam aus dem Kopfschütteln nicht heraus. „Hier ein Buch von der Lagerlöf – – –“

„Etwas merkwürdige Lektüre für ein Bauernmädchen“, warf Doktor Lange trocken ein. „Da ist ja noch ein Buch. Was ist denn das?“

„Cicero in lateinischer Ausgabe. Annemarie Braun, Obersekunda, steht darin. Begreifst du das?“ Der armen Frau Doktor schwirrte der Kopf.

„Mir scheint, daß du eine Obersekundanerin als Kindermädel engagiert hast, Martha. Rudi hat ja auch schon herausgefunden, daß sie Lateinkenntnisse hat. Nähere Aufschlüsse muß sie uns selbst geben. Rufe sie doch mal.“

Annemarie erschien auf das doppelte Klingelzeichen. Sie erblaßte, als sie den Inhalt ihres Rucksacks auf dem Kinderstubentisch ausgebreitet sah.

„Möchten Sie uns erklären, wie Sie zu dem Rucksack hier kommen?“ fragte der Herr mit strenger Miene.

„Es ist mein Rucksack,“ war die leise Antwort.

„Das kann unmöglich stimmen. Diese Dinge gehören aller Wahrscheinlichkeit nach einer Obersekundanerin Braun. Sie haben sich nicht nur die Sachen, sondern auch den Namen derselben unrechtmäßig angeeignet. Ich werde Sie der Polizei übergeben. Die mag feststellen, wer Sie sind und wie Sie zu diesen Sachen hier kommen.“

Es wurde Annemarie schwarz vor den Augen. Ediths Puppenwagen, auf den sie gerade blickte, begann vor ihren Augen zu tanzen. Die Polizei – um Gottes willen nicht! Sie mußte die Wahrheit bekennen. Es war ja jetzt doch alles aus – alles!

„Nun?“ drängte der erfahrene Arzt, der den inneren Kampf in den sprechenden Zügen des Mädchens gewahrte.

Annemarie gab sich einen Ruck.

„Ich bin Annemarie Braun aus Charlottenburg. Diese Sachen sind wirklich mein Eigentum. Ich bin auf der Fahrt nach Hause zu meinen Eltern durch den Eisenbahnerstreik hier in Sagan liegen geblieben. Da ich meine Handtasche, die mein ganzes Geld enthielt, verloren habe, war ich gezwungen, irgendeine Stellung anzunehmen, um Unterkunft zu haben und nicht zu verhungern. Ich bitte vielmals um Entschuldigung, daß ich Sie getäuscht habe. Aber ich wußte mir keinen anderen Rat.“ Annemaries zuerst stockender Bericht wurde nach und nach freier. Es war ihr eine ordentliche Wohltat, sich alles vom Herzen reden zu können. So – rausgeworfen wurde sie ja nun auf jeden Fall.

Da fühlte sie zu ihrem Erstaunen eine gütige Frauenhand nach der ihren greifen. „Armes Kind," sagte Frau Doktor mit Tränen in den Augen, „was haben Sie Schweres durchgemacht. Hätten Sie nur gleich Vertrauen zu mir gehabt."

„Ich mußte mir doch das Reisegeld verdienen, und ich glaubte, ich werde nicht genommen, wenn ich sage, daß es nur für kurze Zeit ist," erklärte Annemarie erleichterten Herzens.

„Haben Sie die Eltern benachrichtigt, wo Sie geblieben sind?" erkundigte sich der Doktor.

„Es war unmöglich – der Telegraphendienst war ebenfalls gesperrt. Die Eltern werden in großer Sorge um mein Ausbleiben sein."

„Das will ich meinen. Der Fernsprechverkehr ist aber bereits wieder aufgenommen. Haben die Eltern Telephon?"

„Freilich – ach, wenn ich doch anläuten könnte!"

„Wie ist Nummer und Name?"

Annemarie nannte beides.

„Braun – Doktor Ernst Braun, Charlottenburg – mit dem habe ich ja in Heidelberg zusammen studiert," rief Doktor Lange lebhaft. „Und jetzt bekomme ich die Tochter des alten Studienfreundes als Kindermädel ins Haus. Der Lauf der Welt ist schnurrig." Er eilte sofort ans Telephon, um das Ferngespräch anzumelden.

Bald wußten Doktor Brauns, die sich mit Recht große Sorge um den Verbleib ihres Nesthäkchens gemacht, daß dieses sich wohlbehalten in Sagan bei dem ehemaligen Gefährten aus fröhlicher Studentenzeit befand. Weshalb Doktor Lange Annemarie aber sein neues Kindermädel nannte, das verstand Doktor Braun nicht. Die Hauptsache, das Kind war in guter Obhut, bis der Eisenbahnverkehr wieder aufgenommen wurde.

Ja, Annemarie war wirklich bei Doktor Lange in Sagan gut aufgehoben. Nicht mehr als Kindermädel, sondern als liebes Pflegetöchterchen, das Frau Doktor gerne zur Hand ging. Latzschürzchen und Tollhäubchen wurden wieder abgelegt. Doch die Kinder, die mit Liebe an ihr hingen, versorgte Annemarie trotzdem mit Freuden. Eierkisten und Arnsdorfer Küken hielten durch Fürsprache des Arztes ebenfalls ihren Einzug bei Doktor Langes.

Aber nur für kurze Zeit. Als nach acht Tagen der Eisenbahnerstreik zu Ende war, und Annemarie, mit Reisegeld von Doktor Lange versehen, dankbar Abschied von den Gastfreunden nahm, bedauerten diese aufrichtig, sich sobald von dem lieben Mädel wieder trennen zu müssen. Auch Doktors Nesthäkchen wäre gern noch bei den guten Menschen geblieben, wenn – ja, wenn es nicht heimgegangen wäre zu Vater und Mutter.

11. Kapitel. Tanzstunde

Die lustigen bunten Astern in den grünen Blumenkästen, die Annemarie selbst vor ihren Fenstern gesät hatte, waren abgeblüht. Novemberregen schlug die letzten bräunlichen Blätter tot. Jenseits der Scheiben neigte sich ein blonder Mädchenkopf in angestrengter Arbeit über dickleibige Folianten und Hefte. Die Feder kritzelte eifrig. Ab und zu trat eine kleine Falte auf die weiße Mädchenstirn. Es war nicht so einfach, sich die Reife für die Prima zu erringen. An die Obersekunda wurden im letzten Halbjahr große Ansprüche gestellt. Doktors Nesthäkchen, so begabt es auch war, mußte fleißig arbeiten, um den Wünschen der Lehrer zu genügen.

Außerdem gab Annemarie noch dreimal in der Woche zurückgebliebenen Schülerinnen unterer Klassen Nachhilfestunden. Der Ordinarius der Obersekunda hatte Umfrage in seiner Klasse gehalten, wer Nachhilfestunden übernehmen würde. Annemarie Braun und Marlene Ulrich hatten sich sofort gemeldet. „Denke nur, Marlene, was wir alles von dem schrecklich vielen Geld, das wir verdienen werden, bestreiten können," hatte Annemarie frohlockend Pläne gemacht. „Theater- und Konzertbillette, Eisbahn und Tennis – Klaus hat von seinem Stundengeld sogar mit Hans im Sommer eine Wanderung durch den Schwarzwald unternommen."

Die Eltern waren allerdings nicht so recht einverstanden mit den Plänen des Töchterchens. „Kind, du hast selbst genug zu lernen, um gut im Gymnasium mitzukommen. Und wenn du dich in deiner freien Zeit im Haushalt betätigst, ist dir das gesünder und zuträglicher. Du hast doch selbst als Kindermädel bei Doktor Langes einsehen müssen, wie wenig du noch von wirtschaftlichen Dingen verstehst," hatte die Mutter zu bedenken gegeben.

„Ich vermiete mich ja so bald nicht wieder als Kindermädel." Alle Einwürfe hatte Annemarie fortgelacht. „Und es dürfen überhaupt nur Schülerinnen, die gut in der Klasse stehen, Unterricht erteilen. Schlechte Schülerinnen werden zurückgewiesen."

„Es werden aber unter den guten Schülerinnen sicherlich junge Mädchen sein, die ein Taschengeld notwendiger brauchen als du, Lotte," hatte auch der Vater eingewandt. „Die sich nicht nur Theaterbillette davon kaufen müssen, sondern in der heutigen schweren Zeit auch Kleider und Schuhe. Ich möchte nicht, daß meine Tochter ärmeren Mädchen ihren Verdienst fortnimmt."

„Tut sie ja auch nicht, Vatchen. Alle, die sich gemeldet haben, sind berücksichtigt worden und haben Stunden bekommen. Nur schwache Schülerinnen sind ausgeschaltet worden."

So verwandelte sich Doktors übermütiges Nesthäkchen dreimal in der Woche in eine ehrbare Lehrerin und wurde ein kleiner Krösus, wie Vater sie scherzweise nannte.

Eine Stunde aber gab Annemarie, für die sie keine Bezahlung bekam, und die ihr trotzdem die größte Freude bereitete. Sie unterrichtete ihre Freundin Vera. Die junge Deutschpolin stand schlecht in der Klasse. Annemarie gab sich grenzenlose Mühe, das fehlerhafte Deutsch der

Freundin einwandsfreier zu gestalten, und ihr behilflich zu sein, die Schwierigkeiten, die ihr aus dem mangelhaften Verständnis der deutschen Sprache erwuchsen, überwinden zu helfen. Denn ihr Onkel, Herr von Hohenfeld, wollte Vera, wenn sie zu Ostern nicht nach Unterprima kam, vom Gymnasium fortnehmen. „Unnütze Tierquälerei," nannte er es. Vera sollte ins Lettehaus und Photographie erlernen. Nein, ohne ihre Vera machte Annemarie das Gymnasium auch keinen Spaß mehr. Vera mußte nach Unterprima versetzt werden.

Die fleißigen Bemühungen der Freundinnen hätten auch sicher Erfolg gehabt. Wenn sie nur nicht in diesem Winter gerade Tanzstunde genommen hätten. Tanzstunde – ist es wohl möglich, an deutsche Grammatik, an Geometrieberechnungen und unregelmäßigen Verben zu denken, wenn es zu überlegen gilt, ob man bei dem neuen Tanz Hiawatha erst drei Schritte links, oder drei Schritte rechts machen muß? Welche Tour bei dem One-step zuerst kommt, ob die Schleiftour oder die Knickstour? Das waren Fragen von so ungeheurer Wichtigkeit, daß man darüber wirklich Parallelogramm, Virgil und Hermann-und-Dorothea-Aufsatz vergessen konnte.

Frau Doktor Braun war gleich dagegen gewesen, Annemarie in diesem Winter Tanzstunde nehmen zu lassen. Sie kannte ihr zerfahrenes Töchterchen, das sich dadurch sicher von ihren Pflichten ablenken lassen würde. Sie riet ihrer Lotte, bis nach dem Abiturientenexamen mit der Tanzstunde zu warten.

„Was – bis nach dem Examen? Dann bin ich ja eine Greisin. Neunzehn Jahre bin ich ja dann schon alt. Nee, Mutti, dann bin ich sicher so steifknochig wie Tante Albertinchen. Und die Mädel nehmen doch alle in diesem Winter. Wer weiß, ob Klaus dann gerade in Berlin studiert; dieses Jahr ist er doch noch hier. Und es ist doch gut, für alle Fälle einen Herrn zu haben, der mit einem tanzt, wenn man sitzen bleibt."

„Wenn man nachher in der Klasse sitzen bleibt, setzt es einen Tanz, der weniger schön ist, Lotte!"

Was nützt alle Mutterlogik den Bitten und Versprechungen des Töchterchens gegenüber. Annemarie nahm mit ihren Freundinnen Tanzstunde und brauchte wirklich keine Angst zu haben, bei einem Tanz sitzen zu bleiben. Das lustige, anmutige Ding war die beliebteste Dame in der Tanzstunde. Selbst Vera, welche die leichtfüßige Grazie der Polin besaß und mit ihrem zarten Gesicht zu dem tiefschwarzen Haar als kleine Schönheit galt, wurde nicht so begehrt wie Doktor Brauns munteres, kindlich frohes Nesthäkchen.

„Ja, wenn die Annemarie ihren Bruder Klaus mit seinen Freunden in der Tanzstunde hat, ist es kein Wunder, wenn sie immerzu aufgefordert wird," meinten die Kränzchenschwestern. Aber diese Äußerung war nicht ganz frei von Neid, und daher nicht so recht maßgebend.

Annemarie wollte ihrer Mutter beweisen, daß man Tanzstunde haben konnte, ohne seine Pflichten zu vernachlässigen. Darum lernte sie, daß ihr der Kopf rauchte, während draußen der Novemberregen gemütlich gegen die Dachrinne trommelte. Stand doch als Belohnung heute abend die Tanzstunde wieder in Aussicht.

Einen französischen Aufsatz über Chateaubriands „Jerusalem" hatte sie augenblicklich auszuarbeiten. Ziemlich schwierig und „geisttötend", wie allgemein von den Mädeln Kritik geübt wurde. „ Les murs de Jerusalem se lèvent" – – – da – horch – Musik – ein Leierkasten trotz Wind und Wetter. Was spielte er denn? Ach, das Schwarzwaldmädel. Annemaries frische Lippen begannen die bekannte Melodie, die vom Hof heraufklang, mitzuträllern. „Lalalalala – lalalalala – les murs de Jerusalem se lèvent sur sept collines – tralala – tralala." Die Füßchen begannen im Takt auf und niederzuwippen. „ Les pierres des murs se composent de granit – – –" Da stürzten die Mauern von Jerusalem mit Annemaries Pflichtbewußtsein zugleich zusammen. Der Stuhl flog zu Boden, Annemarie aber zwischen Schreibtisch und Bett im Rheinländerschritt auf und nieder. Tralala – lalala. Was kümmerte sie noch, aus welchen Steinen sich die Mauern von Jerusalem zusammensetzten? Hin und her, rechts und links, rund im Kreis tralalalalala.

Das Hausmädchen brachte das frisch geplättete Rosenknospenkleid. Sie blieb vor Erstaunen über ihr herumhopsendes Fräulein starr in der geöffneten Tür stehen.

Aber schon hatte Annemarie sie beim Wickel. „Sie können doch Schwarzwaldmädel, los – Minna!" Tralala – lalala – Minna mußte mit, auf und ab, rings herum – tralalalala – tralalalalala – das geplättete Rosenknospenkleid hoch in der erhobenen Hand. Denn Annemaries Tanzeifer hatte ihr nicht mal Zeit gelassen, dasselbe auf den Bügel zu hängen. Lalalalala – lalalala – knacks – da brach das Konzert unten jäh ab.

„Der Portier, der eklige Kulicke, hat den Leierkastenmann sicher vom Hof gejagt – solche Ruppigkeit!" schalt Doktors Nesthäkchen erhitzt. „Aber das schadet nichts, wir können auch ohne Musik tanzen, ich singe dazu, Minna."

„Aber Fräulein Annemarie, ich habe doch keine Zeit. Ich muß noch die ganze Rollwäsche plätten." Das Mädchen eilte davon.

„Dann muß Hanne ran." Annemaries Tanzwut war jetzt entzündet. „Hanne, können Sie Jas tanzen?"

„Jas? Du bist woll nicht recht bei Troste, Annemiechen! Mit'n Jas habe ich jetzt alle Tage 'n Tanz während der Sperrstunden, wenn es nich brennen will – – –" Hanne sah wütend wie eine Bulldogge drein.

Das half ihr alles nichts. Schon hatte Annemarie die dicke Küchenfee rund um die umfangreiche Taille gepackt, die frischen Lippen pfiffen kunstgerecht die Melodie, und auf und nieder ging es mit der Widerstrebenden. Puck, munter bellend, hinterher.

„Sehen Sie, das ist der neue Tanz Jas, Hanne – den muß jede junge Maid unter fünfzig Jahren können."

„Quatsch mit die modernen Tänze! Du bist und bleibst 'ne richt'ge Jöre, Annemiechen, trotzdem de nu schon bald an die siebzehn bist. Schämste dir denn jar nich vor Minna, wie soll die denn den notwendigen Respekt vor dich als Fräulein haben?" So schalt Hanne. Zur Strafe wirbelte

Annemarie sie jetzt im Galopp herum. „Der Tanz wird Ihnen doch altmodisch genug sein, Hanne!“ Damit ließ sie die schwer Japsende los.

„Jeh lieber zu deine Bücher,“ fauchte Hanne atemlos.

„Ist das der Ernst, den du zu deiner Arbeit notwendig hast?“ erklang es da auch aus dem Nebenzimmer vorwurfsvoll. Die Mutter war von dem Lärm aus ihrer Ruhe aufgescheucht worden.

Annemarie schlich betroffen zu ihrem Schreibtisch zurück, Puck in seinen Korb. Wer konnte denn was dafür, wenn plötzlich ein Leierkasten alle guten Vorsätze über den Haufen warf! Annemarie vertiefte sich wieder in ihren französischen Aufsatz. Aber sie konnte es doch nicht hindern, daß ab und zu das Schwarzwaldmädel zwischen den Mauern von Jerusalem hervorlugte.

Sieben Schläge dröhnten von der großen Standuhr durch die Wohnung. Klapp – erleichtert schlug Annemarie ihre Bücher zu. Nun war es Zeit zum Anziehen. Heute mußte sie sich besonders fein machen. Großmama und Bruder Hans, der dieses Semester in Berlin studierte, hatten versprochen, zum Zusehen in die Tanzstunde zu kommen.

„Na, ist unsere Balldame fertig?“ Doktor Braun, der bereits am Abendbrottisch saß, musterte sein hübsches Töchterchen in stolzer Vaterfreude.

„Ja – Klaus nölt natürlich noch. Der läuft 'ne ganze Stunde mit der Schnurrbartbinde herum und denkt, seine niedliche Anpflanzung wird dadurch wachsen. Ich wollte ihm schon an der halben Mandel Schnurrbarthärchen ein Schild mit ›Schonung‹ anmachen – – –“

„Frechdachs!“ unterbrach der eintretende Bruder das Wortgesprudel. „Zur Strafe tanze ich heute kein einziges Mal mit dir – – –“

„O Gott, das wirst du mir nicht antun, Kläuschen. Dann muß ich ja den ganzen Abend über Mauerblümchen spielen und die Wand schmücken,“ lachte der Kobold.

„Verdienen würdest du's!“ Klaus sah in seinem dunkelblauen Jackettanzug, den Taschentuchzipfel keck aus der linken Brusttasche, nicht weniger schmuck aus als sein hübsches Schwesterchen. Seit Oktober war er Student auf der landwirtschaftlichen Hochschule.

„Was, Klaus, jetzt willst du erst noch essen? Es ist ja schon in fünf Minuten acht. Und ich bin zum ersten One-step bereits von Richter aufgefordert!“ drängte Annemarie.

„Dann muß sich der Ärmste gedulden. Meine Käsestulle ist mir wichtiger.“

„Lotte, du ißt auch noch etwas, ohne Abendbrot gehst du nicht fort,“ erklärte der Vater.

„Ich kann wirklich nicht, Vatchen, ich bin ganz schrecklich satt.“

„Ballfieber nennt man das bei uns zu Lande,“ lachte Hans, ihr Bester, sie aus. „Komm, Kleinchen, ich füttere dich.“

„Lotte, vergiß nicht eine saubere Frisierjacke über das Kleid zu ziehen. Der Mantel ist dunkel gefüttert und kann abfärben. Und Überschuhe bei dem Wetter!“ Die Mutter kannte ihr leichtsinniges Mädel, das am liebsten, so wie es war, auf und davon gelaufen wäre.

„Margot ist schon weg – ich habe eben die Tür klappen hören. Wir kommen natürlich immer zu spät.“

Minna zog ihr einen Überschuh an, Hanne den anderen. Hans schob ihr inzwischen die Abendbrotbissen in den Mund. Es war eine Aufregung für das ganze Haus, wenn Tanzstunde war.

„Ich kann ja nicht mehr atmen, Mutti,“ wehrte sich das Backfischchen, als die Mutter ihr vorsorglich noch den Kopfschal um den Hals wickelte.

„Auf Wiedersehen“ – „auf Wiedersehen“ – „erhitze dich nicht zu sehr, mein Mädel“ – – – da war das Braunsche Kleeblatt bereits aus der Tür und die Treppe hinab.

„So, nun ist Ruhe im Lande.“ Die Eltern atmeten unwillkürlich auf.

„Puh – ist das ein Wetter!“ Annemarie schauerte in dem Regengepladder zusammen.

„Wollen wir umkehren?“ neckte Hans.

„Jawoll ja – sagt Olja!“ übermütig ärmelte Annemarie den einen Bruder links, den anderen rechts unter und nun frisch drauflos.

Die Tanzstunde fand in einem Gesellschaftssaal statt. Eine liebenswürdige junge Dame, Fräulein Steinert, für welche alle Backfische schwärmten, und alle Jünglinge entbrannt waren, gab den Unterricht.

Wohlig und warm empfing die drei Durchnäßten das erleuchtete Vestibül. An der Garderobe drängten sich noch einige Verspätete. Aus dem Saal klang bereits Tanzmusik.

„Flink – flink – es hat schon angefangen.“ Annemarie riß Kopftuch und Mantel ab. Da erschien auch schon ihr Kavalier.

„Warum kommt ihr denn so spät – wir sollen heute Boston lernen – flink, Annemarie.“ Er zog seine Tänzerin in den Saal. Dort hüpften beim strahlenden Schein der Glühbirnen die weißen, rosa und mattblauen Backfische mit ihren Herren, von denen die meisten noch Kniehosen trugen, auf und nieder. An den Wänden aber saßen die verschiedenen Mütter und Tanten, mit Lorgnetten bewaffnet, und zählten eifrig, ob ihre Tochter und Nichte auch nicht weniger tanzte als eine Freundin. Mitten unter ihnen erblickte Annemarie Großmamas liebes Gesicht.

Musik, Lichterglanz, heiße Mädchenwangen, wehende Haare – dazwischen Fräulein Steinerts Kommandostimme. Annemarie schwamm in einem Meer von Glückseligkeit. Sie nickte zwischen einer langsamen Schleiftour Großmama strahlend zu. Aber was war denn das? Großmama nickte ja gar nicht so freundlich wieder wie sonst. In peinlicher Verlegenheit winkte sie der Enkelin. Und die andern Damen? Die hatten ja alle ihre Lorgnettengläser auf ihre Füße gerichtet. Was gab es denn da bloß zu starren? Annemarie schielte an Richters Hosenbein vorbei auf ihre Füße. Gerechter Strohsack – sie hatte ihre Überschuhe anbehalten. Zwischen all den leuchtenden Goldkäfer- und Lackschuhchen sprangen die schmutzbedeckten Ungeheuer wie plumpe Riesen unter einer graziösen Elfenschar herum. Es war ihr doch gleich ein so merkwürdiges Gefühl an den Füßen gewesen. Aber deshalb mitten im Tanz aufhören –

so dumm! Zu den Schleiftouren des One-step eigneten sich die Gummischuhe gar nicht schlecht. Und die Lorgnetten rings im Kreise störten Annemarie kaum in ihrem Vergnügen. Wenn die ihre elegante Fußbekleidung genug in Augenschein genommen, würden sie schon wieder wo anders hinsehen.

Da packte sie mitten in der Humpeltour des One-step das Verderben. Eine Hand, die zu Bruder Hans gehörte, legte sich auf ihren Arm und hielt sie fest.

„Du, Annemie, du sollst sofort aufhören zu tanzen, läßt dir Großmama sagen. Sie schämt sich für dich die Augen aus dem Kopf vor all den fremden Damen. Du sollst dir deine Elefantentreter ausziehen und den fliegenden Holländer, den du da um die Schulter geschlagen hast," entledigte er sich, lachend auf die merkwürdige Balltoilette der Schwester weisend, seines Auftrages.

„Was soll ich, Hans?" Annemarie ließ Richter los und griff sich an die Schultern, um die in der Tat irgend etwas Merkwürdiges flatterte.

„Herrgott, mein Frisiermantel! Das kommt davon, wenn man solch dämliches Dings unterziehen muß! Wer kann denn in der Eile auch daran denken! Einen Augenblick – der Schaden ist gleich kuriert." Und unbekümmert um die gestielten Augen ringsherum und um die erstaunten Blicke der vorbeitanzenden Paare, entledigte sich Doktors Nesthäkchen mitten im Saal unter den Klängen des One-step ihres fliegenden Holländers und der Elefantentreter.

Die Damen an den Wänden lächelten. Großmama lächelte gleichfalls, wenn auch etwas gezwungen. Aber als aus der schnurrigen Raupenverkleidung ein graziöser Schmetterling sich entpuppte und lustig weiter im Tanze herumflog, mußten sich die verschiedenen Mütter doch zugestehen, daß Doktor Brauns Nesthäkchen das anmutigste unter all den schwebenden Elfchen war.

Der gute Bruder Hans aber trabte mit Frisiermantel und Überschuhen zur Garderobe und murmelte nur belustigt vor sich hin: „So 'ne Krabbe!"

Der Tanz war zu Ende! Die Jünglinge zogen sich in die eine Ecke des Saales zurück, die Backfische in die entgegengesetzte. Dort wurde geflüstert und gekichert.

„Annemie, warum kommst du nicht lieber gleich mit Pantoffeln zur Tanzstunde?“ neckte Ilse.

„Wie kann man nur so vergeßlich sein!“

„Natürlich, dem Tugendschäfchen kann so was nicht passieren.“

„Du haben gesehen aus wie grroßes Fledermaus, das flattert herrum im Saal,“ lachte auch Vera. Da entwischte Annemarie vor dem Spott der Kränzchenschwestern zur Großmama.

Großmama, die liebe, gute, hatte die Verlegenheit, in die sie Annemaries Unachtsamkeit gestürzt, schon wieder überwunden. Sie strich ihrem Liebling die übermütigen krausen Blondhaare aus der erhitzten Stirn und händigte ihr eine große Tüte Eisbonbons zur Abkühlung für sich und ihre Freundinnen ein. Von den neuen Tänzen aber wollte Großmama durchaus nichts wissen. Walzer, Polka und Rheinländer, Quadrille und Contre, die Tänze ihrer Jugend, waren doch viel schöner.

Annemaries umfangreiche Bonbontüte lockte auch die jungen Herren unter Anführung von Klaus aus ihrer Ecke heraus. Im besten Schmausen aber erklang das Händeklatschen von Fräulein Steinert: „Drei Paare zum Boston antreten.“

Ein viertel Dutzend Jünglinge stürzten sich auf die erwartungsvoll dasitzenden Backfische und angelten sich drei derselben heraus. Unter ihnen natürlich Annemarie Braun, die mußte ja stets dabei sein.

Fräulein Steinert tanzte Schritte und Drehungen vor. „Immer gegen den Takt wird geschleift, umgekehrt wie beim Walzer – das erste Paar, bitte.“

Klaus mit Vera traten vor.

„Eins – zwei – drei – vier – fünf – sechs – eins – zwei – drei – falsch, umgekehrt den Schritt machen, Herr Braun,“ rief Fräulein Steinert.

„Herr Braun“ machte den Schritt umgekehrt und ein jammervolles „Au – meine Fuß!“ übertönte die Bostonklänge. Vera hüpfte wie eine Bachstelze auf einem Fuß im Kreise herum, während Annemarie Klaus ein liebevolles „Trampeltier!“ an den Kopf warf.

„Das zweite Paar antreten!“ Marlene mit einem Jüngling, der seiner unheimlichen Länge wegen von den ausgelassenen Mädeln „der Unendliche“ genannt wurde. Marlene, die kleine, zierliche, konnte nicht bis zu seiner Schulter hinauflangen. Sie ankerte sich irgendwo oberhalb seines Ellbogens fest und dann ging's los „eins – zwei – drei – vier –“ da hatte der Unendliche seine kleine Dame unterwegs verloren. Jeder machte auf eigene Faust merkwürdige Sprünge, die mehr an den Zoologischen Garten als an Boston erinnerten.

Das dritte Paar trat an. Annemaries Partner war ein netter Primaner, leider aber unmusikalisch wie ein Schellfisch. Die Mädel verschanzten sich, sobald er in Sicht war, denn es war unmöglich, mit ihm in Takt zu kommen. Annemarie Braun pflegte er besonders mit seiner Verehrung zu beglücken. Die Kränzchenschwestern kicherten stets und machten ihre spöttischen Bemerkungen, wenn das Unglückswurm auf Annemarie lossegelte. Auch jetzt saßen sie bereits mit schadenfroher Miene da.

Fräulein Steinert zählte. „Eins – zwei – drei – vier – fünf – sechs“ – Lauter aber zählte Annemarie Braun. „Eins – zwei – drei – vier – fünf – sechs –“ Bei jeder Zahl schlug sie mit der Linken den Takt auf der Schulter des unmusikalischen Tänzers. Und wirklich, das Kunststück gelang. Das Paar blieb im Takt, und machte seine Sache zur Zufriedenheit. Allerdings trug die rechte Schulter des Kavaliers am nächsten Tage blaue Flecken davon. Denn Annemarie verstand das Boxen von Bruder Klaus her.

Ein Paar nach dem andern. Das eine geschickt, das anders tolpatschig, bis alle den Tanz konnten. Dann wurden die bereits gelernten Tänze wiederholt. Auch Walzer, Polka und Rheinländer wurde zu Großmamas Beruhigung aus der Vergessenheit hervorgekramt.

„Damenwahl.“ Das ist eine aufregende Angelegenheit für die Jünglinge. Wird „sie“, die Tanzstundenflamme, vor ihm den kleinen schnippischen

Backfischknicks machen? Geht sie vorüber zu einem andern? Sieben Jünglingsherzen schlugen rascher, als Annemaries Rosenknospenkleid angehüpft kam. O weh, es hüpfte weiter, an der ganzen Reihe selbstbewußter Primaner- und Studentengesichter vorbei. Bis zu den Müttern und Tanten hin, unter denen, an das Klavier gelehnt, Bruder Hans stand. Doktors Nesthäkchen versank in einem tiefen Hofknicks. „Darf ich bitten, mein Herr?"

„Nein, Annemie, das kannst du nicht verlangen, daß ich bemoostes Haupt hier die Lämmersprünge mitmache. Sieh mal, da sitzen ja noch genug ›Zavaliere‹ mit sehnsüchtigen Augen." Seitdem Annemarie als kleines Mädel mal für das Wort Cavalier „Zavalier" gelesen hatte, sprach Hans es niemals anders mehr aus.

Aber es half ihm alles nichts. Annemarie wollte keinen andern „Zavalier". Hans mußte mit ihr Hiawatha tanzen, begleitet von neidischen Blicken der sitzengebliebenen Verehrer Nesthäkchens. Annemarie strahlte. So fein konnte keiner tanzen wie ihr Hänschen.

Aber Hans verstand noch mehr. Die Tanzstunde war zu Ende. Der Klavierspieler packte schwitzend und erleichtert seine Noten zusammen. Im Saal drängten sich die Backfischchen um Fräulein Steinert: „Ach bitte, bitte – dürfen wir nicht noch ein bißchen nachtanzen?"

Die nette junge Dame lächelte freundlich Gewährung.

„Wenn sich jemand zur Klavierbegleitung findet."

Ja, da lag der Hase im Pfeffer. Weder die Mädel, noch die Herren Jungen mochten die Hauskapelle übernehmen. Jeder von ihnen wollte tanzen.

„Hänschen muß spielen. Hänschen spielt fein!" Annemarie eilte auf den Bruder los und hinter ihr her der ganze Schwarm Tanzlustiger.

„Hänschen muß spielen – ach, bitte, bitte!" riefen sie alle ausgelassen. Den Bitten so vieler schöner Augen konnte Hans nicht widerstehen. Man schleppte ihn im Triumph zum Klavier.

„Körbchen tanzen – wir wollen Körbchen tanzen," wurde vorgeschlagen.

„Was ist das denn?“

„Werdet ihr schon sehen – wo kriegen wir bloß Körbe her?“ Mehrere Mädel eilten in die Garderobe – doch vergeblich. Ein Korb konnte dort nicht aufgetrieben werden.

Annemarie und Vera waren auf die gute Idee verfallen, unten in der Restaurationsküche nachzufragen. Die eine kam mit einem Riesenmarktkorb, die andere sogar mit einem Waschkorb zurück.

„Aber Kinder, soll man damit etwa tanzen?“

„Es muß ein kleines zierliches Körbchen sein,“ erklärte ein junges Mädchen.

„Haben wir nicht, folglich muß es mit dem Marktkorb gehen.“

Eine der Damen wurde auf einen Stuhl gesetzt und der Marktkorb ihr graziös in die Hand gegeben. Zwei Herren traten vor sie hin und machten ihr eine Verbeugung. Der eine bekam den Korb, mit dem anderen tanzte sie lachend davon. Der Herr aber, der den Korb erhalten, mußte nun auf dem Stuhl Platz nehmen und zwei Damen knicksten vor ihm. Jetzt konnte er seinen Korb austeilen und mit der Glücklichen davonschweben. So ging es Schlag auf Schlag, und in Anbetracht der Größe des Körbchens wurde das Tanzspiel ganz besonders spaßhaft.

Die Mädel waren nicht nach Haus zu kriegen. Mütter winkten. Väter und dienstbare Geister, die zum Abholen erschienen waren, gähnten. Auch Großmama hatte schon ganz kleine Augen. Doch das Lachen und das Tanzen wollte kein Ende nehmen.

Da erbarmte sich der Wirt der müden Wanddekoration. Er ließ plötzlich das elektrische Licht ausschalten: denn er hatte seinen Saal nur auf zwei Stunden vermietet.

Das gab nun erst einen Tumult und einen Jubel.

Vera fand ihre Tante nicht, Marianne purzelte in den Waschkorb und Annemarie tanzte selbst in der ägyptischen Finsternis noch den Tanz zu

Ende. Hatte eine Mutter glücklich ihr Küken ergattert, war es im nächsten Augenblick wieder übermütig im Dunkeln entwischt.

Schließlich aber hatte man doch alle in die Garderobe spediert. Ein Gewirr von Überschuhen und Beinen. „Kinder, habt ihr schon eure französische Ausarbeitung über Jerusalem fertig?" erkundigte sich Marlene, den rosa Seidenschal um das dunkle Haar schlingend.

„Quatsch – dazu ist morgen noch Zeit" – „heute denken wir nicht an die dumme Schule" – – – Annemarie aber lachte: „Jawohl, sur les murs de Jerusalem nous dansons boston et foxtrott."

Großmama zärtlich untergeärmelt, tanzte Doktors Nesthäkchen unter dem aufgespannten Regenschirm im Bostonschritt die regennassen Straßen entlang nach Haus. Die alte Dame mußte mit, ohne Rücksicht auf die spritzenden Pfützen. Der Unband war nicht zu regieren. Noch im Nachthemd tanzte Annemarie ins Bett hinein – und dort ging's weiter zum Federball.

12. Kapitel. Kohlennot

Kalt war's – bitterkalt. Der Nordost pfiff und heulte im Ofen. Dort konnte er sich austoben, so viel er Lust hatte, denn in vielen Berliner Öfen brannte kein Feuer. Die Kohlennot war groß in der Millionenstadt.

In Nesthäkchens gemütlichem Mädchenstübchen blühten jetzt Eisblumen an den Fenstern statt bunter Winden und Astern. Und gemütlich war es dort durchaus nicht mehr. Hundekalt war es in Annemaries Reich. „Grönland" hatte Annemarie es getauft. Denn die wenigen Kohlen, die man bekam, mußten zur Heizung des Sprechzimmers und des gemeinsamen Wohnzimmers verwendet werden.

Zwischen der weißen Blumenkrippe und dem Bett mit der rosenroten Steppdecke marschierte ein Eskimo mit rosenroter Nasenspitze hin und her. Er trug einen Pelzmantel der Mutter und Pelzüberschuhe an den Füßen, als ob statt des Teppichs meterhoher Schnee dort läge. Eine dicke grünwollene Rodelmütze war tief über die Ohren gezogen und verdeckte alle widerspenstigen Blondhaare. Der grüne Wollschal, der mehrfach um den Hals geschlungen war und bis an die rosenrote Nasenspitze reichte, ließ in sekundenlangen Zwischenräumen Atemwolken hervorquellen. Denn es war so kalt in dem Zimmer, daß man seinen Hauch sah. Die Hände des Eskimos steckten in riesengroßen Fausthandschuhen, die zur Wintersportausrüstung des ältesten Bruders gehörten. Sie hielten den Tacitus wie zwei gewaltige Bärentatzen gepackt. Und wären die strahlenden Blauaugen nicht über der rosenroten Nasenspitze gewesen, so hätte wohl keiner in der Eskimokleidung Doktors Nesthäkchen erkannt.

Hin und her tappten die Pelzschuhe, auf und ab. Denn es war unmöglich, bei der eisigen Temperatur am Schreibtisch zu sitzen. Mit den Atemwolken quollen lateinische Sätze durch die Maschen des grünen Rodelschals. Der Eskimo war so vertieft in seine lateinische Lektüre, daß er nicht merkte, wie sich die Tür hinter ihm öffnete.

„Jotte doch, so'n armes Wurm! Bei lebendigem Leibe muß es hier erstarren. Jeh doch bei deine Mutti, Annemiechen – drin in der Wohnstube is es schön mollig.“ Das blaurote Gesicht Hannes blickte voll gutmütigen Mitleids auf den frierenden Eskimo.

„Nee, das geht nicht, Hanne. Drin ist mir zu viel Radau. Dabei kann kein Mensch Tacitus lernen,“ klang es dumpf aus der Wollvermummung.

„Radau? Dir piept es woll, Kind. Frau Doktorn ist die ruhigste Frau von der Welt. Wenn du selbst man keinen Radau machst!“

„Das verstehen Sie nicht, Hanne. Drin singt und flötet Mätzchen: Muttis Schere und ihr Fingerhut fallen abwechselnd runter: Klaus kommt plötzlich rein und fängt laut hämmernd an, Stiefel zu besohlen. Und zum Überfluß bimmelt alle paar Minuten das Telephon. Zu Tacitus braucht man unbedingte Ruhe und Sammlung.“

„Na, denn friere meinetwegen weiter mit Tacitussen,“ knurrte die Küchenfee, ärgerlich, daß Nesthäkchen keine Vernunft annehmen wollte. „Da – trinke mal erst das heiße Warmbier, was ich dich jekocht habe,

Kind.“ Sie stellte eine dampfende Tasse auf den Tisch. „Wenn man inwendig jut einheizt, braucht man auswendig keine Kohlen.“

„Hanne, Sie sind doch die allerbeste, trotzdem Sie solch ein Knurrteufel sind. Ich habe aber ein Mittel, das noch besser einheizt als Warmbier und Kohlen.“ Damit kriegten die Bärentatzen des Eskimos die nichts Böses ahnende Hanne zu packen und begannen sie im Foxtrottschritt durchs Zimmer zu schleifen.

„Annemiechen – biste denn janz und jar varrickt,“ japste die dicke Hanne atemlos. „Tanz' meinetwegen mit Tacitussen Foxtrott, aber mir laß jefälligst unjeschoren.“ Damit knallte sie die Tür hinter sich zu.

Der Eskimo lachte wie ein Kobold hinter ihr drein. Dann machte er sich über das Warmbier her. Wirklich, ganz mollig wurde einem danach. Noch ein paarmal die Arme um den Körper geschlagen, wie Nesthäkchen das den auf der Straße frierenden Berliner Droschkenkutschern abgesehen hatte, und nun wieder mit frischen Kräften an die Arbeit.

Die Klingel stand jetzt während der Sprechstunde nicht still. Denn Hand in Hand mit der Kälte schritt die Grippe, die heimtückische Krankheit, die so viele blühende Menschenleben dahinraffte, durch die Straßen der Großstadt. Da war kaum ein Haus, das sie mit ihrem schlimmen Besuch verschonte. Die Ärzte hatten Tag und Nacht keine Ruhe. Und Doktor Braun in seinem unermüdlichen Pflichteifer gönnte sich knapp die Zeit zu den Mahlzeiten.

„Du treibst es so lange, bis du selbst nicht mehr weiter kannst, Ernst,“ warnte seine Frau besorgt.

„Zu Essen und Trinken muß Zeit sein. Das dankt einen kein Deibel nich, wenn man nachher selbst auf de Nase liejt,“ räsonierte Hanne, wenn sie immer wieder das aufgewärmte Essen in die Kochkiste zurückpacken mußte, weil stets neue Hilfsbedürftige erschienen.

Auch Annemarie bat den Vater unter zärtlichem Streicheln, sich doch ein wenig mehr Ruhe zu gönnen. Aber weder die Sorge seiner Gattin, weder Hannes Gebrumm, noch Nesthäkchens Betteln vermochten Doktor

Braun von seiner unausgesetzten Pflichterfüllung zurückzuhalten. Dieses strenge Pflichtbewußtsein wurde, ohne daß der Vater es wußte, seinen Kindern zum nachahmenswerten Beispiel. Hans, sein Ältester, bedurfte dessen nicht erst. Der war schon als Schuljunge stets der Primus durch alle Klassen gewesen; der hatte seine Examina mit Auszeichnung gemacht und war jetzt als Referendar ebenso tüchtig und fleißig wie als Schüler. Mit Klaus hingegen lag die Sache anders. Klaus hatte stets das Wort befolgt: „Wer die Arbeit kennt und sich nicht drückt – der ist verrückt." Durch das Gymnasium hatte er sich mit viel Geschick mittels Klatschen und Eselsbrücken glücklich hindurchgeschwindelt. Wie er durch das Abiturium mit durchgerutscht war, blieb der Braunschen Familie ein ungelöstes Rätsel. Denn arbeiten hatte ihn keiner je zum Abiturientenexamen gesehen. Die Studentenzeit aber hielt er nun vollends lediglich für den Zweck des Kollegschwänzens, des Kneipens und des darauf folgenden Katers eingerichtet. Er verbummelte in den ersten Semestern gehörig. Jetzt aber, wo er den Vater Tag und Nacht im Dienste der Menschheit tätig sah, begann er sich seines Drohnenlebens zu schämen. Das äußerte sich dadurch, daß er nicht jede Kneipe- und jeden Bierbummel mehr mitmachen mußte. Daß er bei den Kollegs nicht nur als Gast, sondern als regelmäßiger Hörer erschien. Und daß er zu Hause für die gesamte Familie, Hanne und Minna miteingerechnet, Stiefeln besohlte, in denen zwar kein Mensch laufen konnte, da stets irgendwo ein Nagel heimtückisch herausschaute. Dafür machte aber diese segensreiche Beschäftigung um so mehr Lärm und ward zum Apfel der Zwietracht zwischen ihm und Nesthäkchen. Denn Annemarie behauptete voll Undankbarkeit, durch das abscheuliche Gehämmer beim Lernen gestört zu werden. Während Klaus seinerseits geltend machte, daß bei Annemaries lautem Auswendiglernen der sanftmütigste Mensch die Tollwut bekommen könne.

Annemarie lernte augenblicklich in der Tat „mit Dampf" trotz der Kälte. Sie mußte fleißig sein, um bald Medizin studieren zu können, und den Vater, der ohne Rücksicht auf seine Gesundheit immer hilfsbereit war, zu entlasten. Wenn man ein solches Ziel vor sich hat, schweigen selbstsüchtige Wünsche. Dann können die blanken Schlittschuhe noch so blitzen und funkeln, erst hieß es, die Schulaufgaben zu erledigen und die Unterrichtsstunden, die man selbst gab, pünktlich innezuhalten. Da kann der Rodelschlitten noch so sehr nach dem Grunewald locken – für derartige Extravergnügungen blieb der Sonntag. Selbst die Tanzstunde mit all ihren Zauberklängen wurde mit Aufbietung aller Willenskraft in den Hintergrund geschoben, solange die Schulbücher das Regiment führten. „Ich lerne, daß mir der Kopf raucht, da merke ich die Kälte nicht," pflegte Annemarie zu scherzen.

Eine Unterrichtsstunde, die Nesthäkchen erteilte, war aber doch der Kälte zum Opfer gefallen. Vera hatte gestreikt. Ihre Wohnung, die Zentralheizung hatte, wurde schon seit Wochen wegen des Kohlenmangels nicht mehr geheizt. Ob die Mieter sich auch beschwerten, ob sie drohten und schimpften, es nutzte ihnen alles nichts, sie mußten frieren. Annemaries „Grönland" war nicht wärmer. Das Familienzimmer, das die Mutter den jungen Mädchen zur Verfügung stellte, wurde als Mittelpunkt aller häuslichen Geräusche abgelehnt. Annemarie machte den Vorschlag, die Nachhilfestunde auf den Neuen See, der sich seit Wochen in eine spiegelblanke Eisbahn verwandelt hatte, zu verlegen. Mit Begeisterung nahm die Freundin diesen Ausweg an. Vera war eine vorzügliche Eiskünstlerin, und auch Doktors Nesthäkchen lief anmutig und graziös. Ja, ja – auf dem Neuen See wurde man warm. Dort würde es mit dem Unterrichten und Lernen sicher gehen. Es wäre auch gegangen, denn guten Willen dazu brachten Lehrerin und Schülerin mit. Wenn es nur dort keine Musikkapelle gegeben hätte, die alle die neuen Tänze, die man aus der Tanzstunde her kannte, erklingen ließ. Konnte man dabei trockene Grammatik treiben, wenn es einem in den Beinen zuckte, einen eleganten Eistanz zu vollführen, der die Bewunderung der vom schneeumböschten Ufer Zuschauenden erweckte? Da tauchte plötzlich in Nesthäkchens gelehrten Auseinandersetzungen irgendein Tanzstundenjüngling auf und warf die ganze deutsche Grammatik, die Annemarie so mühsam Veras hübschem Köpfchen einzutrichtern bemüht war, über den Haufen. Veras Versetzungsaussichten nach der Prima standen schlecht. Und daran waren nur die Kälte und die Kohlennot schuld.

In die Schule gingen die Mädel diesen Winter gern. Dort wärmte man sich wenigstens auf. Die städtischen Behörden wurden genügend mit Kohlen versorgt. Aber eines Tages wartete auch dort eine Überraschung. Herr Lustig, der Gesanglehrer, der die erste Stunde gab, da man zum Singen kein Licht brauchte, teilte den Schülern mit, daß der Unterricht heute zum letztenmal im Lyzeum erteilt würde. Das benachbarte Knabengymnasium sollte künftig auch der Bildungsstall der weiblichen Gymnasiasten werden. Der Unterricht würde nachmittags von zwei bis sieben Uhr dort stattfinden. Auf diese Weise würde die Heizung doppelt ausgenützt, und die Hälfte der Schulen sparte Kohlen.

„Fein, da können wir uns wenigstens ausschlafen!" Annemarie Braun rief es begeistert.

„Mein Vater ist vormittags auf dem Gericht, da kann ich in seinem warmen Arbeitszimmer meine Aufgaben machen," frohlockte Marlene.

„Ich auch" – „ich auch." Es war eine allgemeine Freude über die Veränderung. Allerdings erhoben sich auch einwendende Stimmen: „Das geht nicht, ich habe zweimal in der Woche nachmittags Turnstunde" – „wir haben doch unser Lesekränzchen am Sonnabend nachmittag" – „meine Klavierstunde kann bestimmt nicht verlegt werden" – „unsere Tanzstunde fängt schon um sechs Uhr an, die versäumen wir auf keinen Fall – – –" Trotz Turn- und Klavierstunde, trotz Lesekränzchen und Tanzstunde hatten die Behörden kein Einsehen. Der Schulunterricht fand künftig am Nachmittag statt.

„Nun kann der Eskimo aus Grönland fortziehen," erklärte Nesthäkchen daheim und beschlagnahmte täglich nach der Morgensprechstunde das behaglich warme Zimmer des Vaters.

Doktor Braun liebte diese Gemeinschaft eigentlich nicht. Er hatte gern sein Reich für sich. An seinen Schreibtisch durfte allenfalls Muttis ordnende Hand sich wagen. Und selbst dann behauptete er, daß ihm alles verlegt sei und daß man nichts mehr finde. Jetzt, wo sein huschliges

Nesthäkchen sich an seinem Heiligtum breitmachte, war das schlimmer als je. Bald fehlte ein Rezept, bald ein Kassenbon. Heute lag das Hörrohr nicht an seinem Platz, morgen wagte sich gar ein vergessenes französisches Buch zwischen medizinische Fachschriften.

„Wenn du deine Gedanken und deine Siebensachen nicht zusammenhalten wirst, marschierst du wieder nach Grönland zurück – verstanden, Lotte?" drohte Doktor Braun seinem Nesthäkchen.

Das aber lachte zu Vaters Worten. „Ehe meine Frostpfoten nicht geheilt sind, darfst du mich nicht rausschmeißen, Vatchen. Sonst kriege ich am Ende auch noch die Grippe!" Der Schlaukopf wußte, wie besorgt der Vater stets gewesen, daß sich sein Nesthäkchen in dem ungeheizten Raum etwas holen könnte.

Mutti aber sorgte sich eigentlich jetzt noch mehr, wo sie Annemarie im warmen Sprechzimmer ihres Mannes bei der Arbeit wußte. Wie leicht konnten dort noch Grippebazillen herumschwirren und ihr Nesthäkchen bedrohen. Fehlte doch jetzt schon die Hälfte der Klasse. Auch die Lehrer waren zum Teil erkrankt. Alle mußten sie der Modekrankheit ihren Tribut zahlen.

„Wir sind gefeit, Muttchen – in ein Doktorhaus wagt sich die Grippe nicht – presente medico nihil nocet," prahlte Nesthäkchen mit seinen lateinischen Kenntnissen.

Aber die Grippe, die heimtückische, nahm keine Rücksicht auf Annemaries lateinische Gelehrsamkeit. Die schlüpfte ungesehen die mit roten Läufern belegte Treppe hinauf. Mit der aus der Schule heimkehrenden Margot huschte sie in die Thielensche Wohnung hinein. Dort scheuchte sie Margot mit brennender Stirn auf das Krankenlager. Auch die kleinen Geschwister ergriff sie. Doktor Braun ging manchen Tag dreimal hinüber, um nach den Schwerkranken zu sehen. Besonders Margot fieberte erschreckend hoch. Und wenn Annemarie den Vater nach dem Befinden der Freundin fragte, zuckte er nur die Achsel. Es stand sehr schlecht.

Annemarie hatte jetzt weder Lust zum Lernen, noch zum Schlittschuhlaufen oder zum Tanzen. Still und gedrückt stand das ausgelassene Backfischchen am Fenster, hauchte Gucklöcher in die eisblumigen Scheiben und starrte zu Thielens hinüber. Dort waren die Fenster nicht zugefroren, da sie dem scharfen Ostwind weniger ausgesetzt waren. Ab und zu tauchte dort drüben eine weiße Schwesternhaube am Fenster auf. Dann klopfte Annemaries Herz schneller. Wie mochte es Margot gehen?

Lieber Gott, wenn sie stürbe! Annemarie hatte kein reines Gewissen der kranken Freundin gegenüber. Hatte sie sich nicht oft über Margots pedantische Art lustig gemacht? Hatte sie ihr nicht den Namen „Tugendschäfchen" beigelegt? Und wie oft hatte sie Vera zärtlich umschlungen, sie gestreichelt und geherzt, bloß um Margot eifersüchtig zu machen. Wenn sie doch nur noch mal ihr Unrecht wieder gut machen konnte!

Gar zu gern hätte Annemarie persönlich nachgeschaut, wie es der armen Margot erging. Aber die Eltern hatten jegliche Verbindung mit Thielens der Ansteckungsgefahr wegen streng verboten.

Doch die Grippe kümmerte sich weniger als Nesthäkchen um das Verbot der Eltern. Durch die Hintertür wagte sie sich in die Braunsche Küche hinein. Minna, das Stubenmädchen, war die erste, die von ihren Fängen ergriffen wurde. Hanne pflegte sie getreulich und warf sich in die Brust: „Na, mir soll die Jrippe man drei Schritt von'n Leibe bleiben. Mit mich wird sie so leicht nich fertig."

Es schien wirklich, als ob die Grippe vor der resoluten Hanne Respekt hätte. Sie machte einen großen Bogen um die energische Küchenfee herum und streckte die knöchernen Finger nach der schlanken Frau mit dem früh ergrauten Haar über dem noch jungen Gesicht am Fensterplatz des Wohnzimmers aus.

Mutti war krank. Jedes Kind empfindet ein Unbehagen, wenn die Mutter, die für alle da ist, für alle sorgt, das Bett hüten muß. Annemarie hatte dieses Unbehagen in gesteigertem Maße. Denn sie durfte nicht zur

Mutter hinein; sie nicht pflegen und ihr Gesellschaft leisten, wie ihr Herz sie trieb. Ja, man schickte sie sogar aus dem Hause. Mutti selbst hatte es so angeordnet. Denn bei jungen Menschen trat die Grippe gefährlicher auf als bei reiferen. Frau Doktor Braun hatte nicht eher Ruhe, als bis ihr Nesthäkchen mit einem kleinen Handkoffer zur Großmama übergesiedelt war. Man mußte ihr den Willen tun, um das Fieber nicht zu steigern.

Für Annemarie bedeutete es von klein auf einen Festtag, wenn sie bei der Großmama sein konnte. Da war es so friedlich, so hell und sauber zwischen den alten Mahagonimöbeln, den blühenden Tulpen und Hyazinthen an allen Fenstern und den schneeweißen Tüllgardinen. Und Großmama selbst war so appetitlich, stets freundlich und voll Verständnis für alle kindlichen Wünsche. Diesmal jedoch fühlte sich Annemarie in den gemütlichen Räumen gar nicht so wohl wie sonst. Die gute Großmama kochte ihr all ihre Leibgerichte. Sie ließ die Stricknadeln leiser klappern, nur um die lernende Enkelin nicht bei der Arbeit zu stören. Denn Großmama konnte auch nur ein Zimmer heizen. Und auch das nur noch für wenige Tage.

Annemarie hatte weder Lust zur Arbeit, noch zur Unterhaltung. Das war nun eine ganz besondere Merkwürdigkeit bei der lebhaften Enkelin, deren munteres Wesen sonst Großmama eine Erquickung war.

„Kind, bist du auch gesund – ist dir auch nichts? Kein Gliederbrechen, kein Frösteln?“ so forschte die alte Dame mit der ängstlichen Besorgnis der Großmütter so und so oft des Tages.

Dann lachte Annemarie wohl ihr altes, frisches Lachen. Aber nicht lange, so war sie wieder still und in sich gekehrt. Wenn sie nur bei Mutti hätte sein dürfen! Frau Doktor Braun war zart und anfällig, seitdem sie während des ersten Kriegsjahres in England interniert gewesen war. Nicht ohne Grund sorgte sich das junge Mädchen, daß der schwächliche Gesundheitszustand der Mutter die Grippe nicht überstehen würde. Jeden Morgen schlich sie sich nach Haus über den Hof zur Küche hinein.

„Hanne, wie geht's Mutti?“ Wie bang die blauen Augen dreinsahen.

„Jut, janz jut, Kind – ich koch ihr eben ein Taubensüppchen. Aber mach, daß du wechkommst, Kind, wenn dich unser Herr Doktor hier erwischt, setzt es ein Donnerwetter."

Bums – schlug die Tür zu und sperrte Annemarie mit all ihrem Bangen und den tausend Fragen, die ihr nach der Mutter noch auf der Seele brannten, einfach aus. Da stand sie vor der verschlossenen Tür ungefähr mit denselben Empfindungen, wie Puck an der Krankenstube, in die er nicht durfte.

Bei Thielens drüben war die Gefahr vorübergegangen. Das war wenigstens ein Lichtblick. Margot war fieberfrei, mußte aber noch lange das Bett hüten, da die Lunge etwas angegriffen war. Annemarie schrieb ihr zärtliche Briefe, um sie zu erfreuen und ihr Gewissen ihr gegenüber zu entlasten.

„Morgen müssen wir im Bett bleiben, Annemiechen," eröffnete Großmama eines Tages der verwunderten Enkelin.

„Nanu – hat sich die verflixte Grippe etwa hier bei dir auch angesagt?"

„Behüte – aber wir haben heute die letzten Kohlen in den Ofen gelegt. Von Tag zu Tag hat mich der Kohlenlieferant vertröstet, aber er bekommt keine Ware herein. Frieren kann ich nicht, dazu bin ich schon zu alt; folglich bleiben wir im Bett." Es war Großmama vollständig ernst mit ihrer Absicht.

„Aber ich doch nicht etwa auch, Großmuttchen? Ich lege einfach meine Eskimouniform wieder an. Ich bin Grönlandtemperatur schon gewöhnt," erhob Annemarie lebhaft Einspruch.

Den ganzen Tag verfolgte sie der Gedanke, daß die arme Großmama von morgen ab frieren sollte. Die alte Dame saß selbst im geheizten Zimmer noch mit dem gehäkelten Seelenwärmer. Wie fing man es nur an, Kohlen für sie zu erhalten?

Als Annemarie abends aus dem Gymnasium mit kältegeröteten Wangen zur Großmama heimkehrte, hatte dort ein zweiter Gast seinen Einzug gehalten: Tante Albertinchen mit Nachtjacke, Zahnbürste und Lockenwickler, mit Sack und Pack.

„Tante Albertinchen, du wagst dich bei achtzehn Grad Kälte aus deinem warmen Stübchen heraus? Du bist doch sonst nicht so unternehmungslustig," machte das Backfischchen seiner Überraschung Luft.

„Ja, Kind, wenn ich ein warmes Stübchen gehabt hätte, kriegten mich keine zehn Pferde heraus. Aber ich friere schon seit drei Tagen, ich habe das Reißen in allen Knochen." Ganz betrübt hingen Tante Albertinchens Pudellöckchen herunter, die sonst so lustig zu wackeln pflegten. „Und weil ich weiß, daß Großmama ein leeres Bett für mich hat, habe ich mich zu der Übersiedelung hierher entschlossen. Ich ahnte ja nicht, daß das Bett schon besetzt sei, und daß es hier ebenso hundekalt ist wie bei mir."

„Hundekalt – aber Tante Albertinchen, heute ist doch noch geheizt. Es ist doch ganz mollig hier."

„Ja, aber morgen! Morgen werde ich hier genau so erstarrt sein wie zu Hause. Ach, wer mir das in meiner Jugend gesagt hätte, daß ich mal im Alter so frieren muß!"

Tante Albertinchens Kummer tat Annemaries liebevollem Herzen ganz schrecklich leid. Als sie nachts auf dem Sofa lag, denn das Bett hatte sie natürlich dem alten Tantchen mit den sorgsam aufgewickelten Locken abgetreten, zerbrach sich Annemarie den Kopf, woher sie wohl Kohlen für die beiden alten Damen auftreiben konnte. Bis in die Träume hinein verfolgte diese Unruhe die junge Schläferin. Aufgeregt warf sie sich auf dem ungewohnten Lager hin und her.

Bums – ein lauter Knall – Klirren – erschreckte Ausrufe.

„Barmherziger – sind das Einbrecher?" Tante Albertinchen flüsterte es angsterfüllt. Sämtliche aufgewickelte Locken sträubten sich vor Entsetzen.

Auch Großmamas Herz hämmerte vor Schreck. „Kind, Annemiechen, was ist denn bloß passiert?“ Mit zitternden Händen schaltete sie das elektrische Licht ein.

Da saß Doktors Nesthäkchen im Nachthemd unten auf der Erde zwischen Sofa und Tisch und lachte – – – lachte – – Mundspülglas und Wasserkaraffe, die sie im Fallen mit vom Tisch heruntergerissen hatte, lagen in Scherben um sie herum.

„Was passiert ist, Großmuttchen? Ich habe geträumt, daß ich Kohlen für dich geholt habe. Eine ganze Kiepe voll. Aber plötzlich kam eine Elektrische, und ich wollte schnell auf die andere Seite, um nicht überfahren zu werden und da – da habe ich eine kleine Rutschpartie gemacht. Ach, ist das komisch – ist das ulkig – – –“ Nesthäkchen hielt sich die Seiten vor Lachen.

„Also keine Einbrecher – Gott sei dank!“ Tante Albertinchen beruhigte sich wieder.

Bei Großmama ging das nicht so schnell. „Hast du dich auch nicht verletzt, Annemiechen? Ist auch bestimmt nichts gebrochen?“

„Doch – Karaffe und Mundspülglas,“ gab Annemarie, vollständig munter geworden, übermütig zur Antwort. „Aber bei der Rutschpartie habe ich sämtliche Kohlen, die ich für dich aufgetrieben hatte, wieder verloren – so 'ne Gemeinheit!“ Annemarie kroch zurück ins Bett. Doch so rasch schlief sie nicht wieder ein. Fauchen und Pusten kam alsbald von Tante Albertinchens Lager her, und auch aus der anderen Ecke, in der Großmama schlief, pfiff es melodisch. Das war ja ein nettes Schnarchduett! Annemarie kam nicht zur Ruhe. Der Gedanke verfolgte sie: Wo hatte sie die Kohlen, die sie so deutlich im Traum besessen, bloß herbekommen?

Ach, am nächsten Morgen war keine einzige Kohle mehr in Großmamas Hause. Die beiden alten Damen ließen sich den Kaffee ins Bett bringen, denn draußen war es ungemütlich kalt. Das Thermometer zeigte über zwanzig Grad Kälte an.

„Ei, Annemiechen, solche Nachtwanderung mache nicht wieder. Du hast mir einen schönen Schreck dadurch eingejagt. Ich konnte gar nicht wieder einschlafen," ließ sich Großmama gähnend vernehmen.

„Aber Großmuttchen, du hast doch wie ein Dompfaff gepfiffen. Ein wunderschönes Schnarchkonzert hast du im Verein mit Tante Albertinchen zum besten gegeben," rief die Enkelin lachend.

„Das muß Tante Albertinchen gewesen sein – ich war bis zur Morgendämmerung munter."

Tante Albertinchen aber behauptete, die ganze Nacht kein Auge zugemacht zu haben – sie könne nun mal nur in ihrem eigenen Bette schlafen.

„Na, dann muß ich selbst so doll geschnarcht haben, trotzdem ich ganz allein munter gewesen bin." Das Backfischchen amüsierte sich gottvoll. „Ich will mal sehen, ob bei Burkhards die Zentralheizung schon wieder in Betrieb ist. Dann wärme ich mich dort auf und arbeite mit Vera zusammen." Annemarie stülpte die Pelzmütze auf das Blondhaar.

„Kind, du hättest ebenfalls lieber im warmen Bett bleiben sollen. Das heißt Gott versuchen, bei solcher Kälte fortzugehen," wandte Großmama ein.

„Überhaupt wo die Grippe jetzt so verbreitet ist. Man hat was weg, ehe man's denkt," stimmte Tante Albertinchen ein.

Aber das Backfischchen lachte alle Bedenken der alten Damen fort. Was – am hellichten Tage sollte sie sich ins Bett legen, wo sie kerngesund war – nee, das war nichts für Doktors Nesthäkchen, überhaupt man fror nur zu Hause, wenn man hinter dem Ofen hockte. Im Freien trieb einem die Kälte das Blut rascher durch die Adern, da wurde einem ganz warm. So behauptete Fräulein Grünschnabel, und übermütig ihre Muffe schwenkend, war sie davon.

Na, allzu warm war es gerade nicht auf der Straße. Die Kälte stach wie mit Nadeln. Die Fußgänger hatten Mantel- oder Pelzkragen bis über die

Ohren hochgeschlagen. Sie trippelten wie auf einem Gletscher. Denn in Tausenden von Eiskristallen blitzte und funkelte die weiße Straße.

Doktors Nesthäkchen nahm den Weg zur elterlichen Wohnung. Erst mußte sie hören, ob ihre Mutti eine gute Nacht gehabt, und ob es ihr besser ginge.

Die Vordertreppe wagte sie sich noch immer nicht hinauf, aus Furcht, vom Vater erwischt zu werden. Im Hof war der Hausmeister gerade dabei, Kohlen von einem Handwagen abzuladen. Sein kleiner Pflegesohn, Annemaries besonderer Freund, half ihm dabei.

„Du, Mäxchen, wo habt ihr denn die Kohlen her?“ Annemarie blickte mit so begehrlichen Augen auf die schwarzen Steine, als ob sie aus Schokolade wären.

„Ha' mer uns jeholt.“

„Woher denn, Max?“

„Det sag' ick nich – det sag' ick nich.“ Der Junge sprang vor Vergnügen oder vor Kälte von einem Bein auf das andere.

„Du, Max, ich hab 'nen Bonbon.“ Annemarie grabbelte mit erstarrten Fingern in ihrer Tasche herum.

Jetzt machte der Junge begehrliche Augen.

„Wo denn? Ach, Se haben ja jar keenen, Se schwindeln mich ja bloß was vor,“ rief er ungezogen.

Wirklich, Annemarie fand den gesuchten Bonbon nicht mehr. Sie mußte ihn sich wohl schon selbst zu Gemüte geführt haben.

„Mäxchen, ich bringe dir morgen eine ganze Tüte voll mit, wenn du mir sagst, woher ihr die Kohlen habt,“ versprach das junge Mädchen.

Aber statt zu antworten, machte der Bengel ihr eine lange Nase und weg war er, in die Portierwohnung hinein.

So eine Range! Dem hatte sie einst den schönen Namen Hindenburg beigelegt; für den Schlingel hatte sie sich gemüht und eigenhändig

Windeln genäht, als Hans ihn vor Jahren als elternlosen Ostpreußensäugling mit heimgebracht hatte. Undank ist der Welt Lohn!

Sie mußte sich an den Hausmeister selbst halten. Vielleicht überließ der ihr sogar ein paar Kohlen für die Großmama. Denn Hanne, die auch schon einige Male ausgeholfen, konnte nichts mehr abgeben. Sonst mußte Vaters Sprechzimmer und das Krankenzimmer der Mutter ungeheizt bleiben.

„Ach, Herr Kulicke," bat Annemarie, als der Mann sich wieder im Hof zeigte, um eine neue Ladung zu verstauen, „wo bekommt man denn Kohlen?"

Der Hausmeister war eigentlich als Grobian im Hause verschrien. Aber Doktors Nesthäkchen mit den strahlenden Blauaugen hatte es ihm wie jedem andern angetan. „Na, Fräuleinchen, weil Sie's sind – von'n Nordhafen habe ich se in aller Herrjottsfrühe heute schon herjekarrt. Was meine Ollsche is, die hätt' sonst heut' morjen keen Droppen Kaffee nich kochen können."

„Ach, lieber Herr Kulicke, könnten Sie mir nicht ein paar Kohlen abgeben?" bettelte Annemarie. „Meine Großmutter muß heute im Bett bleiben, weil sie kein warmes Zimmer hat."

„Wir haben ooch tagelang frieren müssen. Nu können die Reichen ooch mal sehen, wie dis is."

Vater hatte recht: Der Kulicke war sicher Spartakist, dachte Annemarie. Trotzdem versuchte sie noch einmal ihr Heil. „Wir würden es Ihnen sehr gut bezahlen, Herr Kulicke, wenn Sie uns auch solch einen Wagen mit Kohlen besorgen würden."

„Wenn ihr Kohlen haben wollt, holt se euch jefälligst alleene. Die Reichen denken bloß immer, für ihr Jeld können se allens haben. Nee, is nich! Die Zeiten sind vorbei. Ihr werdet schon nicht frieren, wenn ihr Kohlen schleppen dut wie unsereins. Sollt mal sehen, wie euch denn schwitzt. Hahaha –" Der Mann lachte höhnisch auf.

„Ich würde ja gern selbst Kohlen holen, aber ich habe doch keinen Wagen," meinte Doktors Nesthäkchen kleinlaut.

„Den würd' ich Ihn' borjen, weil Se immer jut zu unsern Mäxeken jewesen sind," lenkte der Mann, als er das betrübte Gesichtchen Annemaries sah, ein. „Aber allein könn'n Se den schweren Wagen nicht ziehen, dazu sind Se man zu spillerig. Was Ihre Herren Brieder sind, die kennen anfassen. Die vornehmen jungen Herren kennen ooch mal sehen, wat Schwielen an den Händen bedeuten." Damit nahm Kulicke seine Last auf den Rücken.

Klaus – ja, Klaus mußte mit zum Nordhafen. Der hatte Kräfte. Der mußte für die Großmama Kohlen fahren helfen.

„Hanne, wie geht's Mutti heute?" Atemlos stieß Annemarie es hervor, so schnell war sie die zwei Treppen hinausgelaufen.

„I, unse Frau Doktorn, die is janz mobil. Aber –"

„Ist Klaus da, Hanne? Rufen Sie ihn doch mal raus." Annemarie war ganz erfüllt von ihrer Absicht.

„Ja, da sein tut er schon. Aber rufen kann ich ihn nich. Der Herr Klaus nämlich, den hat's jestern abend doll jepackt."

„War er auf der Kneipe? Hat er wieder mal 'nen Kater?"

„Nee, aber die Jrippe hat er. Und zwar janz jehörig. Und wenn de hier noch lange rumstehst, Annemiechen, denn kriegt se dir auch bei'n Schlafittchen." Hanne machte Miene, sie schon wieder auszusperren.

Aber Nesthäkchen klemmte den Fuß zwischen die Tür. „Einen Augenblick, Hanne, ist Hans vielleicht noch da?"

„Nee, Annemiechen, der is schon über 'ne Stunde aufs Jericht. Unser Herr Hans is jrade so fleißig wie sein Pappa. Aber nu jeh, Annemiechen, ich hab' keine Zeit nich. Bei uns is jetzt das reine Lazarett. Drei Patienten hab' ich zu pflegen. Aber so 'ne Krankenschwester, wie se drüben bei Thielens überall das jroße Wort fiehrt, die kommt mir hier nich rein."

„Dann werden Sie bloß nicht auch noch krank, Hanne!"

„I, wo werd' ich denn – aber nu jeh' hübsch bei deine Frau Jroßmama'n, Annemiechen." Die Tür flog wieder ins Schloß.

Annemiechen aber ging nicht „bei ihre Frau Jroßmama'n", sondern in die Hausmeisterloge zu Herrn Kulicke.

„Was mach' ich denn nun bloß, Herr Kulicke? Mein Bruder Klaus ist krank, er hat die Grippe. Und mein ältester Bruder ist schon auf dem Gericht. Kann ich denn den Wagen wirklich nicht allein ziehen?"

„Nee, was nich jeht – jeht nich. Aber'n Kinderwagen von Mäxeken wer' ich Ihn' jeben. Da kennen Se jut und jerne 'n Zentner Preßkohlen drin holen."

„Ach, lieber Herr Kulicke, ist das nett von Ihnen." Annemarie drückte dem Hausmeister glückselig die Hand.

Der ziemlich wackelige Kinderwagen wurde hervorgeholt und Annemarie ließ sich den Weg zum Nordhafen beschreiben. Dann zog sie mit ihrer Equipage los.

Am Hause von Vera führte der Weg vorüber. Halt – Vera mußte mitkommen. Allein war der Winterausflug in den Norden Berlins ein wenig unbehaglich. Aber mit der Freundin zusammen, das war ganz etwas anderes. Da machte sogar das Frieren Spaß.

„Fein – daß du kommen zu mich, Annemie," empfing Vera sie erfreut. „Ich haben gewillt – gewollen dich holen, weil heute wiederr ist warrm bei mich."

„Drei Fehler in zwei Sätzen. Vera Burkhard, ich kann Ihnen unmöglich die Reife für Unterprima erteilen." Annemarie guckte über einen nicht vorhandenen Kneifer hinweg wie ihr Ordinarius.

„Sie können geben mich sogleich eine Lektion prrivat, Herr Prrofessor," lachte Vera.

„Dazu ist heute keine Zeit, Verachen. Ich habe meinen Kinderwagen unten im Hausflur und – – –"

„Was haben du?“ Vera lachte, daß ihr die Tränen in die Augen traten. Nein, war die Annemie ulkig! „Eine Kinderrwagen du haben unten? Für welche Baby sollen es sein, für dirr oder mirr?“

„Für uns allebeide. Ich beabsichtige wie Cook und Nansen eine Nordpolexpedition zu unternehmen. Dazu wollte ich dich auffordern.“

„Annemie, gefrrieren wirr haben jetzt zwei lange Wochens. Ich nicht brrauchen mehrr zu rreisen zu Norrdpol,“ ging Vera auf den Scherz ein.

„Schadet nichts. Du mußt mir heute deine Freundschaft beweisen und mitkommen.“ Annemaries lustiges Grübchengesicht sah plötzlich ernst darein. „Ich will für meine Großmama Kohlen in dem Kinderwagen holen, damit sie sich nicht erkältet und krank wird.“

„Von das Norrdpol, Annemie?“ Vera wurde nicht klug aus der Sache. War das nun Ernst oder Spaß?

„Ja, natürlich – schnell, zieh dich an. Aber warm machen mußt du dich, es ist verflixt kalt draußen.“

„Von das Norrdpol du wollen holen Kohlen? Rreden du auch nicht in Fieberr, Annemie? Sein du auch nicht krrank?“ Ängstlich forschend betrachtete Vera das kälterote Gesicht der Freundin. Hatte sie am Ende auch die Grippe?

„Nee – nee – Verachen, ich bin ganz gesund. Du brauchst mich nicht so ängstlich anzusehen. Ich meine ja den Nordhafen und nicht den Nordpol, trotzdem es da wohl auch nicht kälter sein wird. Am Nordhafen werden von den Schiffen Kohlen verkauft, hat mir unser Portier gesagt. Da will ich für Großmama einen Zentner im Kinderwagen holen, und du sollst mir ziehen helfen.“

„Gerrn, aberr meine Tante nicht sein zu Hause. Ich nicht kann frragen ihrr Errlaubnis.“

„Desto besser!“ Annemarie fürchtete wohl mit Recht die Einwendungen der Tante. „Mach' rasch – bis deine Tante nach Hause kommt, bist du längst wieder da.“

Einige Minuten später schoben ein blondes und ein schwarzes Backfischchen, mit lustigen Augen aus der Pelzvermummung herauslugend, einen leeren Kinderwagen durch die schneeglitzernden Straßen.

Trap – trap – trap ging's. Die Füße stampften den gefrorenen Schnee, um sich zu erwärmen. Der Weg zum Nordhafen war weit. Die eleganten Mietshäuser des Berliner Westens machten Geschäftsbauten, dann kasernenartigen Arbeiterhäusern Platz. Das Straßenpublikum veränderte sich ebenfalls. Man sah keine kostbaren Pelze mehr, sondern fadenscheinige Mäntel und Tücher, durch die der scharfe Nordostwind pfiff.

Die Mädchenaugen sahen nicht mehr lustig drein, sondern ziemlich jämmerlich. War man denn noch nicht bald da? Die Kälte prickelte in den Fingern, die den Wagengriff umspannt hielten.

„Wenn wir nachher den Zentner Kohlen nach Hause schieben, werden wir schon schwitzen," tröstete Annemarie sich und die frierende Freundin. „Sieh nur, Vera, da kommen Kohlen – eins, zwei, drei Hundewagen. Nun ist es sicher nicht mehr weit," frohlockte sie.

Mit neuen Kräften ging es vorwärts. Wirklich, bei der nächsten Straßenbiegung sahen die beiden den Nordhafen vor sich. Aber was sie noch erblickten, war nicht gerade dazu angetan, ihren gesunkenen Lebensmut zu heben. Schwarz von Menschen und Fuhrwerken aller Art wimmelte es vor ihnen bis zu den Kähnen hinunter, von denen die Kohlen ausgeladen wurden. Das war ein Gedränge und ein Geschrei, daß einem Sehen und Hören vergehen konnte.

Vera hielt die mutig vorwärts strebende Freundin ängstlich zurück.

„Wollen du gehen wirrklich in die Gewühl, Annemie?" fragte sie zögernd.

„Natürlich, denkst du, wir haben den weiten Weg in der Kälte gemacht, um jetzt das Hasenpanier zu ergreifen? Du kannst hier mit dem Kinderwagen warten, Verachen, ich werde sehen, daß ich Kohlen auftreibe. Auf Wiedersehen!“ Da verschwand Annemaries dunkle Pelzmütze zwischen all den Menschen und Pferdeköpfen. Vera stand allein mit ihrem Kinderwagen da, und die Tränen schossen ihr in die Augen. War es vor Kälte oder vor Bangigkeit?

Hu – pfiff ein scharfer Wind vom Hafen her. Am Nordpol konnte es wirklich nicht eisiger sein als hier am Nordhafen. In der Tat, ein großes Opfer war es, das Annemarie heute von ihrer Freundschaft forderte.

Viertelstunde auf Viertelstunde verging. Annemarie kam nicht wieder. Vera hatte überhaupt kein Gefühl mehr in Händen und Füßen. Mit angstvollen Augen beobachtete sie den Zeiger der Kirchturmuhr drüben. Dreiviertel zwölf. Sie mußte nach Haus zu Tisch, wollte sie heute nachmittag nicht zu spät zur Schule kommen. Ob sie den Kinderwagen einfach im Stich ließ und fortging? Solche schwarzen Gedanken wälzte Vera in ihrem schwarzen Köpfchen. Jedes warme Freundschaftsgefühl hatte der eisige Nordost davongeblasen.

Da fühlte sie plötzlich etwas Heißes an ihren Lippen. Hinter ihr stand Annemarie und hielt ihr mit erklammten Fingern einen Topf schwarzen heißen Kaffees an den Mund. „Da trink, Verachen, daß du warm wirst. Es ist zwar kein Mokka, aber heiß ist er wenigstens. Ich habe ihn drüben in der Destille erstanden.“

„Haben du Kohlen?“ Veras erstarrte Finger begannen an dem heißen Topf aufzutauen. Auch ihre erfrorenen Freundschaftsgefühle erwärmten sich unter Annemaries liebevoller Fürsorge wieder.

„Nee, noch nicht. Es ist ein zu großer Andrang. Da können wir bis morgen früh hier anfrieren. Aber einen Kavalier habe ich aufgegabelt, der mir die Kohlen besorgen wird.“ Annemarie wies auf einen etwa fünfzehnjährigen Burschen, der ihr folgte. „Er besorgt mir die Kohlen zur Großmama hin. Ich habe ihm zehn Mark dafür gegeben und ihm warmes Essen und ein Paar abgelegte Stiefeln von Klaus versprochen. Dafür tut er's. Wir können dann ruhig mit der elektrischen Bahn nach Hause fahren, den Kinderwagen lasse ich ihm hier.“

„Aber die Geld für die Kohlen? Du nicht können lassen frremde Mensch soviele Geld, Annemie," flüsterte die Schwarze der Blonden warnend zu.

„Tu ich auch nicht, du Schlaukopf. Er will es auslegen. Heute nachmittag bekommen wir unsere Kohlen. Und nun schleunigst nach Hause, sonst denkt Großmama, ich sei irgendwo eingefroren."

So gut es gehen wollte, schrieb Annemarie mit den klammen Fingern auf ein Notizblatt die Adresse der Großmama und überreichte sie ihrem Kavalier, der sie grinsend in Empfang nahm.

„Also, je mehr Kohlen, desto besser! Und passen Sie gut auf den Kinderwagen auf, es ist ein gepumpter."

Dann fuhr Doktors schlaues Nesthäkchen, vor Kälte zitternd, aber stolz darauf, daß es seine Sache so fein gemacht hatte, mit Vera nach Haus.

Kulickes Kinderwagen sah kein Mensch mehr wieder. Doktor Braun mußte hohen Schadenersatz dafür leisten.

Großmama und Tante Albertinchen bekamen keine Kohlen, aber Annemarie und Vera – die Grippe.

13. Kapitel. Die Rotbemützten

Zwei Jahre sind seit jenem bösen Winter dahingegangen. Durch die Welt geht wieder ein Frühlingsahnen. Vom Grunewald her weht es lind und weich über das steinerne Häusermeer der Millionenstadt. Goldene Lichtwellen läßt die Frühlingssonne durch die weitgeöffneten Fenster in die Zimmer und in die Herzen der Menschen strömen. Auf den Straßen und Plätzen strecken welke alte Hände den Vorübereilenden die ersten Schneeglöckchen und Märzveilchen zum Verkauf entgegen. Kinder peitschen den Kreisel. Schwalben zwitschern in blauer Frühlingsluft.

Wie eine Erlösung geht es nach bangem Winterdruck durch die aufatmende Menschheit. Lenz wird es! Alles Schwere, alles Drückende lacht die goldene Sonne davon.

Ei – hat denn das junge Menschenkind, das da an dem zierlichen Schreibtisch den Blondkopf tief in Bücher und Hefte vergraben hat, gar keinen Blick für den ans Fenster pochenden Lenz? Fühlt es nicht, wie kosend die Sonne es mit warmen Strahlenfingern streichelt?

Nein, Doktors Nesthäkchen murmelt lateinische Worte vor sich hin, rechnet mit Ix-Quadrat und Ypsilon. Durch das hübsche Köpfchen ziehen Geschichtszahlen, Literaturdaten, englische und französische Verben in buntem Reigen. Annemarie Braun hat keine Zeit, dem ersten schüchternen Anpochen des Lenzes zu lauschen. Noch ist der Druck, der seit Wochen ihre junge Seele mit eisernen Folterzangen umklammert hält, nicht gewichen. Noch steht es vor ihr, das drohende, immer näherkommende Schreckgespenst: das Abiturientenexamen.

O Gott! – Annemarie war seit Tagen gar kein Mensch mehr. Nur noch ein Examensbüffel. Dieser Ehrentitel stammte natürlich von Klaus, der nach eigenen berühmten Mustern der Schwester dringend davon abriet, auch nur noch ein Buch anzurühren. „Je weniger man zum Examen büffelt, um so besser besteht man es. Durch Lernen verdummt man bloß, und der gesunde Menschenverstand rostet ein."

Aber Annemarie hatte wenig Zutrauen zu den Weisheitssprüchen des flotten Studenten. Die hielt sich lieber an Hans, der sich täglich die Zeit nahm, eine Stunde Latein und Mathematik mit der Schwester zu wiederholen. Die schriftlichen Klassenarbeiten waren wenigstens schon durchschwitzt. „Latein habe ich bestimmt verhauen, Hänschen; da werden sie mich beim Mündlichen eklig zwiebeln," versicherte sie aufgeregt.

Und nun stand er unmittelbar bevor, der furchtbare Tag. Morgen – morgen um diese Zeit! Da trug sie entweder stolz die rote Abiturientinnenmütze oder – was wahrscheinlicher war – sie war mit Pauken und Trompeten durchgerasselt.

Hatte es Margot Thielen am gegenüberliegenden Fenster nicht viel besser? Der preßte der herannahende morgige Tag nicht das Herz mit tausend Examensqualen ab. Die saß gemütlich da drüben und entwarf zierliche Formen für Buchschmuck, Möbelstoffe und Handarbeiten. Denn sie besuchte die Kunstgewerbeschule.

Auch Vera Burkhard beneidete Annemarie heute. Wie hatte sie damals – zwei Jahre waren es gerade jetzt her – bedauert, daß Vera, welche die Reife für Unterprima nicht erlangt hatte, das Gymnasium verlassen mußte. Einen „Tyrann“ hatte sie Veras Onkel heimlich gescholten, daß er ihrem täglichen Beisammensein erbarmungslos ein Ende gemacht hatte. Und heute? Wie dachte Annemarie heute darüber? Klug und einsichtsvoll hatte der Regierungsrat von Hohenfeld gehandelt, daß er Vera im Lettehaus künstlerische Photographie erlernen ließ; daß er sie nicht den Examensnöten des morgigen Tages ausgesetzt hatte.

Dort im Schrank hing das neue Examenskleid. Dunkel natürlich, der düsteren Schwere des Tages entsprechend. Mutti ahnte nicht, daß es morgen schon das Tageslicht erblicken sollte. Mutti und Vater sollten sich nicht auch noch um ihre Lotte aufregen und Sorgen machen. Dazu war Zeit genug, wenn sie durchgeplumpst war.

Ahnte Mutti wirklich nichts? Die Tür, die zum Wohnzimmer führte, ward leise geöffnet. Gedämpfte Schritte kamen näher. Besorgte Mutteraugen liebkosten das ziemlich blasse Mädchengesicht. Dann eine weiche, zärtliche Hand über flimmerndes Blondhaar – war es die Hand der Mutter oder streichelnde Sonnenfinger? Die Tür schloß sich wieder geräuschlos. Nur ein großes Stück Schokolade auf dem lateinischen Wörterbuch bewies der nicht von ihren Büchern Aufblickenden die mütterliche Fürsorge.

Drinnen im Nebenzimmer sagte Frau Doktor Braun seufzend zu ihrem Manne: „Wenn bloß das Examen unserer Lotte erst vorüber wäre. So oder so. Mir ist schon alles gleich. Das Bücherhocken ist nicht mehr mitanzusehen. Ganz blaß ist das arme Ding von dem Lernen bis in die Nacht hinein und von der Aufregung.“

„Na, nun hat es ja wohl die längste Zeit gedauert, Elsbeth. Aber wenn ich vorher gewußt hätte, daß das Mädel es so heiß nimmt, hätte ich nie und nimmer meine Einwilligung dazu gegeben. Ich dachte, unser

Nesthäkchen wird mit seiner kecken Unverfrorenheit das Examen spielend bewältigen. Und nun wird sie mir dadurch zur nervösen jungen Dame. Das beste an ihr, die gesunde Frische des Körpers und des Geistes, geht dabei flöten!"

An das Fenstersims, vor dem der weiße Schreibtisch stand, schoß im Bogenflug ein Schwälbchen vorüber. „Quiwitt – quiwitt – komm mit – komm mit" – – – so zwitscherte es lockend. Annemarie beachtete es nicht.

Vom gegenüberliegenden Fenster ertönte der Freundschaftspfiff. Dreimal kurz hintereinander. Der drang hinein bis in Annemaries Verschanzung hinter mathematischen Formeln. Geistesabwesend hob sich der Blondkopf.

Drüben gestikulierte Margot in Zeichensprache. „Ich gehe jetzt Tennis spielen," verkündeten die Fingerverrenkungen. „Komm mit! Du bist dann morgen frischer, als wenn du heute noch arbeitest."

Annemaries Zeigefinger gab kurz und ausdrucksvoll Antwort. Er tippte nur gegen die Stirn, ob die Freundin nicht recht bei Troste sei, sie heute am Vortage des Examens zum Tennisspiel aufzufordern. Dann tauchte Annemaries Blondkopf wieder in ein Meer von Zahlen und Buchstaben unter.

Die Telephonklingel – Annemarie hatte es sich während der letzten Arbeitswochen abgewöhnt, sich dadurch stören zu lassen. Hannes breites Gesicht lugte zur Tür herein.

„Annemiechen, du sollst am Telephon kommen – – –"

„Zum Kuckuck, ich habe keine Zeit."

„Hab' ich ja auch schon Fräulein Veran jesagt. Aber se sagt, se müßte dir sprechen, sagt se."

„Na ja, ich komm' gleich." Die sonst immer liebenswürdige Annemarie rief es ungehalten. Nervös und aufgeregt war sie durch das angestrengte Lernen und das Angstfieber vor dem morgigen Tage geworden.

„Na, wenn dis varrickte Examen vorüber is, mach' ich auch drei Kreuze hinterdrein," brummte Hanne ingrimmig.

„Nee, Hanne, dann gibt's anderes für Sie zu tun. Dann müssen Sie backen und kochen für unser Abiturientenfest. Wenn – ja, wenn mich der Deibel nicht ans Schlafittchen genommen hat!" Das war wieder Doktors lustiges Nesthäkchen.

„Verachen – bist du's?" erklang's gleich darauf am Telephon. „Wie mir's geht? Na, ungefähr so, wie dem Verurteilten kurz vor der Hinrichtung. Nein, mein Herz, ich gehe heute nicht mit dir spazieren! Ich lerne heute doch nichts mehr? Na, wenigstens brauche ich mir dann keine Vorwürfe zu machen, wenn's schief geht. Du kommst morgen hin? Kneife beide Daumen – alle guten Geister seien mir gnädig!"

Wieder nur Sonnengeflirr und Lenzesweben draußen – drinnen Federgekritzel und Seitengeraschel. Plötzlich ward das Physikbuch, in dem Annemarie gerade studierte, mit lautem Knall zugeschlagen.

„Schluß!" sagte eine Stimme hinter Annemarie. „Jetzt hat's ein Ende mit ochsen. Zieh dich an, wir gehen in den Tiergarten."

„Nein, Hans, ich habe noch schrecklich viel zu wiederholen. Physik, die Gegenkaiser, schwäbische Dichterschule, Latein und Miltons Paradies. Vor Mitternacht werde ich damit nicht fertig."

„Und dann willst du morgen frisch ins Examen steigen, Kleines? Nichts da. Was du heute noch nicht weißt, wirst du in den paar Stunden auch nicht mehr erwischen. Jetzt gehen wir spazieren. Dann ißt du Abendbrot und legst dich um halb zehn ins Bett. Es ist wichtiger, daß man einen klaren, freien Kopf mit ins Examen bringt, als daß man sich vor lauter aufgespeicherter Rumpelkammerweisheit überhaupt nicht mehr darin zurechtfindet. Hör' auf mich, bemoostes Haupt, und hole deinen Hut, Kleines. Marsch!"

Annemarie schwankte noch immer. „Nur wenn du mir versprichst, Hänschen, mich unterwegs noch Latein und Mathematik abzufragen."

„Den Deibel werd' ich! Kein Wort wird beim Spazierengehen von dem verflixten Examen gesprochen. Los, Kleines!“

„Na, wenn ich rassele, hast du die Schuld, Hans!“ Zögernd holte Annemarie Hut und Jackett herbei. Dabei streifte ihre Hand das im Schrank hängende Examenskleid. Wie ein Dolch fuhr es ihr durchs Herz. O Gott, war sie leichtsinnig, die Bücher im Stich zu lassen!

Doktors Nesthäkchen war in den letzten beiden Jahren eine junge Dame geworden. Kaum kleiner als der Bruder, rank und schlank wie eine Weidengerte. Das Blondhaar flimmernd im Sonnenschein und das schmal gewordene Gesichtchen so lieb und süß, daß manch bewundernder Blick das bildhübsche Mädel streifte. Annemarie merkte es nicht. Die war mit ihren Gedanken mittendrin in dem morgigen Tage.

Sie sah den Schulrat vor sich sitzen, daneben den Direks, der ihr, seitdem sie damals einen Schülerrat hatte gründen wollen, nicht ganz grün war. Fräulein Neuberts Eulengläser funkelten bösartig im Sonnenlicht und – – –

„Na, Annemie, ist's hier nicht schön?“ Hans war auf dem Platz vor der Kunstschule stehen geblieben, der wie ein großes Beet von farbenprächtigen Hyazinthen und Tulpen leuchtete.

„Wie meinst du?“ Nesthäkchen sah und hörte nichts.

„Ja, potztausend, Mädel, du hast doch sicher eben wieder zwischen a und b Quadrat gesteckt. Denkst du, es ist interessant für mich, in einer Gesellschaft spazieren zu gehen, gegen die der Fisch noch geschwätzig ist?“ räsonierte der Bruder gutmütig.

„Ich habe dir ja gleich gesagt, du sollst mich zu Hause lassen. Die Examensfurien sind hinter mir her, ich kann ihnen nicht entrinnen.“

„Entrynnien meinst du wohl.“

Da mußte Nesthäkchen lachen, hell und jung, wie es das so gerne tat. Und plötzlich war es, als ob das frische Lachen den Druck, der ihr die Seele abpreßte, sprengte. Frei und leicht ward es Annemarie plötzlich zumute. Sie sah jetzt erst, wie übermütig die goldenen Sonnenfüßchen auf dem Wege hin und her sprangen. Daß die Sträucher lichtgrünes Geschmeide trugen, und die Bäume sich mit rostbraunen Knospen besteckt hatten. Frühling – Frühling wurde es!

„Sieh nur, die jungen Entchen – wie süß! Die alte sieht aus wie Fräulein Drehmann. Die watschelt genau so. Wenn wir uns nicht den Hals im Examen brechen, muß ich Ilse Hermann sagen, daß sie ruhig ein bißchen bei unserm Festspiel watscheln soll. Sie gibt nämlich Fräulein Drehmann." Hans brauchte sich nicht mehr über seine schweigsame Begleiterin zu beklagen. Annemaries Mundwerk war jetzt wieder aufgezogen.

„Unverschämt von uns, Hänschen, nicht? Da setzen wir uns hin und studieren ein Festspiel ein, in dem wir den Lehrern tüchtig die Federn ausrupfen, und vorläufig sind sie es doch noch, die uns in ihren Fängen haben. Aber das Abiturientenfest soll doch übermorgen steigen. Wenn wir doch alle mit heilen Gliedern durch wären!"

Auf dem Neuen See trieb Klaus im frühlingsgrün leuchtenden Nachen plätschernd am Ufer hin. „Immer rein, meine Herrschaften," rief er den Geschwistern zu.

Das ließen die beiden sich nicht zweimal sagen. „Annemie kann rudern – physische Kraftaufwendung ist das beste Gegengift bei Geisteskraftverschwendung," verordnete Klaus.

Wirklich, das Ausarbeiten der Muskeln tat Annemarie wohl. Der See träumte goldiggrün zwischen rieselndem Erlengezweig. Fischlein spielten auf dem klaren Grund. Still zog der kleine Nachen seine Bahn. Das Schreckgespenst des morgigen Tages versank vor diesem Abendfrieden.

Als das Schifflein eine Stunde später am Bootshause anlegte, kam Doktors Nesthäkchen wie aus einer anderen Welt. Was Annemarie nie für möglich gehalten – sie hatte während der ganzen Zeit nicht einmal an das morgige Examen gedacht.

Freilich, zu Hause, als die treulos zurückgelassenen Schulbücher vom Schreibtisch so vorwurfsvoll herüberblickten, kam sie sich recht pflichtvergessen vor. Aber beim Abendessen galt es, möglichst unbefangen zu erscheinen, damit die Eltern keine Lunte riechen sollten. Das Rudern hatte ihr die Wangen gerötet und den Appetit angeregt. Während sie mittags jeder Bissen im Halse gewürgt hatte, schmauste sie jetzt tapfer drauflos. Vater und Mutter waren glücklich, wie gut es ihrem Nesthäkchen mundete.

Eine lange, bange Nacht lag vor ihr. Wäre es nicht richtiger gewesen, sie hätte bis zum Morgengrauen bei den Büchern gesessen, anstatt sich schlaflos in den Kissen zu wälzen? Annemarie hatte nicht viel Zeit, sich dies zu fragen, denn sie vergaß, daß Rudern nicht nur Wangen rötet und die Eßlust steigert, sondern daß die ungewohnte Muskelanstrengung auch rechtschaffen müde macht. Doktors Nesthäkchen, das geglaubt hatte, die ganze Nacht kein Auge schließen zu können, schlief sanft und süß dem bösen Examenstage entgegen.

O wäre sie doch nie aufgewacht! Was ist das für ein Gefühl, wenn man froh und kläräugig des Morgens erwacht, und hat solch eine dunkle unbewußte Empfindung: da war doch irgend etwas Schlimmes, Beklemmendes – was war es nur? Und dann plötzlich ein jäher Schreck wie ein Peitschenhieb – Examenstag! Der gefürchtete Tag ist da! Man kann sich nicht vor ihm verkriechen. Er ist da und jagt einen unbarmherzig hinaus, allen Schrecknissen und Nöten entgegen. Konnte man denn gar nichts tun, um seinen Klauen zu entgehen? O ja, man könnte sich krank melden. Eigentlich war sie's auch wirklich. Ganz übel war ihr zumute und in den schmerzenden Schläfen pulsierte es wie flüssiges Feuer. Wenn man krank war, brauchte man nicht die Aula zu betreten, die einem in ihrer ungewohnten Leere entgegengähnte wie ein ungeheurer Rachen, bereit, die armen Opfer zu verschlingen. Da brauchte man sich nicht von den Augen des Schulrats durchbohren und von den Blicken des Lehrerkollegiums aufspießen zu lassen. Man blieb ruhig zu Hause in seinem Bett, trank etwas Pfeffermünztee und – „wird dann nachträglich nur um so doller gezwiebelt. Nee, is nich!“ Damit beendete Doktors Nesthäkchen seine Überlegungen und sprang aus dem Bett.

Das neue Examenskleid – in kindischer Eitelkeit hatte sie sich damit gefreut. Jetzt empfand sie ein Grauen davor. Wie feierlich sie damit ausschaute. Als ob sie darin zu ihrer eigenen Beerdigung gehen sollte. Schulbücher brauchte sie heute nicht. Aber forträumen mußte sie dieselben, sonst schöpfte Mutti Verdacht. Ehe Mutti aufgestanden war, mußte sie schon über alle Berge sein.

Klaus, sonst gerade kein Frühaufsteher, hatte der „Examensbammel“ der Schwester aus den Federn getrieben. „Na, die Hinrichtungsuniform angelegt, Annemie,“ versuchte er sie aufzuheitern.

„Ach, Klaus, anders kann dem armen Sünder in seinem letzten Stündlein auch nicht zumute sein. Ich finde, der Galgen ist ein Hochgenuß gegen den Examenstag.“ Nesthäkchen sah mit einem Gesicht drein, als ob es wirklich zur Richtstatt gehen sollte.

„Kannst du nicht Papiermanschetten unter deine Ärmel ziehen, Annemie? Darauf lassen sich fein Namen und Daten notieren, die man nicht in den Kopf bekommt.“

„Nee – ich habe doch halbe Ärmel in dem neuen Kleid. Aber eine Papierserviette habe ich mir als Taschentuch zurecht gemacht, wo alles drauf steht, was ich nicht weiß. Wenn mich der Schulrat etwas fragt, muß ich mir immer erst die Nase putzen.“ Annemarie mußte schon wieder lachen. Wenn es auch nur Galgenhumor war.

„So ist's recht, Annemie – immer feste drauflos!“ lobte der Bruder. „Und laß dich bloß nicht einschüchtern. Dreist antworten, ob du's weißt oder nicht. Meistens hören sie gar nicht hin.“

„Na – na –“ erlaubte sich Annemarie die pädagogischen Lehren des Studenten anzuzweifeln. „Hans, streiche mir kein Brot – ich kann keinen Bissen runterbringen. Mir wird ganz elend, wenn ich's nur sehe.“

„Werde bloß kein hysterisches Frauenzimmer, Annemie. Da – hingesetzt und gefrühstückt.“ Hans drückte sie auf einen Stuhl und stand daneben Wache, ob sie auch ihren Kakao trank und ihr Brot aß.

Wirklich – es ging. Annemarie hätte es nicht für möglich gehalten. Nun mußte sie aber schleunigst fort, sollte die Mutti sie nicht in dem Examenskleid noch erwischen.

„Mach' deine Sache gut, Annemie. Je ruhiger du bist, um so klarer wirst du alle Fragen beantworten können. Keine Angst, du hast was gelernt."

Ja, Hans hatte gut reden. Als ob sich die Kneifzange, die ihr die Brust abpreßte, dadurch lockerte.

Vater erschien am Frühstückstisch. Einen prüfenden Blick warf er auf die Jammermiene seines Nesthäkchens – dann wußte er Bescheid. Aber er tat seiner Lotte den Gefallen, nichts zu merken. Nur die blasse Wange klopfte er ihr aufmunternd.

„Ich wünsch' dir einen Beinbruch!" Klaus flüsterte es ihr liebevoll im Korridor zu.

„Pfui – Klaus!"

„Das ist der beste Segensspruch fürs Examen. Da kannst du jeden Studenten fragen. Heute abend nehme ich dich mit auf die Kneipe."

„Erst muß ich heil aus dem Höllenrachen wieder raus sein."

Hanne steckte den Kopf aus der Küche. „Pst – Annemiechen, da, extrajute Stullen. Mir macht keener nich dumm, ich hab's jemerkt, daß se dir heute abmurksen tun. Aber bange machen jilt nich. Du hast so ville jelernt wie alle Professorens zusammen. Und, wenn se dir trotzdem rinplumpsen lassen, denn wer' ick ihn schon die Wahrheit jeijen."

Jetzt mußte Annemie aber wirklich lachen: die treue Hanne in ihrer Berliner Unverfrorenheit wollte den Professoren die Wahrheit geigen.

Puck gab ihr das Geleit bis auf die Treppe hinaus. Als ob das kluge Tier es merkte, daß seine junge Freundin einen Leidensweg ging.

„Na – denn rin ins Verjnüjen!" Doktors Nesthäkchen schob sich die Treppe hinab.

Unten vor der Haustür standen Vera und Margot, die beiden Getreuen. „Heute wirr wollen lassen gehen dirr nicht allein zu Schule" – „wir wollen dir das Geleit geben."

„Ihr meint wohl die letzte Ehre.“ Annemarie drückte den Freundinnen dankbar die Hand. „Kinder, was habt ihr's gut, daß ihr jetzt nicht aufs Schafott müßt.“

Helle Frühlingssonne lachte vom Himmel. Graues Regenwetter hätte Annemaries Seelenzustand mehr entsprochen. Die Freundinnen sprachen von beiden Seiten lebhaft auf sie ein, um sie von den bevorstehenden Schrecknissen abzulenken. Annemarie hörte sie kaum. Sie ging wie in einem Traumzustand dahin. Aber es war ein böser Traum, der Alb, der ihr aus der Brust hockte und ihr die Kehle zusammenpreßte.

„Annemie – Vorsicht!“ Margot packte sie am Arm.

„Bei einem Haar wärst du unter das Auto gekommen!“

„Dann wäre mir wohler als augenblicklich.“ Denn da tauchte gerade der rote Backsteinbau, das Schubertsche Lyzeum, vor ihnen auf.

„Behüte dirr Gott, Annemie. In die Pause um zwölf ich kommen hörren, wie es gehen dich.“ Vera küßte sie zärtlich.

„Viel Glück, Annemie!“

„Du darfst mir kein Glück wünschen, Margot, sonst geht's bestimmt schief. Ach du gerechter Strohsack – wär' ich doch erst wieder draußen!“

Eine atembeklemmende Stille herrschte in den Gängen, denn die Schule hatte dem Examen zu Ehren frei. Hier war man nun den größten Teil seines Lebens, die ganze Schulzeit über, ein- und ausgegangen. Mal mit etwas gepreßtem Herzen, aber meistens quietschfidel und sorglos. Wanderte Doktors Nesthäkchen heute zum letztenmal den gewohnten Weg? Oder würde es weiter noch Schulmädchen bleiben müssen?

Die Abiturientinnen waren bereits in der Oberprima versammelt. Alle mit farblosen Gesichtern und verängstigten Augen. Zehn an der Zahl. „Wie eine Schafherde beim Gewitter,“ dachte Annemarie, und wunderte sich selbst, daß sie in diesen bangen Minuten so etwas denken konnte.

Die untere Abteilung der Oberprima packte rote Studentenmützen aus, zehn an der Zahl. Würde jede ihre Besitzerin finden? Das Rot brannte in den Augen. Marlene empfand geradezu einen körperlichen Schmerz, wenn sie auf die Mützen blickte. Eine eiskalte Hand reichte sie Annemarie.

„In Mathematik falle ich glatt durch."

„Ich in Latein, Marlene. Rege dich nicht so schrecklich auf. Hans sagt, je ruhiger man ist, um so besser stehen die Chancen." Doktors Nesthäkchen redete der Freundin gut zu und flog dabei selbst an allen Gliedern.

Ilse Hermann, deren lange Blondzöpfe nicht mehr den Rücken entlang hingen, sondern zum Nest am Hinterkopf aufgesteckt waren, brabbelte in einem fort Zahlen und Namen vor sich hin. Marianne waffnete sich gegen die zu bestehenden Gefahren mittels eines Käsebrotes. Dabei behauptete sie, vor Aufregung gänzlich appetitlos zu sein.

Der Ordinarius der Oberprima, Professor Möbus, betrat die Klasse.

„Na, meine Damen, Sie haben doch nicht etwa Angst? Lauter Bleichgesichter? Tun Sie doch nicht so, als ob Sie ins Land der Menschenfresser müßten. Wir skalpieren keinen, der was kann."

„Ja, wenn man was kann!" Jede – und hatte sie ihrem Kopf noch soviel Gelehrsamkeit eingetrichtert – war in diesem Augenblick von ihrer gänzlichen Unwissenheit überzeugt.

„Allerdings kann ich Ihnen nicht verhehlen," fuhr der Ordinarius fort, „daß drei von Ihnen das Examen nicht machen werden."

Zehn Herzen setzten in jähem Schreck aus. Keins von den verängstigten Küchlein sah, wie lustig Doktor Möbus über seine Brille hinwegblinzelte. „Fräulein Ulrich, lernen Sie nichts mehr, es nützt Ihnen doch nichts."

Ach, Marlene hatte es ja gewußt, daß sie die Mathematikarbeit total verhauen hatte. Am Ende ließ man sie daraufhin gar nicht zum Examen zu. Wer waren bloß die Ärmsten, die drei, von denen der Ordinarius schon im voraus wußte, daß sie das Examen nicht bestehen würden? Jede einzelne glaubte in ihrer Erregtheit, der Lehrer habe sie dabei besonders angesehen.

„ Time and hour runs through the roughest day." – Gelernt hatten sie alle das Wort Shakespeares. Aber durchlebt, selbst empfunden hatte es bisher noch keines der sorglosen, jungen Dinger. Heute empfanden sie es: Auch die bangesten Minuten vergingen schließlich.

„Meine Damen, Sie können sich in die Aula begeben!" Da war es, das Schreckenswort.

Mit schlotternden Knien kamen sie der Aufforderung nach.

Marlene und Ilse Hand in Hand. Annemarie Braun als Vorreiter. Jetzt, wo es soweit war, wollte sie es nicht merken lassen, wie gottserbärmlich ihr zumute war. Besonders Fräulein Neuberts Eulenaugen sollten sich nicht an ihrer Schwäche weiden.

Da saßen sie am langen Tisch nebeneinander aufgebaut, alle, die sie durch die langen Schuljahre hindurch geleitet. In der Mitte thronte der Schulrat. Sah eigentlich ganz menschlich aus, der alte Herr. Jetzt lachte er sogar im Verein mit dem Direks. Wie konnte der Mann nur lachen, während zehn junge Seelen sich in Marterqualen wanden. Na, wenigstens war er guter Laune.

Der Ordinarius verlas die Namen der Abiturienten.

Gepreßtes „Hier" antwortete.

Dann faltete der Direktor feierlich einen weißen Bogen auseinander. „Das schriftliche Abiturientenexamen haben bestanden" – – – Es erfolgte wieder die Verlesung der zehn Namen.

Gott sei's getrommelt und gepfiffen – im Schriftlichen war keine gerasselt.

„Zum mündlichen Examen werden zugelassen –" sieben Namen – Annemaries und Marlenes war nicht darunter.

Marlene schoß es bereits heiß in die Augen. Annemarie krampfte die Finger ineinander. Den Eulenaugen wollte sie kein Schauspiel geben.

„Vom mündlichen Examen werden auf Grund eines mit Eins bestandenen schriftlichen Examens dispensiert: Fräulein Annemarie

Braun" – „Hurra!" Wie der Jubellaut einer Lerche stieg es durch die nüchterne Aula. Was fragte die impulsive Annemarie nach dem Schulrat, nach den Eulenaugen. Sie war vom Mündlichen befreit – hurra! „Fräulein Elli Jordan und Fräulein Marlene Ulrich," vervollständigte der Direktor lächelnd seine unterbrochene Rede.

„Marlenchen – – –", ungeniert, in seligem Glückstaumel schlang Annemarie den Arm um die Freundin. Das war auch gut, denn Marlene schwankte. Die jähe Freude nach den ausgestandenen Ängsten übermannte das zarte Nervensystem des jungen Mädchens. Hilfreiche Hände reichten ihr ein Glas Wasser.

„Meine Damen, Sie können die Aula verlassen – ich spreche Ihnen im Namen des Lehrerkollegiums die besten Glückwünsche aus," wandte sich der Direktor noch einmal an die drei Glücklichen.

Verbeugungen – Fräulein Hering drückte der vorübergehenden Annemarie glückwünschend die Hand – die Eulenaugen Fräulein Neuberts schauten merkwürdig freundlich drein – noch einen Jammerblick von Marianne Davis fing Annemarie auf. Dann schlug die Tür der gefürchteten Aula hinter ihnen ins Schloß. Der Höllenrachen hatte sie unversehrt wieder ausgespien.

Draußen erklang es zum zweitenmal „Hurra!" vielstimmig aus den Kehlen der unteren Abteilung der Oberprima. Rote Mützen wurden in wilder Freude geschwenkt. So – da trug Doktors Nesthäkchen das Abzeichen ihrer neuen Abiturientenwürde auf dem krausen Blondhaar.

„Kinder – ich bin selig!" Die rotbemützte Annemarie wirbelte in ungestümer Ausgelassenheit Elli Jordan, ein stilles, fleißiges Mädchen, im Kreise herum. „Marlenchen, also Mathematik hast du total verhauen? Du redest ja keinen Ton. Hat dich die Freude der Sprache beraubt?"

Marlenes bleiches Gesicht bekam allmählich wieder Farbe.

„Ach, Annemarie, ich kann mich nicht so laut freuen wie du. Ich muß das ganz still für mich tun. Und dann noch eins: Die arme Ilse! Die zwiebeln sie jetzt wohl schon arg da drin. Ich muß immerzu an Ilse denken. Ganz treulos komme ich mir vor, daß ich sie verlassen habe."

„Na, dann gehe doch wieder rein und sage dem Schulrat, ›wenn mein Inséparable nicht vom Mündlichen befreit worden ist, will ich mich aus Freundschaft ebenfalls von Ihnen fressen lassen‹, du hast ja ein Piepvögelchen, Marlene!"

Das dritte „Hurra!" wurde laut. Es galt der umfangreichen Torte, zu deren Stiftung die untere Abteilung verpflichtet war. Ein Stück nach dem andern wurde verschmaust. Der gesunde Jugendappetit, der tagelang gestreikt hatte, war plötzlich wieder da, und zwar in gesteigertem Maße.

„Nun aber schleunigst nach Hause – die Freudenbotschaft zu melden. Um zwölf zur Pause treffen wir uns hier wieder. Hoffentlich hat dann keine von den sieben Schiffbruch gelitten. Herr Piefke – wir sind durch – vom Mündlichen befreit!" Annemaries helle Stimme jagte den still seinen kleinen Hausgarten bestellenden Schuldiener einen Heidenschreck ein.

„Na, denn tu ich auch schönstens jratulieren, Fräuleinchen. Ich hab's schon jestern jewußt – aber Amtsjeheimnis über allens." Piefke warf sich hoheitsvoll in die Brust, nahm aber dann doch die fünf Mark, die jede der Abgehenden ihm in die Hand drückte, gnädig an.

Arm in Arm zogen die Rotbemützten durch die belebten Straßen Berlins. Annemarie, beweglich wie Quecksilber, sprang und tanzte dahin, als wäre sie nicht eine erwachsene junge Dame, die heute zum letztenmal auf der Schulbank gesessen, sondern noch Doktors kleines Nesthäkchen, das erst durch Schuldisziplin gebändigt werden mußte. Jedem Vorübergehenden, und war es der mürrischste Griesgram, wurde es warm ums Herz, wenn er in die strahlenden jungen Augen blickte.

Im Galopp ging es daheim die Treppen hinauf – immer zwei Stufen auf einmal.

„Hanne – ich bin durch!" –

„Na, so 'ne Jemeinheit! Die Onkels können sich aber vor mich in acht nehmen – unser Kind durchfallen zu lassen, wo es Tag und Nacht sich reine varrickte jelernt hat – – –“

Annemaries übermütiges Lachen unterbrach die schimpfende Hanne.

„Aber, Hanne, ich bin doch nicht durchgefallen – durch bin ich – fertig – ohne mündliches Examen, weil ich das Schriftliche mit eins – ach, da ist Mutti!“ Annemarie lag am Halse der Mutter, lachte und schluchzte durcheinander.

„Muttichen – nun hat die Tierquälerei ein Ende! Vom Mündlichen bin ich dispensiert worden, Marlene Ulrich auch. Ach, Muttichen, ich bin ja so selig!“ Fest hielt die Mutter ihr Nesthäkchen im Arm.

„Meine Lotte!“ sagte sie nur leise. Denn eine Mutter bangt um ihr Kind noch mehr, als es selbst. Hatte sie doch längst entdeckt, daß das Examenskleid aus dem Schrank fehlte.

Klaus, der die würdige Gelegenheit benutzt hatte, heute das Kolleg zu schwänzen, kam freudigst herbei. „Hab' ich dir's nicht gesagt, Annemie, die Dummen haben das meiste Glück? Was hast du nun von all deinem Büffeln? Wenn der Mensch Schwein hat, kommt er auch so durchs Leben.“

„Darauf würde ich mich nicht verlassen, mein Sohn. Fleißige Pflichterfüllung gibt eine sicherere Gewähr“, wandte die Mutter ein. Und auch Puck, der Annemarie wie toll umkreiste, erhob laut kleffend Einspruch.

„Ist Vater nicht zu Hause und Hans?“ Annemarie brannte darauf, ihr Glück zu verkünden.

Nein, Vater war bereits in der Praxis und Hans im Anwaltsbureau. Wer wozu war denn das Telephon da? Nach allen Seiten rief es der elektrische Draht in die Welt hinein, daß' Doktors Nesthäkchen das Abiturium mit Auszeichnung gemacht habe; daß es vom Mündlichen dispensiert worden sei.

Vater unterbrach den Patientenrundgang, um seine Lotte ganz schnell an das Herz zu drücken. „Nun bekomme ich bald meine kleine Assistentin – der erste Schritt dazu ist gemacht. Wird auch Zeit!“

Großmama erschien mit strahlendem Stolz und einer verheißungsvollen Riesenbonbonniere. Sie hatte es geahnt, daß Nesthäkchen das Examen mit Glanz bestehen würde, sie hatte es im voraus gewußt. Tante Albertinchen kam mit freudig baumelnden Löckchen, Vera mit vielen Küssen und Bruder Hans sogar galant mit Rosen. Nesthäkchen war heute mal wieder der Mittelpunkt des Doktorhauses.

Bei aller Glückseligkeit aber vergaß es doch nicht die sieben armen Opfer, die noch im Höllenfeuer des Examens schmorten. Pünktlich zur Zwölfuhrpause trat Annemarie wieder in der Schule an, um zu hören, wie es mit den andern stand.

Gut war es gegangen. Die Mädel waren wie aufgebunden. Schulrat und Direks waren riesig nett und die Fragen kinderleicht. „Wenn's nicht schlimmer wird, kommen wir sämtlich durch,“ teilte Ilse ihrer Intima Marlene erleichtert mit, während Marianne ein Stück Torte nach dem andern zur notwendigen Stärkung vertilgte.

Ja, alle kamen sie durch.

Am nächsten Abend schaute die mit Girlanden und bunten Lampions feenhaft geschmückte Turnhalle auf zehn glückliche Rotbemützte. An langen Tafeln saßen sie, Lehrerkollegium und Schülerinnen, sonst durch die respektvolle Mauer der Disziplin streng geschieden, heute in fröhlichem Beieinander. Da ließ man sich Hannes italienischen Salat schmecken, schmauste umschichtig Brötchen und Torten in nicht endenwollender Zahl und sang dreist und keck bei der Pfirsichbowle Spottlieder auf Schule und Lehrer. Und keiner konnte einem deshalb mehr einen Tadel geben, selbst die Eulenaugen durften einem nichts mehr anhaben. – O du selige, goldene Freiheit!

Aber die Turnhalle, die doch eigentlich von allen Schulklassen die am wenigsten ehrpusselige ist und manchen Seitensprung gestattet, blickte schließlich doch mißbilligend auf die ausgelassene Mädchenschar, als das Festspiel stieg.

„Die heilige Feme“ hieß es. Die Verfasserin, Annemarie Braun, wollte Fräulein Neubert beweisen, was sie bei ihr gelernt hatte. Fünf schwarze vermummte Gestalten, schaurige schwarze Larven vor den lustigen Gesichtern, saßen beim zwölften Mitternachtschlag zu Gericht über die armen Lehrer.

Mit düsterer Stimme und strafend erhobenen Händen schrien sie ihr „Gerüst“. „Wehe! – wehe! – wehe!“ Keins von den armen Opfern ward begnadigt. Alles, was in den langen Jahren von den Lehrern gesündigt worden war, wurde unbarmherzig von der heiligen Feme abgetan und verurteilt. Fräulein Neubert ward sogar wegen unüberwindlicher Abneigung gegen Konditoreien in eine Eule verwandelt – wehe – wehe – wehe!

Nein, Annemarie Braun trieb es wirklich ein wenig zu bunt. Das fand nicht nur manche würdige Lehrerin, auch die Turnhalle schüttelte ihr betagtes Haupt, daß Schaukelringe und Rundlauf leise klirrten. Die meisten Lehrer aber machten gute Miene zum bösen Spiel und lachten mit den Mädeln um die Wette. Ja, Professor Herwig, dem wegen zu schwerer lateinischer Extemporale seine Schnupftabakdose entzogen werden sollte, ruhte nicht, bis die junge Verfasserin zur Strafe aus selbiger Dose ein Prischen genommen hatte, und nun statt „wehe – wehe – wehe – hatschi – hatschi – hatschi –“ ertönen ließ.

Piefke hatte das Klavier aus der Gesangsklasse herunterschaffen müssen und nun wurde getanzt. Die Fidelitas setzte ein. Zwar empfahlen sich jetzt die Lehrer, denn für sie war morgen kein Tag der Freiheit, sondern gewöhnlicher Schultag. Aber statt ihrer drangen Brüder und Vettern in das Heiligtum der Mädchenschule ein, stürzten sich auf die übriggebliebenen Brötchen und Torten und wirbelten, allem mißbilligenden Kopfschüttelns der Turnhalle ungeachtet, ihre Tänzerinnen zwischen Leitern, Schwebebäumen und Barren umher.

Mit Stocklaternen, wie die Glühwürmchen anzuschauen, zogen die Rotbemützten schließlich singend aus den Mauern der Schule hinaus – hinein in ein neues Leben.

Möge es dir Glück bringen, Nesthäkchen!